ABDULRAZAK
GURNAH

Abdulrazak Gurnah
古 尔 纳 作 品

The Last Gift

最后的礼物

上海译文出版社

〔英〕阿卜杜勒拉扎克·古尔纳——著

宋佥——译

目 录

1

一天

一天，远在麻烦开始之前，他一句话都没有跟人说就悄悄溜走了，从此一去不回。后来，又有一天，在过去了整整四十三年之后，在一座英国小镇上，他刚一迈进自家大门，就倒地不起了。那天出事的时候已经很晚了，他刚刚下班回到家；可一切本来就已经太晚了。他不管不顾，听之任之太久了，而除了自己，他没有别人可怪。

他早就预感到了要出事，预感到了自己要垮。这不是自打他记事起就徘徊在他身边的那种对毁灭的恐惧，而是另一种预感，仿佛某个处心积虑又肌肉发达的东西不慌不忙地向他压来。这不是突如其来的一击，更像是一头野兽缓缓地扭头看向他，认出了他，随即伸出肢爪来要将他扼杀。就在虚弱感掏空了他身体的同时，他的思维依旧清晰；清晰如斯的头脑里，冒出的却是荒唐的想法：这一定就是饥寒至死，或是被压在一块巨石下面窒息而死的感受吧。哪怕他此时心急如焚，这样的类比还是让他眉头一皱：瞧见情节剧疲劳的后果如何了吧？

下班的时候他就觉得疲惫，是那种偶尔会在一天结束的时候莫名其妙找上门来的疲惫，近几年来尤为频繁，每当这时他就只想坐下来，什么也不干，直等到那精疲力竭的感觉消退，或是等到有双强有力的臂膀过来将他抱起，带他回家。如今他老了，至少也是快老了。这样的愿望就像是一段记忆，仿佛他记得很久以前有人这样做过——将他抱起，带他回家。但他认为那并不是记忆。他人越老，心头的愿望有时就越幼稚。他活得越久，他的童年就离他越近，越来越不像是对他人生活的遥远幻想了。

在公交车上，他努力想找出那疲劳感的根源。这么多年了，他还在这么干，努力想把事情搞明白，寻找种种解释，借此减轻那种恐惧感：生活还会让怎样的事情发生呢？每天结束的时候，他都要回顾一遍自己走过的路，直到他找对了那种种不幸的正确组合——正是这些不幸让他在一天终了时如此虚弱，仿佛这样的认知（如果这算得上认知的话）真能缓解他的痛苦。衰老，首先登场的很可能就是它了，长期损耗，无可替换的磨损件。或者是早上紧赶慢赶着去上班，其实他迟到个几分钟，没有人会在意，也没有人会犯愁，而这样子又急又累地赶一路有时会让他一整天都喘不过气来，烧心地痛。或者是他在员工厨房里给自己泡的那杯有问题的茶，让他的肚子里面汩汩冒泡，预示着腹泻的到来。他们把一罐牛奶放在外面一整天，没盖盖子，就放在那里一面吃灰，一面饱吸他们来来去去时带进来的腐气。他真不该碰那牛奶的，可他抵挡不住啜上一口茶的诱惑。或者，他纯粹就是劳累过度又没掌握技巧，去又推又搬那些他根本就不该碰的东西。又或者，他可能是心痛了吧。他从来都不知道心痛何时会来，从何而来，要待多久。

可就在他坐上公交车的时候，他知道自己身上出了点不同寻常的事情——那是一种越来越强的无助感，让他不由自主地呻吟起来，他身上的血肉一面发热，一面萎缩，取而代之的是一种陌生的空虚感。一切发生得慢条斯理：他的呼吸节奏变了，他开始战栗，出汗，眼看着自己垂头弓背，蜷成一团自暴自弃的人类形态，对此他再熟悉不过了——那是一具等待痛苦、等待解体的人体。他冷眼旁观着自我，他的胸腔、髋关节和脊柱的分解让他有一点惊慌失措，仿佛肉体和精神正在彼此分离。他感觉到膀胱传来一阵剧痛，意识到他的呼吸变得急促又慌乱。你在干什么？犯病了吗？别发神经了，深呼吸，深呼吸，他对自己说。

　　他下了公交车，步入二月的空气中——那是寒流突降的一天，他身体虚弱，浑身发抖，遵照自己的指令做着深呼吸。他没穿够衣服。他身边的其他人都穿着厚重的羊毛外套，戴着手套，围着围巾，仿佛他们凭着实践经验，早就知道这天到底有多冷，而他，尽管在这里生活了这么多年，却还是不知道。又或者，不同于他，他们也许听了电视和收音机上的天气预报，然后兴高采烈地拿出了他们专为这样的用场才压在衣橱里面的厚衣物。他身上还穿着那件他一穿就是大半年的外套，足以抵挡雨水和寒意，而在天气暖和的时候又不至于太热。他从来都说服不了自己为不同的场合和季节囤积一橱的衣服鞋子。这是一种勤俭节约的习惯，于他而言已不再必要，可他就是改不了。衣服只要穿着舒服，他就喜欢一直穿，直到穿破为止；他还喜欢想象，假使他能看见自己从远处走来，那他仅凭身上的衣服，就能一眼认出自己来。而在那个寒冷的二月傍晚，他为自己的节俭，或者是抠门，或者是苦行——管它是什么呢——付出了代价。也许，那其实是他心中的不安，是一个与周遭环境依然格格不入的外乡人的心态，总是轻装出行，这样等到他需要告别这里的时候，就可以将外套一把甩开。他以为就是这么回事，天太冷了。他穿得不够，出于他个人的愚蠢理由，而这场严寒让他抑制不住地打起了冷战，由内而外地瑟瑟发抖，让他觉得自己的身子骨眼看就要散架了。他站在公交站台上，不知所措，听着自己的呻吟，明白自己的意识开始恍惚，就好像他打了片刻的小盹儿，刚刚醒过来似的。他强迫自己动起来，可他的胳膊和双腿却像是没了骨头，他的呼吸声像是短促、沉重的叹息。他的双脚像是灌满了铅，失去了知觉，冻僵的血肉裂开道道缝隙，针扎般地痛。也许他应该坐下来，等待这一阵发作过去。可是不行，那样一来他就得坐在人行道上，被人当成是流浪汉，他也有可能就再也站不起来了。他强迫自己往前走，艰难地迈开步伐，一步接着一步。此刻最重要的事情就是赶回家，赶在他的气力耗尽之前，赶在他倒毙旷野之前，他的尸体会在原地就被撕成碎片，散落各处。从公交车站回家的路他通常要走七分钟，约摸五百步。他有时候会数，借此淹没脑海里乱哄哄的声音。可那天傍晚，这段路一定走了不止七分钟。他感觉似乎走了不止七分钟。他甚至都不能确定他还有没有力气支撑下去。他好像从一些人的身边走过，有时候他会打个趔趄，不得不找面墙，倚上几分钟或是几秒钟。他已经完全分不清楚了。他的牙齿在打颤，等到他终于摸到家门口的时候，他已经一身大汗了；他一打开门，就坐在了门厅里，任由燥热和眩晕将他压倒。有那么一会儿工夫，他什么事情也想不起来了。

他的名字叫阿巴斯；尽管他自己没有察觉，但他进门的动静其实很响。他的妻子玛丽亚姆听到他在摸索钥匙，接着又听到他砰的一声把门关上，而换作平时他都是悄无声息地溜进门的。有时候，玛丽亚姆甚至都不知道他回家了，直到他站在她的面前，一脸微笑，因为他又逮到她了。这就是他爱开的一个玩笑，总爱吓她一跳，而她又总是被他吓着，因为她没有听见他进门。那天傍晚，钥匙插进门的声响惊动了玛丽亚姆，对于他的归来她感受到了片刻很是平淡的喜悦；紧接着，大门砰的一声响，她听到了他的呻吟。她出屋来到门厅，就看见他坐在地板上，挨着门口，两腿在面前摊开。他的脸被汗水打湿了，他的呼吸困难，气喘吁吁，他的双眼迷茫地一会儿睁开，一会儿阖上。

玛丽亚姆在他的身边跪下，叫着他的名字："噢，不，阿巴斯，阿巴斯，你这是怎么啦？噢，不。"她把他那只滚烫潮湿的手放进自己的手心。她刚一触到他，他的眼睛就闭上了。他张着嘴，费力地喘着气，她看到他的裤管内侧已经湿了。"我来叫救护车。"她说。她感觉到他的手轻轻地握紧了自己的手，过了片刻他呻吟着说了句：不要。接着他又低语道，让我休息。她身子后仰，跪坐在脚后跟上，他的无助让她惊恐万分又不知所措。他的身体在一阵剧烈的疼痛与恶心中起伏着，她又叫了一遍他的名字，握紧了他的手。又过了一小会儿，她开始感觉到他的躁动在平复。"你做了什么？"她柔声问道，喃喃地问着自己，喃喃地问着他，"你对自己做了什么？"

她觉察到他努力想要站起身来，于是将他的胳膊架在自己的肩上，帮助他挣扎着爬上楼梯。不等他们走到卧室，他就又开始浑身战栗了；玛丽亚姆承受住他的体重，硬是架着他走完了上床的最后几步路。她匆匆脱去他的衣物，擦了一把他身上沾染秽物的部位，再给他盖好被子。她不知道自己为什么要先给他宽衣擦身，再给他盖被子。也许这只是一种敬重身体发肤的本能吧，一种多余的、她从来没有多想过的礼仪。忙完这些后，她在他的身边躺下，卧在被单上面，而他则在一旁一面发抖，一面呻吟，一面出声地啜泣，嘴里一遍又一遍地念叨着，不要，不要。等到阿巴斯终于不再战栗，也不再啜泣，甚至像是睡着了的时候，玛丽亚姆便回到楼下，拨了诊所的紧急电话。大夫在接到她电话后的几分钟内就现身了，完全出乎她的意料。那位大夫是玛丽亚姆从未在诊所里见过的一个年轻女人。她脚步匆匆地进了屋，面带微笑，态度友善，仿佛这里并没有出什么特别吓人的事情。她跟着玛丽亚姆上了楼，瞥了一眼阿巴斯，然后环顾四周，想要找一个地方搁手提包。她的每一个动作都是深思熟虑的，好像是在告诉玛丽亚姆不要恐慌，而既然大夫已经来了，她也确实感觉自己镇定了不少。大夫给阿巴斯做了检查，测了他的脉搏，用听诊器听了他的呼吸，量了他的血压，拿灯照了他的眼睛，又取了他的尿样，往里面放了一张石蕊试纸。接着她又问他问题，问他出了什么事，有的问题重复了好几遍，直到他给出令人满意的回答。她的声音与举止中透着的不是担心，而是礼貌与关怀；她在和玛丽亚姆讨论接下来该怎么办的时候，甚至还抽空和玛丽亚姆相顾一笑，她的牙齿闪亮洁白，她深色的金发在卧室的灯光下泛着光。他们是怎么学会这一套的？玛丽亚姆不禁疑惑。他们是怎么学会如此从容淡定地处理受伤的人体的？就好像她面对的是一台坏掉的收音机似的。

大夫叫来了一辆救护车，等到了医院他们告诉玛丽亚姆，阿巴斯犯的是糖尿病急重症，还没有达到昏迷的程度，但也够严重的了。他们告诉他，这是迟发性糖尿病，出现在步入衰老的人群身上。通常这病是可以治疗的，可他不知道自己得了病，之前也没有接受过任何治疗，因此发展成了急重症。现在要完全说清楚会有什么样的后遗症还为时尚早。他的家族有糖尿病史吗？他的父母、叔伯和阿姨有得病的吗？阿巴斯说他不知道。第二天，专科医师在给他做检查的时候说，糖尿病不会危及生命，但从他的运动反应①来看，他的大脑可能受到了某种损伤。没必要如临大敌的。他有可能还可以恢复部分丧失的功能，也有可能恢复不了。时间会给出答案的。他还得了轻度中风。常规检查可以明确他的身体情况和对应疗法，但在此期间他得再留院观察一日，如果没有出现进一步的状况，那他就可以回家了。医师给他开了一份长长的禁忌清单，让他服药，又叮嘱他要请病假，别去上班。这年他六十三岁，而事情还远不止这么简单。

玛丽亚姆给他们的两个孩子汉娜和贾马尔打了电话。她告诉孩子们出了什么事，一遍遍地安慰他俩，不停地兜着圈子，免得他俩立马往家里赶。如果没有出现进一步的状况，

_____

① 指对神经进行刺激时所见到的肌肉收缩反应。

他明天就能回家了，她告诉他俩。"你说的状况是什么意思？"汉娜问道。"医生就是这么说的，如果没有进一步的状况。"玛丽亚姆答道。她在有样学样地模仿医护人员，那些人好像是要让一切都显得风平浪静，所以这样做也许对阿巴斯是最好的，而让汉娜和贾马尔匆忙赶回家只会给他带来不必要的刺激。她自己也在医院里上班，知道大家有时候面对生病的亲属会过分大惊小怪。"他们现在正给他治病呢。他们说他情况稳定。不，没有必要急急忙忙赶过来。他哪儿也不去。你们当然可以随时过来看他，可真的没有必要着急。你们想来的时候就来。他现在没事了。他们在治他。不，他以后不需要每天打注射，贾马尔。他这会儿要打，可用不着打很久。他得服药，膳食得遵照医嘱，还有其他各种各样的注意事项，我会定期检查的。比方说？哦，他脚上的裂口和擦伤啦，血糖啦，还有别的一些事情。他们会教我的。他不会有事的。他过不了多久就又能硬朗起来了。别担心，他不会有事的。是的是的，近期来看他。"

这场病让阿巴斯精疲力竭。就连做一些小事情都让他又是打颤，又是冒汗，一面发出沮丧的呻吟。没人帮忙，他甚至都坐不起来。他一直都觉得饿，可食物又让他想吐。他唾液的味道似乎有毒，他的口气闻上去就像下水道。每当他强迫自己吞咽食物的时候，他就会恶心干呕。医院糖尿病组的一位护士上门来探视他，向他（还有玛丽亚姆）解释他需要如何照料自己。她定下了规矩，给了他们小册子和指导建议，然后就嘟嘟囔囔地出去了。她走了以后，他感觉更加精疲力竭了。又过了几天，他还是没法儿独立走完去洗手间的那区区几步路；玛丽亚姆在离家之前，只能给他拿来一只塑料桶，放在床边，以防他内急。他迫不得已用了一次，像个宝宝一样坐在桶上，伴随着他的嘟囔声和呻吟声，他的身体一通稀里哗啦，一发不可收拾——被糟蹋、被欺骗了一辈子，到头来它也让他丢脸了。接着，等到他终于完事了，他却没法儿好好地把自己弄干净，没法儿像平常那样洗自己的身子。他从来都不习惯用厕纸，那样子事后总还是觉得脏，而如今他却只能躺回床上，感觉就好像是风干的秽物在他的屁股上面结了一层硬壳。有时候他会魂不守舍，遁入睡梦，或是神游出窍，游入那些寂静的深处——他总忍不住要回到那里，而他又憎恶回到那里。哪怕是在恍惚之中，他也知道他已经不管不顾，听之任之太久了，这么多年来他其实一直都知道。有那么多的话是他早该说的，而他却任由沉默凝结起来，最终不可撼动。有时候他觉得自己已经不在了，觉得自己遥不可及，紧紧攀住一根细绳，细绳从卷轴里越放越长，而他也在一点点地消融瓦解。可他人还在，又醒了过来，接着他想起了以前出海的时候偶尔会做的那个梦，梦见自己攀住一根绳子，而他的身体正在湍急的水流中消融瓦解。

等到他的身体好些了，他整个人变得易怒了，尤其是面对他自身的虚弱，可他表现的形式却是冲着玛丽亚姆说一通又一通的气话。那些话让她很受伤，可他控制不住自己。有时候他受不了她进到屋里来，对着他喋喋不休，在衣橱里或是她的床头柜里翻来找去，不知在找什么；受不了她把手掌放到他的额头上，或是扶他起来，好给他换枕头，或是把厨房里的收音机帮他拿进来。让我一个人待着。别小题大做了。有时候他又受不了她不在那里，受不了她身在别处，而自怜与自恨的泪水正顺着他的脸颊往下淌。我受不了这个。我再也受不了了。他是一个罪孽深重的游子，虚度了全然徒劳的一生后，在一片陌生的土地上害了病。说话让他痛苦，让他的胸腔生疼，而他也太累了，懒得去解释。他的话根本讲不通。从她脸上的困惑不解中，他能看出这一点来。可他又没法儿让自己说出讲得通的话来。他想要一个人待着，可每当他试图告诉玛丽亚姆这一点时，他只能发出一串语无伦次的辱骂，然后抑制不住地落泪哭泣。

可他一天天地有了力气。他可以独立下楼了，需要的话也可以再自己上楼，虽然花的时间要久一点。他能吃下东西不吐出来了，也习惯了新的膳食——他发现这些东西也没什么难以下咽的，只是寡盐少糖。他能照顾自己了，他对她说。是时候她回去上班了。他不是废人，只是有点虚弱。只要再慢慢调理上一阵子，他就没事了。三周过后，她回去上班了，这让他如释重负，尽管这样一来他就得一个人面对漫长而沉默的一整天了。他想要读书，可他很难集中精力，举书的动作又太吃力。他一天天地有了力气，等到他的身体恢复得差不多了，他就会告诉玛丽亚姆所有那些他一直瞒着她的事情。

玛丽亚姆的确在医院上班，可她做的不是什么伟大光荣或是救死扶伤的事情。她在员工与访客食堂里上班，她知道如果再不回去，她就要丢工作了。食堂经理在电话里就是这么跟她说的，好言好语说的，当时她正打电话给经理，请他再批两个礼拜的假。噢，拜托，她没指望还能拿工资，只是再给她两周时间，让她确定阿巴斯真能照顾自己，可经理说不行，抱歉，他们人手不够。玛丽亚姆在那儿工作很久了，食堂经理也是，但时势艰难，工作难找。食堂经理和她都没有跳槽的打算。而且玛丽亚姆好像也没有资质去做别的事情。她已经在医院里工作二十年了：先是做清洁工，后来有了孩子，两人商定由她留在家里照看孩子，再后来孩子们大了，她又在医院食堂里找到了工作。她时常想着自己应该去做点别的，做点更有挑战性的工作，能让她的自我感觉更好，十有八九也能挣得更多，但她甚至从来都抽不出空去找看。她也和阿巴斯提过这个想法，他点点头，发出赞同的声响，但并没有鼓励她。她并不知道那份更有挑战性的工作该是怎样的，也许他也不知道。她一直干着的就是这种工作，她也认识医院里的许多人。人们来了又去，但有一小撮人在那里已经待了很久了。她不想丢掉工作，这个时候不行，阿巴斯都已经这样了。她又不能跑去跟食堂经理说，谁稀罕你这破工作，反正我也受够了，我这就去银行再找份工作。她别无选择。况且，她也已经习惯了让工作填充自己的生活。她一辈子都是这样过的，永远都知足常乐，永远都顾全大局，而现如今，再要当刺头，再要去冒险，已经太迟了。她从来就没有那股子硬气。

回去上班后的最初几日，阿巴斯出事带来的打击再度袭上她的心头——那个男人以前几乎从来不生病，如今却如此虚弱又迷茫，如此愤怒，如此轻易、无来由地落泪啜泣。而一想到她不在的时候他就是那副模样，她就更受打击了。不知怎的，只要他就在她的面前，她就能沉浸在"需要做什么"的细节之中，哪怕有时候就连靠近他都是一项艰巨的挑战。可是一旦拉开距离，他就会支离破碎地浮现在她的脑海中，化为一节节骇人的片段，让她挥之不去。和她共事的几个朋友问起他的情况，她简单地作了答，一面反复咀嚼病房发来的简报。这些简报帮助她将自己遭受的打击弱化成某种更加司空见惯的东西，将刚刚发生的变故置入熟悉的剧情背景之中。谁家没有一个爸爸，或是姐妹，或是丈夫，或是邻居在同慢性病做抗争，要不就是等着动大手术呢？咀嚼完了自己的简报，她又听起了朋友们的，听他们你一言我一语地把悲剧变得可以容忍，将报告中所描述的悲惨境遇怪罪到医生、命运，甚至是不幸的患者本人头上。这样也好。他们不是她可以敞开心扉的朋友。她没有那样的朋友，除了阿巴斯。她担心自己一旦敞开心扉，只会引来一阵排山倒海般空洞的同情，她估计和她共事的这几个朋友最多也就只能如此了。要是他们向她敞开心扉的话，她很可能最多也就只能如此。人性的百态，只需浅尝辄止地揣摸一下也就足够了，真的足够了。

事实上，她并不愿意去想他此刻的状态。她想要在一天当中能有区区几个钟头可以不去想这件事，可她就是忍不住。让他一个人待上一整天，这么做真的不对，可医生说他正一点点地好起来，值得一试。药物正在起效，他会没事的。别整天围着他小题大做，她说，让他自己照顾一下自己，让他学习。别小题大做，他也是这么说的。她知道他想要她出门去，好一个人面对沉默。可他还不行呢，老是打翻东西，大便失禁，孤零零地坐在那里整日哭泣，这么做真的不对。他对她说话粗鲁，这让她伤心，他平常不是这样的，可她也只能慢慢习惯了。他病了，再者说，只要她愿意，反正她还是要小题大做的，不然她还能怎么办呢？

别围着他整天小题大做，让他自己照顾自己——这话是他们的固定医生门德兹大夫说的，说得好像她自己不是个小题大做王似的。她对玛丽亚姆的态度很坚决；自从许多年前，玛丽亚姆头一次带孩子们去看她的那天起，她就一直是这样。她的医嘱必须得到充分遵守，她的诊断往往带有责备的意味，仿佛有错的人是玛丽亚姆。门德兹大夫是位西班牙女医生，一位非常固执的医生，在玛丽亚姆看来。她和玛丽亚姆差不多同龄，从医多年，随着年岁渐长，她体态发福，人也变得越来越像个五大三粗的女摔跤手了。也许这确实是玛丽亚姆自己的错，她没有找对方法，让医生不要再欺负她，可她和玛丽亚姆说话的口气就好像是她不懂怎么照顾自己似的。在做出了糖尿病的诊断后，她又教训起了阿巴斯太过疏忽大意。年纪大的男人都太好面子，不肯去看医生，一直拖到自己真的出了大事，一下子拖累了所有人，她说。男人到了他这个年纪，理当定期去做血检的，那样他们好些年前就能诊断出他的糖尿病，顺便也能控制住他的心脏问题了。现在他的孩子们也必须每年至少做一次血检。这种问题是会家族遗传的，她说。也好在阿巴斯现在没有力气；他要是身体还好着，是绝不会容忍她用那种腔调跟他说话的，管她是不是医生。就在那位倔强的西班牙女大夫教训阿巴斯的时候，玛丽亚姆感觉自己像是看到了阿巴斯的脸上闪过一抹微笑，她情愿把那看作是他惯常的坏笑，先按捺住心中的嘲讽，攒成一笔，等他日后有了力气，再如数奉还。

接着，她又想起了他以前的样子，想起了那么多年以前她在埃克塞特见到他时的样子。自打他病倒后，她就时常想起他那时的形象，那个她十七岁那年遇见的男人，不是为了和现在的样子作比较，或是痛惜他韶光不再，而是把这当作一件开心事，当作一段会自发走入她的脑海，让她莞尔的回忆。也许这也是在悼念那份如今已经荡然无存的从容吧。

她第一次见到他，是在埃克塞特的博姿药妆店。那是好久以前的事了，就像是发生在一段虚构的人生中一样。他俩当时都站在那里排队，这时他露出了微笑。人们像那样与她目光相交的时候，并不总是会露出微笑，反正她觉得他们没有笑。多数情况下，她不等读出他们眼中的神情，就已经把目光别开了，所以也许在她打断目光接触后，他们确实微笑了，但那时候的她害怕他们鄙夷、讥讽的神情，还有他们愤怒的面孔，因此宁可不要知道真相。他是一个颀长、健壮又黝黑的男人，身穿浅棕色的高圆翻领套衫和牛仔布夹克。他排在她前面，趁着他东张西望、等着轮到他的工夫，她得以好好打量了他一番。就在这时他回过头来，看到了她，接着又回头看了她一眼，然后露出微笑。这让她感觉很好，这微笑，好像她是一个他认出了的人似的，好像他俩同时对某件事情心领神会，某件除他俩之外，在场的旁人全都一无所知的事情。后来她得知他是水手，对此她一点也不惊讶。他看上去就像，像是一个见过世面、做过事情的人，一个品尝过自由的人。她就出生在埃克塞特，从来没有去过别的地方，也没有做过什么事情。她那时和费鲁兹还有维贾伊住在一起，那样的日子正一天比一天难挨。一想到费鲁兹和维贾伊，她就浑身一哆嗦，回回都是，哪怕过了这么多年；她舒展了一下肩膀和脖颈，然后轻轻地把这段记忆推开。

仅凭她看阿巴斯的那第一眼，她当即就明白，他做过事情，哪怕她对他一无所知。他的眼睛里有一种神情，一种不好惹的神情，仿佛是在说，我是不会不声不响忍气吞声的，不管你脑子里面盘算的是什么。她只能说那是一种不好惹的神情。等到后来她了解他一些了，她看到那神情并非一直都在他的眼里，只有当他不喜欢他看到的或听到的某样东西的时候才会一闪而过，或者当他怀疑自己遭人轻蔑的时候。他无法容忍轻蔑，一辈子都是这样，甚至到了犯傻的程度。有时候那神情像是在熊熊燃烧，他的眼睛闪着光芒，他的面庞愤怒而坚定，仿佛他的思想带着他去了别的地方。而当他没有像那样山雨欲来的时候，他的眼睛又大又平和，像是一个喜欢看世界的人，而她与他初遇的那一回，她觉得他是一个喜欢让别人开心的人。

是的，那就是他永远会停留在她记忆中的样子，只要记忆尚存——那个颀长、不安的男人，她是在念完了最后一年书之后的头一个夏天遇见的他。那时她在一家小餐馆里上班……而如今，过了整整一辈子，她还在做着同样的事情。她那时想着，如果她挣的钱够多，她就能搬出费鲁兹和维贾伊的公寓，和一同打工的一位朋友合租一间房。但她的工资真的很低，工作又累又枯燥，虽说她喜欢她的工友们。那时的一切都很艰难，所以跟合得来的人一起干活真的非常重要，那些人面对一切都哈哈笑着，仿佛他们的整个人生都是一个愚蠢的玩笑。后来她在一家工厂里找到了报酬更高的工作，她再次见到阿巴斯的时候，就是在那里上班的。她依然会时不时地去那家小餐馆喝杯茶，见见曾经的工友们，每次都能吃上一块免费的奶油蛋糕。正是在那里，她第二次见到了他。他瞟了她一眼，便认出了她。他犹豫了一下，看到她对他微笑，于是走上前来。他端着托盘踌躇了片刻，然后坐了下来。

"博姿。"他说道，面带微笑。

"很高兴见到你，博姿先生。"她答道，两人随即都哈哈笑了。

他俩接着又聊了一小会儿，然后他便向她道别，说声回头再见。他告诉了她自己的名字，说他在当船员。她也告诉了他自己的名字，说她在工厂里上班。不知怎的，哪怕只是这样的对话似乎也妙趣横生。虽然说不上来为什么，但她知道，自己还会遇见他的。那天他说的话和她回的话，大部分她已经想不起来了，留下来的只有那些话带给她的感觉；她吃不准她能不能把那种感觉说出来：是激动，是期待。她记得他看着她的样子，记得她从他眼中看到的愉悦，还有这一点带给她自己的感受。

她第三次遇见他的时候——幸福的第三次，就像他后来说的那样，因为幸福总是在第三次到来——是在厂里面。在那里见到他真是让她大吃一惊，从他狡黠、开心的微笑中，她看得出来这并非巧合。他在那里找了份工作，因为他想要上岸休整一段时日，他说。他来埃克塞特，本打算在一位朋友家小住几日，结果乐不思蜀，心想不如就再多待上一阵子吧。与此同时，他也在工厂里面找了份工作，因为人总得干活嘛，不然就给别人平添负担。他老是在流水线上玛丽亚姆的工位附近晃悠，最后工头都开口骂他了，可他还是要过来和她说话。工头是个瘦瘦的男人，长得像只黄鼠狼，喜欢气呼呼地迈着大步走来走去，四处找茬，跟所有人吵架。阿巴斯立刻就被他找上了茬，花了整整一两天时间才学会如何不被这人盯上。他的工作是给几条流水线供应他们需要的材料，所以但凡用不着他的时候，他就可以游来荡去，一面向女人们施展魅力，一面躲开工头。下班后他会陪她走回家，嘴里还在说个不停，逗得她哈哈大笑，肆无忌惮地恭维她。她知道自己在被人追，事后她会在漆黑的夜晚躺在床上，睡不着觉，心潮澎湃地想着这件事的意义。那一整个礼拜他俩都是这样过的，一直在说话，到了第三天两人牵上了手，第四天傍晚有了临别的一吻，而就在那个周末，他们第一次做爱了。那也是她的人生第一次。她事先告诉了他，以防会出什么事。她也不确定会出什么事，但她听说过有什么东西会破，还会出血，所以她想要让他知道。他问她是不是确定要，她说她确定。他真的好帅。

玛丽亚姆很想让她的记忆就在那里停歇一会儿，就逗留在她初遇的那个阿巴斯的音容笑貌上，可她压制不住近在咫尺的费鲁兹的存在。她那时还和费鲁兹还有维贾伊住在一起，他们对阿巴斯的事情一点也不满意。起初他们不满意她交男朋友。随后他们又不满意他的年纪，大得可以当她爸爸。他二十八，她告诉他们的，也是他告诉她的。接着他们又不满意他是水手。那是群又野又不负责的男人，维贾伊说。一群酒鬼。他只是在利用你。像他那样的男人脑子里面只想着一件事。

那是一个可怕的晚上。她本该在电影院和他碰头的，可他们不肯放她出门，冲着她一通危言耸听的教训，吓得她不敢动弹。第二天一早，不等别人起床，她就收拾了几件衣物，用一只购物袋装着，出门去找他，找阿巴斯，上他借宿的朋友家。他一定是猜到了她会来，猜到了前一天晚上他们不放她出门。他就站在窗边，一大老早的，望着窗外，寻找她的身影；一看到她，他立马就冲下楼去，把她让进公寓。

"你怎么啦？"他问道，一面把她拉进屋来，然后轻轻地关上门，免得惊醒了他的朋友。"我以为……我以为你再也不想见我了。"

"他们不让我来。"她答道——尽管此刻的气氛紧张，但看到他如此焦灼不安，她还是感到了一阵狂喜。

她和他说了家里的争执还有辱骂，他说那我们就离开这个地方吧，她心想，那好吧。她很乐意远离这个泥潭，远走高飞，将它抛在身后。她不知道她有没有权利这样做，也不知道费鲁兹和维贾伊能不能让人把她遣返回来。所以一听到阿巴斯说，得啦①，我们离开这里吧，她就说算我一个，我跟你走。不必停下来思前想后，不必回到她已经习惯的那种

---

① 原文为阿拉伯语。

屈辱的生活——这种感觉妙极了。

当她看到他垮掉的躯体倒在门口时，她想到了死亡，他的死亡，她自己的死亡。后来，他的倒下让她想到他的离去，接着又想到她自己的人生，想到它的开端和它永无休止、悄摸无声的转折。她正是从费鲁兹那里得知了自己如何来到人世间的故事——她身世开端的故事。她是被人在埃克塞特医院的急诊室门外发现的，一个弃婴。一名值夜班的护工——他的名字没人费神去记——走出门外，想要看看天色破晓，顺便抽支烟，却看到脚边有一个包裹。那是一个钩针编织的米色襁褓，上面别着一只棕色的信封，像是一个送货地址，或是一份标签。当那个夜班护工看清了襁褓中是一个婴儿时，他也许露出了微笑，又也许他不确定自己是该把孩子抱起来，带进屋里暖和暖和，还是该叫一个知道究竟该怎么办的人过来。有时候护工想要帮忙，护士们反倒恼火，好像生怕他弄坏了什么东西，或是弄伤了病人，或者总而言之就是粗手笨脚的。他收起没有点燃的香烟，回到屋里，把事情告诉了另一名值班的护工。两人叫来当班的医院护士，后者一把抱起襁褓，匆匆地进了屋，玛丽亚姆估计那护士还给了护工们责怪的一瞥，两人则对她的小题大做交换了一个眼神。

她这般戏剧性地来到世上时，真是一个小不点，体重只有四磅多一点点，出生不过两三天。检查她的医生说她被照顾得很好。她的母亲可能是个十几岁的少女，医生说，仅从宝宝的体形判断，但那也只是猜测。玛丽亚姆很想知道，就在医生和医院护士分享这条信息的时候，两人彼此之间会怎样挤眉弄眼做怪相呢？而在当时，人们又会用怎样的词来形容像她母亲那样的女孩呢：破鞋、荡妇、婊子？没有人告诉她这样的细节，所以她别无选择，只能平添一些自己的笔触，来把画面填充完整。比方说，她就吃不准那个钩针编织的米色襁褓，不确定她所听说的那个故事里面有没有这样东西，还是说那是她自己加进去的，因为在她的想象中，一个弃婴就该是那样包裹的。她自己就有一个钩针编织的米色襁褓，用来裹她的两个宝宝，有时候她一摸到那襁褓，就会想到，*我的母亲。*然后对那个从未出现的人心生出一股柔情来。

与此同时，就在医生继续给宝宝做检查的时候，医院护士给警察打了个电话，以防母亲还在附近。另外，她还反对任何人去碰那只信封，以防里面装有对警方有用的证据。谁都说不准这样的案件背后藏着怎样的骇人内幕。很有可能，那位母亲之所以抛弃自己的宝宝，是出于未婚先孕的羞耻，或是想到单亲妈妈要面对的鄙视与孤独才铤而走险的；但也有可能，遗弃宝宝的不是母亲，而是一位亲属，或是某个伤害了母亲的人。无论如何，不论是谁做的这件事，这都是犯罪行为。1861 年《人身侵害罪法案》，费鲁兹告诉她的。她自己也查过了。

警察马上就到了，但他们也追踪不到母亲，或是那个将孩子遗弃在医院门外的人，无论他是谁。信封上没写地址，里面只有一页横线纸，一页从学校练习簿上撕下来的纸。纸上写着，她的名字叫玛丽亚姆，他们不让我留下她。从这个名字还有孩子的肤色判断，警方认为母亲肯定是一个外国女人；或者，更确切些，用他们那个年代的优雅措辞来讲，她也许是个不知哪里来的"黑皮"。正如警方所知，有些外国人在对待诸如未婚妈妈之类的事情上，比基督徒怀有更严重的偏见，有时出于羞耻会伤害他们自己的女儿。因此，警方的首要工作就是找出镇上的外国家庭，先从那里开始调查。想当年，这项工作比如今要容易得多，因为那是在闸门放开之前，外国家庭非常少。不过，他们同样在襁褓中找到了许多金发的证据，而且宝宝自己的一小撮头发也是浅色的，不过这样的事情在那些成年后一头黑发的婴儿身上并不罕见。因此，也有可能是那位父亲才是外国人，是他抛弃了那个因他产子的少女，后者又迫于亲属的压力遗弃了宝宝。

警方做了调查，有了点猜想，但没法儿斩钉截铁地公布母亲的身份。要是这起事件还有另一桩关联犯罪，那他们也许还会调查得更努力些，但看起来这不过是又一个姑娘为自己的犯傻付出代价罢了，而根据他们已有的信息——仅仅是些道听途说——头号嫌疑人可能已经不在埃克塞特了。玛丽亚姆被送进埃克塞特的一户人家长期寄养。她的出生日期据推测应为1956年10月3日。

她被安排进的寄养家庭是里格斯夫妇家——一对年迈的夫妻，之前已经领养了另外两个小女孩。玛丽亚姆永远会在心目中把他们当作她的爸妈，哪怕她只是和这对老夫妻度过了生命中的最初几年。出于实际目的，他们的姓填补了她自己的名字中空缺的那一部分，于是她变成了玛丽亚姆·里格斯。她最初的记忆就是和他们同住，和两个小女孩共享一个房间的那段岁月。

她们的妈妈是一个高大、行动迟缓的女人，脸颊上有一颗痣。那是一颗好大的痣，有时候她们的妈妈会反复揉弄那里，直到周围的皮肤变得又红又肿。她和她们说话用的是一种和善、单调的咕哝声，永远在说个不停，哪怕就她一个人的时候嘴里也不停歇。当她生气的时候，她的声音变得尖锐，听上去让人揪心，仿佛她正在承受着痛苦。一旦她开始这样子说话，就得一气说上好久才会停，这时哪怕只是只言片语或是微微一声轻叹也会让她再度发作。她给她们做蔬菜乱炖，为了省钱往牛奶里掺水，用板油甜布丁和硬得像石头的司康填饱她们的肚皮。她们都要叫她妈妈。

　　那是一间冷屋。她们全都穿着几层厚的衣物，妈妈的裙子长得一直拖到脚踝。那裙子让她看起来像是来自另一个时代的人，爸爸有时候管她叫"维多利亚女王"。她把她们仨的头发全都剪得短短的，免得粘上跳蚤蛋，用她的话讲；还给她们洗坐浴，一周一次，三个人合用同一盆水。她们在厨房里洗澡，用一只马口铁澡盆，妈妈拿深平底锅烧了热水，注进盆里。妈妈有一双大手，拿一条厚毛巾用力地给孩子们搓澡，双膝跪在澡盆边的石头地板上，有时嘴里还叼着一支烟。家里唯一有炉火取暖的房间是客厅。厨房里因为做饭还有拿深平底锅烧热水，所以还保留了一点暖气，但洗澡水凉得很快，她们的澡也只能匆忙了事，速战速决。她们的爸爸等她们洗完了再进澡盆，所以她们得趁着水还有丝热气就赶快出来，好让爸爸洗。洗完澡后，孩子们会跑到楼上，用最快的速度钻进被子下面。玛丽亚姆在向自己的孩子们描述这一套洗澡流程时，脸上露出了微笑；她也让他们理解了其中的某些环节还是自有其乐趣的。

她们的爸爸在一爿离家不远的地毯店里上班，经常在家。他以前是地毯店里的货车司机，可他在战争中不幸伤残，是在一次空袭中受的伤，后来他们就不让他再开车了，因为他的视力不好了。一道宽宽的疤痕就在他的右眼下方，像地下隧道一样延伸。商店留下他做一些零工，扫地啦，小修小补啦，反正就是用得着他的时候让他帮帮忙。他出门上班的时候，总是穿西装打领带。那是一套人字呢的旧西装，也是他仅有的一套。玛丽亚姆那时候还不知道爸爸能有工作可能只是商店在做善事，他的工资可能低得可怜。这一点是后来她回想起他的时候，自己琢磨出来的。

在家的时候，爸爸总是在修东西——干点琐碎活计，用他的话讲，嘴里叼着烟斗。他们叫她玛丽，直到很久以后，她才得知自己的名字是玛丽亚姆。爸妈的三个姑娘中，最大的一个是玛吉。玛吉的名字永远挂在妈妈的嘴边：去拿这个，别弄那个，你不会有好果子吃的，板上钉钉的。另外一个女孩是吉尔，她身体不好。下午茶过后，爸妈在听收音机的时候，允许孩子们坐在客厅里。爸爸喜欢让一个姑娘坐在大腿上，爱抚她，亲她的脸蛋，管她叫"你这小笨蛋"。到了晚上七点钟，她们就全被打发上床了，哪怕太阳依然在放着光芒。她不记得自己挨过打或是挨过吼，但玛吉挨过，因为她顶嘴，还爱管闲事。她经常透过锁眼偷窥，还乱翻那些不许碰的抽屉。妈妈说，再没有什么比一个人爱管闲事更糟的了。天底下的麻烦全是那些爱管闲事的人惹出来的。

就在后门边上有一个搭在户外的冲水厕所。厕所的门和门框不匹配，上下都漏出一道好大的缝隙，玛丽亚姆记得有时候早上起来要面对的第一件事情就是马桶里的一层薄冰。厕所里有一股动物的气味，就好像有什么别的东西住在那里面似的，她很怕在天黑之后去上厕所。等到她五岁的时候，另外两个孩子都已经被送走了。妈妈解释说，她们被收养①了，现在有了她们自己的家。她们是别人的女儿了。她问五岁的玛丽亚姆，愿不愿意从今往后就留在他们家了。玛丽亚姆说她愿意。她其实并不清楚这个问题的意义所在。她脑子里面从未想过她和爸妈在一起的生活较之旁人的生活是不是有什么不一样。她从未想过自己会离开他们，被送去别的人家。

可是，当她的爸妈申请把她留下时，却得不到准许，因为他们年纪太大了。她的妈妈为此嘟囔了好几天，向玛丽亚姆讲述这该是有多愚蠢，竟然说他们年纪太大，不能收养一个孩子，一个他们视若己出的孩子，而之前他们拉扯大三个寄养孩子的时候，却又不说他们年纪大了。爸爸说他目瞪口呆了。每次他认为发生了一件蠢事的时候，总是会这么说。他们甚至考虑要上诉，可是就在这个想法浮出水面的时候，玛丽亚姆却被人从他们身边带走了，因为社工认为这整场风波让孩子感到不安了。她就是这样失去的爸妈。一个男人和一个女人开着一辆车上门来领她，把她带走了，而她完全被

---

① 收养（adopt）是指成为孩子法律意义上的父母，而寄养（foster）则只是养育孩子一段时日。

蒙在鼓里，因为妈妈和她说话的腔调和平常一样，仿佛并没有什么不寻常的事情要发生似的。

玛丽亚姆被送进了另一个寄养家庭。她不太记得那一家人的情况了。好像是他们照料的另一个孩子出了什么不好的事情，一个比她大些的男孩子，看上去很容易激动，经常浑身发抖。他们的房子也很冷，但除此之外屋里还有臭气。窗户是从来都不开的，床上的味道很难闻。她的新爸爸是一个大块头男人，只要她挡着了他的路，他就会用力将她一把推开。有一回，他还朝她扔啤酒瓶，因为她哭。她的妈妈人很瘦，留着长发，总是在又撺又拽他俩，还说碰上他俩是她倒了八辈子霉。她回想起童年时，觉得她好像只在那里待了很短一段时间，可是随着岁数渐长，等到她开始认真算日子的时候，她知道她一定是那里待了有一阵子了，因为她是和那家人在一起的时候进的学校。也许她只是不想回忆吧。

她对于这段时间的记忆非常混乱。她又有过别的寄养家庭，但她已经记不太清了。有时候她会挨打，这她记得，还有一次那家人外出了，她被一个人锁在房间里一整夜。也许没有一整夜，她最后只是躺在地上睡着了。等到早上她一觉醒来，房门已经解锁了。她一直在哭，一直要找爸爸妈妈，但她再也没有找到他们。她被送去和另一户人家同住，那家人有两个年纪和她相仿的规矩孩子。那位母亲的肤色偏黑，想要一个黑孩子来抚养，所以他们就把玛丽亚姆给她了，因为到了这个时候，她的肤色比起之前黑得愈发明显了。可玛丽亚姆过不了多久就要哭——你已经不是宝宝了，她的黑妈妈说，她也不想和那两个规矩孩子一起玩。这时她已经进了大学校，老是被人欺负。一天，她打了一个捉弄她的女孩。老师在她们的课桌上放了一只花瓶，里面盛了水，插了花，让她们写生，可那个女孩不停地把花瓶移来移去，在玛丽亚姆的画纸上乱涂乱画，还叫她小臭臭。接着女孩又往她的脸上啐了一口，于是玛丽亚姆从女孩手里抢过花瓶，连水带花地朝她扔去。花瓶砸中了女孩的脸。女校长打发她一个人坐在学校礼堂里，等她的妈妈来领她。她的黑妈妈说，她再也不想要她了，于是她被送给了另一户人家寄养，要给她做做规矩。

玛丽亚姆没法儿取悦他们。他们有一个亲生女儿，比玛丽亚姆大一岁。她的名字叫维维恩。这姑娘成天盯着玛丽亚姆，只要玛丽亚姆触犯了父母定下的许许多多规矩中的任何一条，她就会打小报告。父亲是位教师，给玛丽亚姆做了不少阅读测试和智力测试，然后告诉她说，她的水平落后于同龄人。他安排了日常训练项目来提升她的学习能力，还给她布置练习任务作为家庭作业。女儿会向爸爸报告违反这一套学习方法的任何行为，报告之前还要自己先斥责玛丽亚姆一顿，又是掐她，又是扇她，以此惩罚她的愚蠢。母亲则教她餐桌礼仪，上床睡觉的时候手该放在哪里，还有怎么把自己的身子完完全全擦干净，这样才不会在内裤上面留下脏印子。最终，这家人还是没法真正喜欢上她，虽说她和他们在一起待了一年多。他们努力了，但就是没办法给她做成规矩，于是他们把她送走了。

到了这个时候，玛丽亚姆已经九岁了，对于自己的一无是处也有了充分的认识。所以，当他们找到又一户愿意收留她的人家时，当她的新妈妈叫她玛丽亚姆，抚摸她的头发，还说她是个好可爱的小姑娘时，她知道她必须使出浑身解数来做一个小可爱，这样她才能一直喜欢她。她有了一个自己的小房间，她的新妈妈还在房间里面布置了小动物的图画，还有一只红金色的蝴蝶吊饰，就悬在她的床头。她是一个爱笑的瘦削女人，笑声像是从她的体内汩汩涌出。一听到她笑，玛丽亚姆自己也会笑。她是一位护士，她的新爸爸则在同一所医院里当电工。那是一所精神病院，你知道那是什么吗？从一开始她就是那样和她说话的。以前从来没有人像那样和玛丽亚姆说话，反正她是不记得有，像那样指望她问问题，指望她想要了解她不知道的事情。至少那就是玛丽亚姆想要记住的她——一个用这种方式和她说话的人，与之前的所有人都截然不同；一个指望她有好奇心的人。她的名字叫费鲁兹，她告诉玛丽亚姆，她来自毛里求斯。她的丈夫名叫维贾伊，他来自印度。费鲁兹拿出地图册，指给她看毛里求斯在哪儿，告诉她这个岛名的来历，为何以前岛上没有人住，现在上面住的又是什么人，他们做什么。她还指给她看印度在哪里，又指出维贾伊来自哪个城市，或者不如说是离他走出的那个村子最近的城市。反正呢，她给她看了地图，告诉了她一些她之前闻所未闻的地方，让她瞥了一眼世界。

她还和她说了许多他们自己的人生故事。维贾伊的腿瘸得厉害，因为他小时候被一辆汽车撞倒过，后来一直没有痊愈。两人的家庭都完全不赞成他们的结合，因为宗教问题。她的娘家人全都是虔诚的穆斯林，还需要在毛里求斯维护自己的地位，因此不准她嫁给一个印度教徒。维贾伊的家人则都是无知的村民，不能容忍和穆斯林有任何瓜葛。要是两人生了孩子，也许事情还能有点转机，但他们生不出。也许是他们彻底触怒了各自的家庭了吧，而没有家人的祝福，他们也不配得到上天的恩赐，孕育自己的孩子。可是现在，他们有了一个可爱的小姑娘，也就不在乎那两个可怕的家庭了。他们三个会是一家人了。

那就是费鲁兹，那就是玛丽亚姆告诉自己的孩子们的故事。她没有告诉他们所有的事，没有说那些出了岔子的事情，也没有说她后来是如何彻彻底底地失去了费鲁兹和维贾伊。有些事情是她不知道该如何说起的，不知道该怎么跟自己的孩子们说，现在还不知道。她给故事的这一篇章画上了句号，转而和他们说起了他们的父亲。他那时是个水手，来埃克塞特拜访一个朋友。遇见玛丽亚姆之后，他就找了一份工作，为的就是能靠近她，可费鲁兹和维贾伊不喜欢他，所以他俩就一起跑走了。得啦，我们离开这里吧，他就是那么说的。这就是他们的爱情故事。她就是这样和他们说的。他俩遇见了，然后就一起跑走了，他从此再没有出过海。他们喜欢他说的那句：得啦，我们离开这里吧；两人还是孩子的时候，时不时地就会对彼此开玩笑似的蹦出这句话来。

汉娜出生后，玛丽亚姆试过联系费鲁兹的，却已经找不到她了。她的信石沉大海；有一回，她鼓起勇气，拨了她的号码，却发现那电话已经停机了。她真希望自己没有等那么久。

他们开始发展出一小套全新的康复流程来。当然，他们之前已经有一套流程了，一套多年以来，随着他们生活的变化而一同成长变化的流程。一起变老就是这样子的，你们挪来扭去的，为彼此腾出空间，学会舒舒服服地在一起，如果你们幸运的话。也许她并不真的想说一起变老。她不觉得老，也不觉得阿巴斯老，尽管有那么多明白无误的迹象表明他已经上了年纪，早在这场大病之前。并不是他们的年纪让他们舒舒服服地在一起。那更像是完全习惯了和一个人共同生活，一些事情你们根本无需多言，而另一些事情你们从来不会提及，出于善意，出于它们可能引发的后果。她看着走进医院的那些人，那一对对看上去憔悴又疲惫的夫妇，很难分辨出两人中谁才是生病的那一个。起先是一个候在另一个身旁，在她有点跟跟跄跄地走过一块鼓起的地砖时扶她一把，接着就在他踌躇不前，不知该向左拐还是笔直走，不知该不该找人帮忙的时候，她又耐心地等着他。最后她上前一步，挽住他的胳膊，两人不知怎的达成了一致，然后重新迈开了脚步。

早上总是她先起，一如既往；接着她会下楼去沏两个人的茶。他们在床上喝茶，几乎一言不发，偶尔还会打个几秒钟的小盹。她喜欢这一刻的安逸，这种不紧不慢的感觉——反正现在只有他俩了；有时他会保证下周他先起床，给他俩沏茶。好的，她说，等你感觉好些。说完她便起床洗漱，然后冲下楼去给自己做早饭，准备上班。她一直都是这样过的，片刻的安逸之后便是一通手忙脚乱，这就是她人生的故事，她就是找不准沉稳的节拍。她替他摆好桌子，让他一会儿再来吃早饭。哪怕是以前他身体健康的时候，他上班之前也只喝一杯茶，出门的时候顺便抓一只苹果或是梨子塞进兜里，这就是他节俭了一辈子养成的习惯。她知道他下来之后，只会把早饭收起来，然后给自己沏一杯茶。等到她准备好了要出门的时候，他已经起床洗漱完毕，穿好衣服，捧着一本书坐在客厅里了。那些日子里，在他的病情开始好转之后，他捧在手里的又是那本《奥德赛》。就这样她把他留在了家里，心里想着他很快又要回去上班了，他强制休假的日子也就到头了。有些时候，他早上还会出门买份报纸，可他不忍心读那些发生在伊拉克的事情，所以另一些时候他就不买报纸，只是散一小会儿步。

接着，就在一个周六的上午，时辰已经不早了，她正在厨房里忙着拆刚从超市扛回家的大包小包。就在这时，她听到客厅里传来一声小小的响动；她正默默地想着他一定是把书掉地上了，就又听到他低声说了句：哦，得啦。她赶忙冲进客厅，发现他四仰八叉地倒在椅子上，气喘吁吁的。他的脸痛苦地扭成一团，他的整个身体都歪向一边，止不住地颤抖。她按医生的吩咐行事，用一把勺子撬开他的嘴，检查他有没有吞咽自己的舌头。接着她打了急救电话，又让他在地上平躺开来，让他能够正常呼吸，并且准备好了在他喘不上气来的时候给他做口对口人工呼吸。等到救护车赶到时，他已经失去意识了，但依然在自主呼吸。在救护车里，玛丽亚姆的心被一种恐慌攫住了，它的名字她已经再熟悉不过。他要死了。

汉娜和贾马尔当天就双双赶过来了，两人从医生口中得知阿巴斯中风发作，他们还需要几天时间来评估他身体受到的损伤。在此期间，他们给他用了镇定剂，让他的身体能够恢复一点平衡，虽说他或许已经脱离生命危险了。两人一起进去探望了他，看到他躺在床上，缩成一团——一个瘦削的棕肤男人，一根根管子从他的鼻孔里和胳膊里冒出来，但他依然在自主呼吸。他不会死的，玛丽亚姆坚定地想，他不会死的。她想要对孩子们说这句话，但也许他们根本没有想过他之前是有多险。医生的报告很是让人宽心。也许比起在她眼里，阿巴斯在孩子们眼里还要显得更陌生，因为自从他病倒后，他们就一直都没来看过他，该是有好几个礼拜没有见到他和她了；在他们的想象中，他们不在的时候，爸妈一定身体健康，悠然自得。但又也许她这是在感情用事，把孩子们想得过于天真了。也许他们围在父亲的病床前的时候，心里面根本就不诧异，尽管她在他上次倒地不起后一直反复安慰他俩说，他正一天天地好起来。他们很清楚他年纪有多大了，也许一直在暗自担忧可怕的事情还在后头。

他们回到家的时候，爸爸的病情带来的打击让他们全都一脸严肃，但同时也像某种哀悼仪式一样拉近了他们的距离。他们跟着她走进厨房，她准备晚餐，他们则谈起了爸爸，回忆起他以前的种种搞怪。过了一会儿，贾马尔走进客厅，去看他们的古董电视，用他的话讲。

"你们这屋子里有喝的吗？"汉娜问道，一边搜查着厨房里的许多碗柜。玛丽亚姆朝右手边的那个碗柜点了点头，看着女儿面带坚定的神色转向那里。她真的很想要那杯喝的。汉娜这一年二十八岁，已经教了五年的书，此时正打算辞职，跟随男友尼克去布莱顿，因为他在那里找到了自己的第一份大学教职。玛丽亚姆每见她一回，都觉得她看上去又自信了一分：这体现在她说话的声音里，体现在她眼睛的飞扬中，体现在她穿衣打扮的方式上，仿佛她这般呈现的外在面貌背后涉及复杂的选择。嗯，是的，复杂的选择是肯定有的，但她似乎是在刻意重塑自我，重塑一个她不喜欢的人。玛丽亚姆觉得她讲话的腔调也变了，抛下从前的声音，拾起一个新的声音，虽说依然亲切（大多数情况下），却潜藏着一股以前没有的暗流，一股挑战与世故的暗流。这是一个正在世上努力打拼的英国姑娘的声音。她不禁寻思，当爸妈的是不是就得这样，边看着孩子们变成自己渐渐有所忌惮的男人和女人，边琢磨着他们？他们看我们的时候，心里面又在想什么呢？他们会不会想着真麻烦，真无聊，她这个妈当得真差劲？她从来没有过父母和家，不算真有过，不足以让她拿以前她自认为知道的和如今她知道的作比较。而阿巴斯也从来不提他的父母（几乎从来不提吧），所以这一切对她而言全都是猜想，全都是想到哪儿算哪儿的编故事。

"这下他得退休了，对吧？"汉娜说，然后抿了一口酒，"你自己能把他的文件全都理妥吗，还是说你要我帮忙？"

"是的，是的，这下他得退休了。"玛丽亚姆答道。如果他能活下来的话。汉娜问问题的用意是好的，但她越来越喜欢用这种不依不饶的方式跟自己说话了，就好像自己很容易忘事似的。"我们得等医生来下判断，但我想他们应该会说他非退休不可了。"玛丽亚姆说。

"好吧，你要帮忙的话，尽管跟我讲。"汉娜说。她上前一步，给了母亲一个匆忙的拥抱。"尼克让我代他问好。他很抱歉自己来不了。他每天要乘公交去布莱顿上班，累得够呛，不过我们再过两周就搬家了。他找好了一间出租房，我也搞定了一份代课的工作。一开始肯定会手忙脚乱一阵子的，不过只要你需要，我就过来。"

"好的，我会找你的，不过眼下我只想要他好起来。"玛丽亚姆说，她的声音抑制不住地颤抖。

第二天，赶在汉娜回伦敦之前，他们又一起去看了阿巴斯，随后贾马尔留守医院，玛丽亚姆送汉娜去车站。他坐在父亲的床前，望着父亲的面容——尽管插着许多管子，这张脸庞依然平静又镇定，于是他笑了。他心想，爸应该还不会死。他呼吸规律，双目紧闭，缄默不语，不可触及，像是去了他的某个遥远的去处。然而，他死灰般的面色、满是皱纹的双手，还有松弛的颈部那浅弱的起伏又全都在告诉贾马尔，他经历过痛苦，此刻也正在经历痛苦。他的父亲时常沉默，也喜欢独处，因此也许在他此刻置身的那个去处，他感觉不到痛苦。这只是做儿子的一点幻想，一点一厢情愿。妈常说他俩很像，都爱沉默，也许他俩的确像，但爸的沉默有时是阴沉的，他的孤独也有一种威胁的意味，就好像是在告诉你，在他去往的那个地方，等待你俩的不会是一场快乐的相逢。这种时候，他的面容会变得乖戾，拉得老长，眉头紧锁，眼睛里闪着某种痛苦或是羞耻。他在这样的情绪状态下说话时，哪怕是跟妈说话，他的声音也会变得刺耳，他的话语变得冷酷。贾马尔讨厌这样，但他最最讨厌的还是爸和妈这样说话。这让他不寒而栗，满心忧虑，忧虑那声音会指向何方，忧虑它会给母亲带来的不幸——他知道一定会的。他坐在父亲的床头，望着那张瘦削的脸，那苦难过后平静的面容，心里想，他不要回忆那些阴暗的沉默和低沉的怒吼。他要回忆他的另一个爸，边回忆边坐在爸的床前；那样的话，如果爸能够感受到他的思绪，他就能给爸力量，让爸再一次打退那个击倒他的凶徒。

他们还是孩子的时候，如果爸心情不错，他们也还不算太调皮，爸是很喜欢给他们讲故事的。（他要回忆那个爸，那个呵呵笑着、沉浸在自己的故事里的说书人。）每次他刚一开讲，他们就立刻集合了。他有时候甚至会大叫一声几（集）合，催着他们快点各就各位。几合是孩子们玩打仗游戏的时候喊的，他解释道。集合。什么孩子？在哪里？可这些问题他从来不屑于回答。他只是叫他们安静，挥手示意他们靠拢点。他俩这时便会尽可能地挨紧他坐好，眼睛瞪得老大，听他揭晓他那一箩筐小奇谈。他会给他们讲最最荒诞不经、不可思议的故事，他们则会照单全收，他跟汉娜。他知道怎么让他俩沉浸进去，他们能从他的脸上看出那些故事是真的。故事不是真的，但他说得就像真的一样，他们也信他，也许就在他说故事的时候，他自己也信。有一个故事说的是他被一群大笑着的野象追了几个小时。他向孩子们描述那群野象的模样：一群庞大的野兽，轰隆隆地追赶着他，笨头笨脑、脸如皮革的厚皮动物，笑得连长鼻子都掉了，一面撵着他跑，一面咯咯笑着，打着响鼻，它们的双下巴和大肚子还不停地晃荡着。你知道它们为什么叫厚皮动物吗？因为它们的皮真的好厚。他最后还是智取了它们，办法就是直挺挺地往地上一躺。它们围着他站成一圈，再也笑不出声了，而是既困惑又悲伤，接着就走开了。你们得明白，爸告诉他们，践踏一动不动在地上躺平的东西有违大象的公平理念。只是你得完全一动不动地躺平，不然你就死定了，玩完了，要给吧唧一声踩扁了。

还有一回，爸迫不得已，在苏拉威西岛的珊瑚礁中和一条饥饿的鲨鱼玩起了捉迷藏。苏拉威西岛的鲨鱼很出名，他告诉他俩。它们是恃强凌弱的大块头恶霸，胃口极大。它们就喜欢干这个，趾高气扬地在海洋里游弋，狠狠地撞向任何挡着它们路的东西。你如果能仔细观察它们——保持好距离，当然咯——就会看到它们张开大嘴，一口咬住游过的一条友善的小鹦鹉鱼时，竟然还在微笑。可它们不太聪明，它们总忍不住要去撞东西，所以只要你别让那两排大牙凑得太近，你就还有生机。最后，在被那条苏拉威西鲨鱼追了不知多久之后，爸耍个花招骗过了它：他从珊瑚中间的一道窄缝里游了过去，鲨鱼一头撞上去，卡在里面，爸这才趁机逃走。

还有一回，他在一棵树上待了整整一个星期，一群鬣狗就在树下来回梭巡，撅起屁股，对着他射出一股股毒屎。你们知道鬣狗的屎是滚烫的吗？那是它们最致命的武器之一。鬣狗会先把屎射进猎物的眼睛，再猛扑上去。爸别无选择，只好在树上能爬多高爬多高，指望那群鬣狗会排空肚子，弹药告罄。他甚至都不敢打个小盹儿，唯恐从树上滑落下来，那样的话鬣狗强有力的双颌就会一口咬断他的骨头。

他们最爱听的故事讲的是一头会说话的骆驼。爸在遇见妈之前是一名水手，去过世界各地，在印度他遇见了一头会说话的骆驼。你能在印度找到各式各样神奇的东西：意想不到的神兽、结出莱杜与哈瓦①的巴旦木、从鸟蛋里面孵出来的宝石、大理石宫殿和冰河。那头会说话的骆驼给爸讲故事，爸和他成了好朋友，邀请他来家里做客。所以，说不定哪天他俩也能见到他，虽说印度很遥远，那头会说话的骆驼一路走到英国来，得走上好久呢。但既然他现在还没到，爸就跟孩子们讲了几个那骆驼当年讲给他听的故事。那些故事讲也讲不完，因为骆驼肚子里的存货无穷无尽。骆驼的故事里面没有鬣狗和鲨鱼，却有骆驼宝宝、猴子、天鹅，还有其他一些友善的小动物。

有时他也会给他们讲正经故事，那些他从童年起就熟知的故事。他只在特殊场合才讲这些故事，在他俩都还小的时候，在他们的生日当天或圣诞节讲。生日起初带给他们的是麻烦，因为爸说了，庆祝生日是自负的行为，那些外国人才这么干，早晚惯坏自己的小孩。他们有什么了不起的，非得庆祝自己的生日呢？他就不庆祝生日。你们的妈也不庆祝生日。他不知道还有谁庆祝生日，除了那些欧洲的外国人。难道他们比你们的爸妈，还有全世界所有非欧洲裔的人都更了不起吗？咱们不过生日。可是最终他还是只能让步了，因为妈每次过生日的时候都会给他们做一个蛋糕，还插上蜡烛，还给他们烧一顿大餐；有一年，他下班回到家，发现厨房里

---

① 莱杜与哈瓦，两种印度甜点。

装点着许多气球，一场小小的派对正在火热进行中。他别无选择，只能咧嘴一笑，接受失败，看着孩子们一脸庄重的幸福。得啦，我们也成文明人了，他说。圣诞节起初也是个大麻烦，一个铺张浪费的节日，异教徒们借机喝个酩酊大醉，按他的说法；然而有一年，他偷偷地带回家一棵小小的银树和几盏灯火，他们又惊又喜地围着他雀跃，他也和他们一起笑开了怀。接着，狂欢过后，他们围成一圈在地上坐好——妈、汉娜和贾马尔，他的故事便开始了。Hapo zamani za kale①。很久很久以前。他为所有的人物都准备了不同的声音。演到那个残酷的男人大笑时，爸声音粗哑，样貌丑恶，一面捻着他的假八字须，一面像个爱打架的汉子一样，炫耀他那瘦骨嶙峋的肩膀。演到那位年轻貌美的母亲乞求帮助时，他楚楚可怜，绞着双手，扑闪扑闪地眨着眼睛。演到好人扭转乾坤时，他又威风赫赫，下巴坚毅地抬起，眼中闪着光芒。那是最粗陋的表演，可他们就是爱看，等到他演完的时候，他和汉娜都会热烈鼓掌，再用热吻把他淹没。他也喜欢这样，他们的爸；他会咯咯笑着，呼叫妈快来把他从孩子们手中解救出来。

回想起那样的表演，贾马尔笑了；他探身向前，抚摸父亲的胳膊。那样的时刻之所以如此欢乐，恰是因为爸爸不是那种笑口常开或是咋咋呼呼的人。和妈不一样，他俩玩游戏的时候，爸从不会加入进来，一起欢笑，他也不喜欢他俩吵闹。也许那都是因为他比她年纪大好多吧。妈不介意扮演小

---

① 斯瓦希里语，意为"很久很久以前"。

孩，可要让爸屈尊这样做，似乎就过于勉为其难了。到了看电视的时间，他就会走出房间，上楼去了，虽然有一点得说说清楚：赶走他的总是儿童节目，还有周末下午的老音乐剧。新闻他还是会留下来看的。下班以后他通常都很累，整个白天也都不在家，所以也许他不习惯他俩老是在他身边晃悠，用孩子们那种可爱的方式大叫大嚷，拉扯较劲，吵架拌嘴。可他本来就挺安静的，随着岁月的流逝也许变得愈发安静了。在成长的过程中，贾马尔时常觉得，自己不知怎的又让爸失望了。子女真的是让人心累啊，你哪怕只是安安静静地坐着，他们都会觉得你这是不喜欢他们了。

反正呢，爸就不是个特别爱说话的人。他从来不接电话，或者说是几乎从来不接。要是家里只有他一个人，他可以让电话一直不停地响啊响，直到对面心领神会。这里没人，我的好先生。妈则设计了一套暗号，让他在她需要的时候接起电话。她让铃响上两声，然后挂上电话，接着又响两声，又挂上，等到了第三回，就让电话一直响下去，响到他过来接为止。这第三通电话他是回回都接的。而在他们全都在家，享受快乐一刻的时候，他会和他们坐在一起，可并不真的加入进来。这倒不是说他对此有什么抱怨或是反感，至少不强烈吧。他只是坐在自己的位子上，时而微笑，说不定还会冷不丁地插上一句话，偶尔抱怨两声。可要是正好撞上了他有执念的话题，那在他把一肚子的话倒完之前，你可就别想让他打住了。他会提高嗓门，压倒所有试图打断他或是转换话题的人，像极了政客在面对一个他们不想回答的问题时的做派。别的时候他都只会坐在那里，捧着报纸，或是字谜游戏，或是一本书——如果家里够安静，他读得进去的话，并不多言。仅此而言，并不多言。他喜欢读那些关于大海的书，历史、小说、海洋生物，还有漫游、旅途与毅力的故事。这就是为什么在他全情投入、演绎故事的时候，他们会这么爱看。正因为你知道他在别的时候是什么样子的，那些时刻才如此欢乐。

　　他们还小的时候，大概是在贾马尔十岁或十一岁之前吧，他们经常出去郊游。爸可爱郊游了。他会在地方报纸上面找到活动讯息，然后就说：孩子们，这个礼拜天咱们来场郊游，去看看这个或是那个怎么样？等到了礼拜天早上，他们全都梳洗完毕，穿戴整齐，像是要去一个很远的地方似的，行囊里面装好一条备用毯子，野餐时可以坐在上面；一条毛巾，用来擦干泼出来的汤水；还有几件雨衣，以防下雨。他们从不去太远的地方，不过头天晚上爸总会研究好公路交通图，好像他们是要去探险，而他就是领队。他们游览过园林、野生动物园、老教堂、市场展示会，甚至是房车展。妈妈从不反对他的选择。郊游的事情归他管。她只是打包好小吃、番茄三明治——爸的最爱，其他人的噩梦——和芝士三明治，还有炙肉丸子和酸奶，炸薯片和柠檬水，再给爸准备一保温杯的甜奶茶。他们的野餐菜谱每次都一样；贾马尔知道，在他的漫漫余生中，每当他吃到肉丸子的时候，就总会想起那一次次郊游。等到一切准备停当，他们就会钻进汽车，开启行程。有时候车子刚开了几分钟，他们就不得不掉头返回，因为爸又发问了：你锁后门了吗？暖气关了吗？你帮我拿上钱包了吗？一旦上路，开车的总是妈妈，爸则像个游客一样东张西望，用最司空见惯的景色吸引孩子们的注意力：田野里的羊群，一架风车，一排高压电缆塔在乡间列队行进。即便有时候他选择的郊游项目有点奇怪，汉娜和贾马尔也只是互相做个鬼脸，并不妨碍他们玩个痛快。郊游过程中总会有开心事的，或迟或早。妈有时会领着他们放声高歌，爸则拼尽全力不去在意他们的吵闹。

　　汉娜以前经常对贾马尔说，他们真是一个奇怪的家庭，一个异类家庭。他们的母亲是一个弃婴，对自己的生身父母一无所知，他们的父亲则绝口不提他的父母。贾马尔倒并不真的觉得他们很奇怪或是异类，虽说每次汉娜讲这话的时候，他都表示赞同。听她这么一说，他们好像确实有点异类。他不记得自己是什么时候第一次听说了母亲的故事，也不记得是听妈妈自己说的，还是听汉娜说的。他们还小的时候，汉娜总是告诉他各种各样的事情。不过，这个故事他好像是打一生下来就知道的，随着时间的推移，其意义似乎也日渐沉重，正如父亲那怪异的沉默。他不知道有没有人告诫过他们不要拿母亲的故事给外人讲，反正他没有讲过。他从来没有和任何人讲过。这些年来，妈时不时地还会说起这个故事，有时他又会得知一个之前他从不知晓的细节。这件事的讲述，不同于另外那些爸妈会旧事重提、讲给彼此听的往事——那些被当作是他们共同经历的一部分，他们会笑对其中难以忘怀的经典桥段，虽说事发当时他们可能笑不出来；那些是他们追求与恋爱的故事，坚忍、荒唐与近乎灾难的故事。妈的童年故事则是一点一滴浮出水面的，是在她的另一个故事讲到一半，或是训斥完他俩还意犹未尽之时，这次偶然想起了一段经历，下次偶然勾起了一种情感，再下次在她的思绪不知飘向何方的时候，她又不知不觉间陷入了对一件小事的回忆。贾马尔也有他自己的聆听方式，不是他后天习得或是刻意练习的，而是不假思索、不费功夫便得来的。他一言不发地聆听着。他既不询问细节，也不打断对方。如今他有时会想，也不知道是不是孩子们就是那样听故事的，还是说他就是一个乖巧听话又孤独的小男孩，而妈和他讲的这些事情已经够新奇有趣的了，无需他再继续追问。母亲会简笔勾勒出某一刻的场景，他来生动描绘出整幅图画，然后在脑海中已有的其他画面中间为它找到一处位置。

他不知道自己一开始信不信母亲被遗弃的故事是真的。也许不信吧。在他还是个孩子的时候，那一切带给他的感受与他另一半头脑中的已知世界是如此迥异，他都不知道该从何质疑。不过，或迟或早，他一定是认识到了故事是真的，于是他开始紧紧抓住任何母亲透露出来的新细节。等到他长到十多岁了，很多话可以敞开说了，母亲也形成了打开心扉的自我风格。贾马尔很怕干扰母亲的叙述模式，唯恐她下回不情愿再和他说起这样的事情。汉娜就没有那么听话了，她更相信自己能从妈嘴里问出自己想知道的一切。她会要求妈妈澄清事件，重复人名，描述故事中出现的各个人物的遭遇。埃克塞特离这儿有多远？你的爸妈现在住哪儿？毛里求斯这个名字是怎么来的？她的问题迫使母亲不得不去说各种题外话，做各种解释，一改先前吐露心声的语调，而最最私密的细节恰恰是在那种语调下才会浮现的。贾马尔一个人和母亲在一起的时候，他就会让母亲说话，从不插嘴，而是细细品味她如何从容不迫地给那幅图画增添深度，时而停顿片刻，让一处被遗忘的细节浮出水面，或是因为一件她先前没能想起的事情而自顾自吃惊。当他注意到任何前后不一致的地方时，他尽可能不去质疑母亲。那时他还不知道故事不是静止不动的，不知道故事会跟随新记忆的出现而变化，会伴着每一处新细节的加入而做出微妙的自我调整，因此看似前后不一之处也许只是对于"过去可能发生了什么"的一种不可避免的修正。他并非有意识地认识到这一点，但他有聆听的直觉，最终达成的效果是一样的。

有一回，那时他还住在家里，妈说起了埃克塞特，还有那里的一个可怕的冬天，所有的一切都被冻住了。一来二去的，很快她就开始了追忆，一边说着，一边暗自难过起来：自打1974年他们离开那里后，她就再也没有回去过了；那里有好多她断了联系的朋友；还有费鲁兹。爸当时也在房间里，他感受到了妈的情绪，于是放下字谜游戏，抬起头，声如洪钟地来了句：很高兴见到你，博姿先生——这是两人之间关于他俩初遇的许多玩笑之一。

妈妈微微一笑。"不过呢，我确实还是挺希望能再找到费鲁兹的。"她说道，眼睛望着爸爸。

贾马尔知道母亲试过重新联系自己的养父母，但就是找不到他们。这件事他们全都知道，她时常说起汉娜出生后，她如何迫切地希望能够与养父母和解，她如何后悔与费鲁兹断了联系。她在爸面前不会这么说，至少贾马尔之前从来没有听到过她这么说。而当她真的说出这话时，他用一种想要她闭嘴的神情看着她。

"你干吗要为那两个人操心呢？"他凶巴巴地冲着她说。他一定是听出了自己那凶巴巴的语气，因为等到他再度开口时，他换上了一种理智、循循善诱的声音。"他们待你又不好。至少你努力找过他们了，这可比他们愿意花在你身上的力气要多得多，这一点我可以向你保证。你努力想找到他们，但你失败了，所以现在你没有什么可做的了。忘了他们吧。"

那一刻的气氛很紧张，贾马尔看到母亲迎上父亲的目光，与他对视了片刻，接着父亲垂下眼睛，回到他的字谜游戏中去了。他明白她给父亲的那个眼神是一种挑战：我不想忘了他们。我不想和你一样。过去究竟发生了什么糟糕的事情，逼得她逃出家门，却又没有糟糕到足以浇灭她对团聚的渴望？也许并没有什么特别的事情。也许她，一个谱写人生浪漫篇章的十七岁少女，只是一时冲动，事后又迟迟不肯承认心底的悔意。正是这样的时刻，让他们好像一个奇怪的家庭——这样的时刻他们甫一接近，随即退避；这样的故事和事件刚刚出其不意地露出头来，转眼便消失在了久久的凝视与漫长的沉默之中。

为什么爸对于自己以前的事情那么沉默？就在父亲此刻躺在那张医院病床上的时候，贾马尔轻轻拍了拍他的大腿。"你以前做过什么？你能听见我吗？你的病没那么严重吧，不然他们早该在你身上打眼，给你插满管子，把你连上机器了。"他大声说。

阿巴斯突然睁开双眼，茫然地瞪视了片刻，接着便又闭上了眼睛。这让贾马尔大吃了一惊，那突如其来、布满血丝的一眼瞪视，仿佛死人开口说话了一般，然后他便感觉到了这想法的冷酷。你的病没那么严重，瞧瞧你，像个躺在吊床上的帕夏①一样呼哧呼哧的，他柔声说道。但是紧接着，他注意到父亲的呼吸声变了，变得有点躁动不安了。他要不要叫人过来？他能听到医护人员在环绕病床的帘子外面走动。过了一小会儿，爸爸发出一声轻轻的叹息，呼吸渐渐又均匀了起来。坐在入睡的父亲身边真是一种奇怪的感觉，他就这么毫无防备地躺在那里，贾马尔以前从来没有见到过他这个样子。通常他的睡眠都很浅，就算你难得逮到他打一回盹儿，只要你一靠近，他立刻就会惊醒。也许他那紧绷的神经依然在运作吧，所以贾马尔的声音才能穿透药物的作用，让他睁开眼睛。

贾马尔又一次拍了拍父亲的大腿。别像这样再吓我了。这会儿你就好好休息吧。你为什么从来不说你的家庭呢？这话没错，因为他确实从来不说，至多不过是一笔带过他那个守财奴父亲和那个受气包母亲。有时候，很多时候，他会说起他的水手生涯，还有他去过的那些国家，或是那些年来他干过的各种糟糕的工作，直到最后他才安生下来，在一个岗位上度过了他的后半辈子——在一家电子器件公司里当一名技工。可他从来不说他的家庭，甚至都不说他从哪里来。汉娜和贾马尔还小的时候，经常会用孩子们那种率直的方式问他们的爷爷奶奶在哪儿，长什么样，或是诸如此类的问题，但大多时候他们的父亲只是对这样的发问置之不理，有时微

---

① 旧时奥斯曼帝国高官的称号。

笑，有时不笑。你们不想知道这些的，他会说。时不时地他会告诉他们一点事情——十分难得的小宝藏，在贾马尔看来，但他从来不说任何十分确切的东西，十分具体的东西。那就像是他在白日梦中喃喃呓语，让戒备放松了那么一小会儿，举起一鳞半爪心血来潮的思绪，接着便让它飘散在了刺眼的昼光之中。

他记得有一年圣诞节，父亲和他们说了玫瑰水的故事。我们在庆祝节日的时候，就是这样问候彼此的。在开斋节的第一日，人们会互相串门，送上问候，一起喝杯咖啡，如果家里条件允许的话，就再吃上一口哈瓦。有些人家的主人还会在有人登门的时候往来客身上洒玫瑰水，那种水用银喷壶盛着，洒进客人的手心，有时候还会淋一丁点在他们的头发上。当汉娜要他继续讲下去时——她确实很想了解那里的人和他们拜访的那些人家，贾马尔其实也想了解，但他没有她那种打破砂锅问到底的勇气——他就会告诉他们，玫瑰水如何用玫瑰花瓣萃取而来，如何在世界各地，从中国到阿根廷，用于各种食物的制作以及宗教庆典。他又和他们讲了开斋节，给他们上了一堂旅行见闻课：这个国家是怎么庆祝开斋节的，另一个国家又是怎么庆祝的，这个节是在阴历的几月份，阴历又是怎么回事。可当他们问起他的母国时，他就说他是非洲来的一只猴子。

他们没过多久就明白了一件事：有些问题是不能问他的。如果他们死死揪住那些问题不放，父亲的脸上就会浮现出恼怒的神色，这让贾马尔很受不了。这么干的多半是汉娜，因为她的缺失感比他更强烈。她喜欢探明细节，有时候会觉得父亲的躲闪太没意思了，气得她只能拂袖而去。

　　"不，不是躲闪，是逃避，'美人'。"她后来说；这时他们已经成长了一些，可以忿忿地在一起讨论这样的事情了，而本科生汉娜也已经学到了足够的词汇，用以分析自己的家庭——她称其为缺陷家庭。很久以前他问过父亲，贾马尔这个名字是什么意思，父亲告诉他说，这个名字的意思是美丽的人，这就成了汉娜拿来取笑他的诨名。她自己更愿意大家叫她安娜——她在外面用的就是这个名字。

　　"他们迷失了，"她说，"爸在很久以前就刻意迷失了自我，妈从一开始就迷失了——一个弃婴。我想从他们嘴里听到的不过是一个故事，有一个说得过去的、坦诚的开头，不要磕磕绊绊、吞吞吐吐、三缄其口的。这事情怎么就这么难呢？我只想能够大大方方地说，这就是我。是的，我知道，任何一个但凡是思考过这个问题的人类都有同样的心愿，但我不想破解灵魂的奥秘或是存在的本质。我只想要一些简单乏味的细节。可我们得到的却只有支离破碎的私密故事，我们既不能问这些事情，也不能说这些事情。我讨厌这样。有时候这让我感觉我过的是一种偷偷摸摸、耻于见光的人生。我们全都是。"

　　贾马尔熟悉她描述的那种感觉。在某些意想不到的时刻，他也曾觉得自己必须掩饰，必须搪塞，这时那种感觉便会浮上他的心头。那种感觉——感觉有些东西是耻于见光的——在他人生的大多数时间里一直和他如影随形，哪怕是在他尚不知晓它的存在，只是刚开始慢慢了解它的数个诱因之时。它加重了另一种伴随他成长的异类感和不合群感，一种格格不入感。他学会了在多种情境下认出那种感觉，不只是作为在学校遭遇敌意、冷酷与嘲弄后的情绪反应。当他认识的其他孩子的母亲有时对他露出僵硬、谨慎的微笑时，他看到了它；当别人看出了一些不寻常的端倪，却又努力掩饰，不想让他看出来时，他看到了它；当孩子们就他的祖国和那里的风俗习惯问出一些单纯天真，有时不依不饶、刻毒残忍的问题时，他看到了它。过了好些年，他才终于学会说：这里就是我的祖国——是汉娜教会他这么说的。

　　即便他们想，他们也无法忘记他是异类；他自己也忘不了，虽说他假装忘了。你还能指望怎么样呢？在所有人都被无休无止地灌输了两三个世纪他们和他是如何不一样之后，你还能指望怎么样呢？或迟或早，这种差异的含义就会体现在一个眼神中，一句话语中，或是某些人过马路的一幕场景中。老师也许嘴里正说着世界贫困问题，眼睛就会忍不住朝他那里瞟上一眼。贫穷出现在和他一样的那些人生活的地方，而我们，在摆脱了这样的处境之后，一定要学会不去鄙视那些尚未找对方法拯救自我的人。我们必须做我们力所能及的事情来帮助他们。这就是他从老师那充满忧思的眼神中解读出来的含义：贾马尔（还有汉娜以及其他那些看上去和我们不一样的人）就是那些可怜虫中的一员，但我们千万不要鄙视他，或是对他说出刻毒的话来。

　　每当有一个黑皮肤的老人用老年人的那种姿态一步一拖地沿着人行道走过来时，有时头发蓬乱，有时身披一件脏兮兮的外套，还扣歪了扣子，他们——那些和他一起长大的孩子——都会咯咯笑着，然后瞥他一眼，替他感到难为情。他假装没有感觉到任何不适，假装他跟那些咯咯笑的孩子没有任何不一样。

"有时候，我恨他们把我带到了这里，"汉娜说，"恨他们没有换一个地方生下我，生下你。不是因为别的地方就没有冷酷和谎言了，我只是想要摆脱这没完没了、自我羞辱的伪装。再也不必累死累活地假装你和那些根本认不清自己的人没什么两样。但我想他们在这件事情上也没有什么真正的选择，只有选择的假象。他们可以选择不生我的，不过后面的事情就不由他们说了算了。"

直到他俩都离家之后，汉娜才开始这样大发雷霆的，痛斥这种偷偷摸摸的心态，还有他们那压抑的伪装人生。有那么一阵子，她想这件事情似乎都想得走火入魔了，不过后来她不知怎的像是找到了应对方法。是大学生活让她走了出来，还有她在大学里交的新朋友，还有谈恋爱，还有学业上的成就。随着她在那个更大的世界里崭露头角，汉娜·阿巴斯这一身份——在诺里奇的一栋现代小宅里，由一对在她看来无法应对自身处境的父母抚养长大——带给她的挫折感似乎就没那么紧迫了。她现在完完全全就是安娜了，几乎再也不像从前那样提及她的差异性了。相反，那成了点缀她的英国性的一件装饰品。有一回，他故意逗她，说他也许应该把自己的名字改成吉米，说不定那样就能让他摆脱苦恼。他看得出来他这话让她受伤了，让她看起来像是背弃了自我。

"我恨汉娜这个名字，"她说，"我不知道他们是从哪儿翻出来的。对了，最开始是你叫我安娜的。"

"我知道，我知道，"他说道，努力安抚她，"那会儿我还是个宝宝呢，发不出完整的音来。我只是在逗你玩呢。"

贾马尔还没有达到汉娜如今的那种心态，但也许利弊权衡之下，走到那一步是不可避免的。当他想说英格兰的时候，他还不太能开口说出家这个字来，在想到外国人的时候，也还做不到完全不带惺惺相惜之情。

他以前以为，应该很少会有人像他这样对自己的父母所知甚少。他以前常想，别人都知道自己是谁，知道他们的爷爷奶奶是谁，知道他们住在哪里，做什么的。他们会有爱尔兰叔伯、澳大利亚表亲、加拿大姻亲，也许还有个让人尴尬、声名败坏的亲戚，跟所有人都断了联系。他们有责任义务，有聚会碰头，有累人的关系。正常的家庭生活就是这样子的，就他所知，而他们却是一个流浪家庭，一群没有家族联系与责任的漂泊者。不过，在他对进入欧洲的移民活动展开博士课题研究后，他了解到了事情不是这样的，了解到了这些异乡人的人生是多么脆弱、凶险又充满了生存智慧，他们的很多故事又浸透了多少血泪。他学会了耐心等待那个爸总有一天会告诉他的故事，他知道爸会的。他望着父亲，望着他在被药物麻痹的睡眠中均匀地呼吸着——就在刚刚，他差一点点就离他们而去了——心里想，也许他不用再等待太久了。只要你别那么用力地跟人生较劲，人生就还是可以凑合的嘛，他对父亲耳语，但他都不知道这话他自己信不信。为什么爸没有用自己的人生做到更多呢？为什么他不想要更多呢？可他做到的和他想要的真的有那么少吗？这么多年来，他一直默默地耐心等待着，知道总有一天他会像这样轰然倒下——这可不是一件不值一提的事情。

你以前做过什么？贾马尔对父亲耳语。你杀了什么人吗？你折磨拷打犯人吗？你碾碎人们的灵魂吗？

玛丽亚姆把汉娜在车站放下后，又折返回了医院，贾马尔把自己刚才坐的那把椅子让给了她。她碰了碰爸的手，贾马尔以为那双眼睛又要蓦地睁开了，然而什么都没有发生。

"你刚才不在的时候，他睁开眼了。"他告诉她说。

"什么！他说话了吗？"她问道。

"没有，他只是睁大了眼睛，然后就又闭上了，"贾马尔说，"我看他并没有醒。我猜那只是眼皮跳动。"

玛丽亚姆过去和护士长说了情况，护士长进来看了一眼，说他睡着了，状态良好，叫他俩放心。他们干吗不干脆回家，自己也休息一会儿，明天再过来呢？照他现在这个样子，说不定明天医生就会让他醒过来呢。回家的路上，玛丽亚姆问贾马尔打算待多久，他回答说三四天吧。他先看看情况。再过几天他就要搬去一套一居室公寓了。他说一室公寓的时候，带着自嘲的语调。那不过是一间楼上的卧室，带一个隔断出来的淋浴卫生间，不过比起和另外两个他已然了解过度的学生一道挤在同一个小房间里面，那也算得上是生活大变样了：更少相互打扰，更多工作与情感空间。

他们回到家后，玛丽亚姆去楼上拿来一幅阿巴斯的带框相片，就是阿巴斯在埃克塞特投靠的那位朋友拍的。相片里面的他身穿浅色的高圆翻领套衫和短牛仔夹克。玛丽亚姆把相片放在煤气取暖器上方的架子上，然后转身面向贾马尔。

"我说小帅，你看上去真像他，"她说，"除了那把毛糙糙的胡子。"

他猜她其实想说乱糟糟的，可他并没有纠正她。真是尴尬啊，有些单词她老是拼错，就好像英语是她没能完全习得的一门语言似的，可事实上她一辈子都住在英国，也只会说英语。

"这张照片是哪里拍的？"他问道。他知道答案，可他感觉到了妈妈又想谈起过去的岁月了。

他们先去了伯明翰。阿巴斯说他们去那里更好找工作，她反正是两眼一抹黑。就算他说的是纽卡斯尔，她也会跟着去的——那里是她当时能想到的最远的地方，不漂洋过海的话。苏格兰总归不像是一个要到那里去的地方，更像是一个你从那里来的地方。那就是她当时无知的想法。他才是那个闯过世界，见过世面，知道哪里安全的人。伯明翰在她眼里是个激动人心的去处，不比世界上任何一个别的去处差，因为那里远离埃克塞特，因为她有他陪伴。有时候她为自己所做的事情感到后怕，另一些时候她却又搞不明白自己为什么等了那么久。但也许她其实明白：单凭自己她根本不知道该如何逃跑。她只会怕得要死，不知道生活又会带给她什么，而她没有钱，没有魅力，也没有胆量。没有。阿巴斯有一点点钱，所以他俩不算是身无分文，还能租个房间，去找工作。情况不算太坏。那些日子里，因为通胀、罢工还有行业工会斗争，工作不好找。她在医院里找到一份清洁工的工作，因为这样的工作没人想要，他一开始则在建筑工地打工，接着又找到一份厂里的工作。大城市里的生活——还有那样的工作——都让人晕头转向，但事情还不算太糟，这时再去想她对此有什么不满意的也为时已晚了。

她的生活完全变了样。有时候她也会紧张，因为她拿不准有些事情该怎么办，而阿巴斯又不是一直都在那里，等着她来问问题；不过，等到一天终了的时候，他总归都在的，她以前怎么也想象不出和一个有爱的伴侣共同生活是何等快乐。有人陪伴。他是那般谈笑风生……嗯，在只有他俩的时候。有别人在的话，他会比较谨慎，但也不害羞，不害怕。至少他自己是这么说的： 我不怕任何人，任何事。她第一次听到他这么说的时候，心里面是不信的。她以为他只是在她面前吹牛皮，看看能不能用这样的话让她愈发喜欢自己。她一定是遂他的愿了，因为同样的话他后来反复说了好几年。不过，实话实说，他当年的确是个斗士。没人能欺负他们或是占他们的便宜，他说。她猜他之所以这么说，是为了给他俩壮胆子，鼓信心，而这话也确实管用，真的管用。不说大话的时候，他又是那么温和，或许还有一丁点忧愁，虽然她也不知道他在忧愁什么，甚至都不知道是不是真有什么具体的事情。她那会儿还年轻，可以从容自若地面对一切，也不会因为任何事情而太过发愁，反正只要有阿巴斯在就不愁，他会给她讲他旅途中那些欢乐的故事，也有一些悲伤的故事；到了周末他们可以在床上一直赖到下午一两点。只要他们想，他们就会去看电影，然后在街角的小餐馆里吃一顿烤肉。她以为他会怀念大海，但他说不会，他已经受够那一切了。他俩可真幸运，她想，能够这样子找到彼此——想想看这件事的概率吧。

他们在伯明翰过上了好日子。两人都有工作，虽说是穷光蛋工作，最初的那三年时光一晃而过。她有时还会想起费鲁兹和维贾伊，为自己一声不吭就逃出家门感到内疚与心慌。当她和阿巴斯说起这件事时，他一言不发。他既不会表示理解，也不会要她闭嘴，至少当年不会。他只会低头看着她，耐心地等待她的伤痛消失——这招百试百灵，只消一会儿工夫就行。各种平淡无奇的琐事中竟蕴藏着那么多的乐趣：给厨房添置锅碗瓢盆，装点他们租住的那套公寓的浴室，还有学会聆听她先前自以为鄙视的音乐。他热爱阅读，这件事情她可喜欢不来。读书太费时间了，她还有那么多不费时间的事情可以干呢。有时候他会和她说起他在读的书，这对她来说也就足够了。她喜欢听他说他有所了解的世界各地，说他自己的经历——有时候这些事情听上去真的是难以置信，足够写进书里去了。她也注意到了他在说到某个地方的时候总是会突然打住，注意到了他在把一部分的故事藏在心里，很快她就明白了他没有说过他的童年，也没有说过他的家。每当她问起这件事时，他总能想方设法地搪塞过去，不做解释，而她也就睁只眼闭只眼了——有些时候也许她并不应该如此纵容他。这么多年来，在两人共同走过了那么多的生活经历之后，她依然不知道该如何让他开口去说那些很久以前她就纵容他闭口不谈的事情。那时候这件事似乎没那么重要，那时孩子们还没有降生。在伯明翰的那几年，她最想要的就是孩子。她真的很想立刻就要她的汉娜，可阿巴斯却说她还太小，说他们应该再等上几年。他俩为此争论过。她知道他之前把自己的年纪往小里说了，知道他俩在埃克塞特相遇的时候，他其实已经有三十四岁了；她感觉他已经不想要孩子了，他已经习惯了浪迹天涯，可他说不，唯一的原因就是她还太小，承受不了生育的负担。

在伯明翰度过了三年后——她一点也不觉得有三年，那段时间过得太快了——他们搬去了诺里奇。阿巴斯去一家新开的电子器件公司求职，如愿得到了工作。他一开始得先接受培训，然后他们就把他派去了。这份工作比他先前的那份要好多了，报酬不错，还有养老金，到了这会儿两人一致认定，他们更喜欢小镇上的生活。阿巴斯也喜欢住在附近有水的地方。起初他们叫他钳工，后来随着时代的变化开始叫他技师，再后来，随着时间的继续推移，他晋升成了总技师。而当她去职业中心找工作的时候，一个男人问她在伯明翰是做什么的。她说她是一名医院清洁工，他微微一笑，说：算你走运。 于是她最后就又成了医院清洁工。她对自己说，当清洁工也有当清洁工的快乐，你可以把里里外外弄干净呀，于是她接受了这份工作。当年她还是个孩子的时候，和费鲁兹还有维贾伊一起生活，那时她就想在医院里上班，当一名精神病科护士，和费鲁兹一样。哎，她成年后的大半个人生倒的确都是在医院里上的班，虽说她没有当上精神病科护士。

玛丽亚姆又端详了一会儿那张相片，然后开口道："你觉得呢？他如今的相貌也不赖，对不对？他以前几乎从不生病，你知道的。不过事情往往就是这样，你一辈子都好端端的，然后突然有一天，该来的一下子全都来了。"

他觉得自己可能永远也好不起来了。好些年前，他就害怕这件事的到来，这件可怕之事的到来：死在一片不想要他的陌生土地上。那是好些年前的事情了，而如今这个国度依然让他感到陌生。依然让他感到像是一个他终有一日会离开的地方。很久以前，他曾到过一些港口城市，里面有整片整片完全由索马里人、菲律宾人或是中国人构成的街区，能让他暂时忘了自己身处的是英国。尽管外观破败，这些街区却充满警惕，提防着陌生人。他们都是些离家万里的人，如今在这里抱团求平安，所以他们必须时刻睁大双眼，守护他们的荣誉——也就是说，他们的女人和财产。但出了这些老大港城，他有时也会碰见一些落单的黑皮肤老头（多半是老头，老太不常见），他真心替他们难过。他们的样子是那么怪异，这些一头鬈曲的白发、一身黑肤好像皮革的老头，走在英国的街道上，就像是不得其所的野兽，像踩上混凝土人行道的厚皮动物。我不会让这样的事情落到自己头上，他自言自语道，我决不会让自己死在一片不想要我的陌生土地上；可如今你瞧，他差不多都要被推进火葬场了。

那位医生，凯尼恩先生……他起初以为那人说自己叫肯尼亚先生，心里想着：真可笑啊，哪里都能找来这样一群人，恬不知耻地用抢来的土地给自己命名，可他其实说的是凯尼恩。为什么他们的级别越高，越爱叫自己先生，而不是大夫呢？凯尼恩先生告诉他说，他会丧失一些功能。会瘫痪。不过部分功能说不定还能恢复。需要理疗和良好的态度。他说的是良好的态度还是良好的饮食？听力功能倒不会丧失，但语言能力会。他能发出声音，但说不出话来。让人不禁惊叹这里头的机巧——用咯咯声和嗯哨声来说话，有道理。我们会让你恢复的，凯尼恩先生说。没错老板①，你我携手。

他以前从来没有过这样的疲劳感。他感觉像是身体里的一种关键体液被抽空了。他们刚把他打发回家的时候，他会一连枯坐几个小时，没有力气也没有意愿，抬不起胳膊，站不起身，甚至都闭不上嘴。他没法儿让眼睛一直睁着，他的意识在恍惚和苏醒之间游走。让他惊愕的是，他发现几个小时的时间一眨眼的工夫就过去了。他受不了收音机里的人声和音乐声，于是沉寂包裹了他，压迫着他周围的空气。

他自己几乎什么也做不了。玛丽亚姆给他清洁身体，喂他吃饭服药，他对此全不在意。她一周带他去诊所一回，先帮他穿衣，再扶他下楼，一步一步来，然后开车送他过去。当她同医生争论他的症状和疗法时，他就沉默地坐在那里。她俩这些年来一直不对付，阿巴斯微微一笑，看着她们为了他的病体一番鏖战。他猜那只是内心的微笑，并没有显露在他的脸上。医生要他锻炼，每天散一回步。

"你喜欢读书。"她说，每个字都吐得清清楚楚，好像他听不明白她说话似的。听力功能没有受损。"走路去图书馆，在那儿读一会儿书。锻炼对你非常、非常重要。你得再多加把劲。你得对自己说，你会好起来的。态度对于治疗非常重要。"

如此看来，凯尼恩先生说的一定是态度。"我睡不着

---

① 原文为斯瓦希里语。

觉。"他想要对她说，睡不好，浑身上下都不舒服，我的头，我的喉咙，我的肚子，可当他开口时，嘴里发出的却只是含糊不清的杂音。他躺在床上，睁着眼睛，尽可能地保持安稳。玛丽亚姆在衣橱和窗台中间塞了一张行军床，晚上就睡那里，留他一个人睡一张大床。这么做是为了给他腾出空间，让他睡得舒服些，她说，但也许这同样是为了逃避他的体臭和他的老朽吧。即便如此，他还是经常睡不着。再小的动静也能把她弄醒，所以他只能直挺挺地躺着，直到他听到她的呼吸声变了。但有些时候他实在是忍不住，恶心和胃痛压倒了他，他听到自己的声音在头脑内部的地下室里尖叫着，叫啊叫啊，像一只濒死的动物。还有些夜晚，他静静地躺在那里，无法入睡，在他意识的角落里，他看到跳动的红光和绿光——痛苦就潜伏在那里，等待他靠近。

下了主路有一条盘错的小径，很容易错过，如果你不知道你在找什么的话。他正走在放学回家的路上。他得沿着乡间窄路走上很久，时不时地还要跨上路边，让一辆大车或是载客卡车驶过。路边长满了茂密的棕榈树和乔木，帮他遮挡住下午一两点的酷热。从学校回家要走一个钟头的路。他是他们家唯一上学的人。那可真是一场恶战啊，为了他能上学。就在他步入开阔地的时候，他的父亲看到了他。他正在编一只篮子，用来装第二天要挑到市场上去卖的蔬菜。他停下活计，冲阿巴斯大吼："快去干活，你这混蛋①。你以为你有奴隶不成吗？"

---

① 原文为阿拉伯语。

那就是他的父亲。他的名字叫奥斯曼，是一个严厉刻薄的男人，以自己的强横为荣，说话总是带吼。此刻，就在阿巴斯躺在黑暗之中，在异国他乡被疾病击垮之时，他又看到了他的父亲，站在洒满午后阳光的院子里，他的纱笼围在大腿上，一只编了一半的篮子放在面前的树墩上。一把短锄头横在他的脚边，他走到哪里都扛着它。他那满是肌肉的短小身躯硬得就像拳头，一双眼睛瞪着阿巴斯，眼中是一股满不在乎的狠劲。那就是他目视一切的眼神，随时准备着同任何东西干上一架，管那是人还是野兽，而他狂怒的外表也并没有因为他脸上那副粗框大眼镜而弱化半分——那副眼镜他每时每刻都戴着，除了睡觉的时候。无论父亲在做什么，他都能够显得既危险，又可笑。阿巴斯正期盼着午餐，可他知道只要他敢多嘴，必定惹得父亲勃然大怒。于是他转而问父亲，能不能先做礼拜，心里面想着能趁机偷偷塞上几口母亲替他留好的吃食，不管那是什么。他看见父亲对他的狡诈心机咧嘴一笑，可父亲是个虔诚的人，不会禁止任何人做礼拜。"快点，"他说道，"别让真主等，也别让我等。"

　　父亲有一小块地，几英亩大，上面种了些果树和椰子树，全都长得杂乱无章，好像它们只是碰巧生在了那里，不是被人栽上去的。他还种些蔬菜，拿到城里去卖，家里没有人能够免于这每日的农活劳作。他不厌其烦地一遍遍告诉他的孩子们，他小时候穷，一辈子都辛苦劳作，他不想再受穷了。在他家里，没有一张嘴可以吃白食。每个人都得干活，从他手里换得三餐饱饭。他的儿子们是他地里的劳力，他自己怎么埋头苦干，就让他们也怎么苦干。他的妻子和女儿们就像他的家仆——官奴①，用母亲的话说。她们打水拾柴，洗衣做饭，整天都要听从所有人的吩咐，从日出到日出。这天杀的鬼日子，真是活得像狗。

他的父亲有一个嗜好，那就是鸽子。这些鸽子没有什么了不起的地方，没有长长的尾翎，也没有骄傲的羽毛。它们就是些平平无奇的黑灰色大路货，随处可见，不管是在城里还是乡间，可他却为它们建了鸟舍，系在树上，还在院子里一把把地洒小米，看着它们从天而降，围在他身边啄食；他还会赶跑乌鸦和野猫，满腔刻骨的仇恨。他保护它们，而他甚至都不曾那样保护自己的孩子们。他不让孩子们骚扰它们，所以他们的一件叛逆的乐事就是用弹弓把一只鸽子打落在地，然后架在火上烤了吃，火要生在远离家宅的地方。但即便是鸽子也不能让他分神太久，很快他便又开始毫不留情地监管起他的劳改营了。

他们就像那样干着活，每一个人，全家老小，可他们过的却是艰苦贫瘠的生活，没有安逸，也没有享受。那是因为他们的父亲真是个守财奴。他讨厌花钱。他在自己床下的地上挖了个洞，里面放着他藏钱用的上锁箱子。然后他又在洞上面装了个活板门，再挂上挂锁。那就像是他的一项使命，或是他发过誓的一件事情，一个苦行僧许下的誓言：他要尽一切可能花最少的钱。他们穿的是破衣烂衫，睡的是地铺。他们几乎从不吃肉，就算吃，也只有拿来煮汤的山羊肘骨。他是一个小气的男人，没错，在钱的问题上小气，看待

----

① 原文为斯瓦希里语。

事情的眼光也小气。Allah karim①——每当有邻居因为急事找他借钱时，他都会这样说。真主是慷慨的。找他借钱吧，不要找我。不过呢，他们还是比大多数乡下邻居过得要好，因为他们住的是一间后屋带厕所的石头房子，而不是用泥巴和树枝糊成的窝棚，也不用钻进灌木丛，在地上挖个坑解决问题。阿巴斯一家过的这种小气又辛劳的日子让他觉得自己和别的孩子不一样。那些孩子的生活同样很贫穷，但他们似乎总有时间在乡间小路上游荡，打劫果树，玩官兵捉强盗②，一玩就是好久，而他却总是要急匆匆地赶回家，偷摸塞上两口木薯或是香蕉，然后下地干活。吝啬——这个词是他后来学会的，但自打他学会的那天起，他便有了一个能真切地描绘出自己童年的词；就连它的发音也能让他回想起他们所过的那种既恶劣又毫无必要的贫穷生活。

他是家里最小的孩子，上头有两个哥哥和一个姐姐。一天，在他大约七岁的时候，他的哥哥卡西姆带他去了学校。从家去学校的这趟路走得挺辛苦，至少要走上一英里半。父亲对此很有意见。学校里面只会教他一件事情，那就是怎么偷懒，怎么装腔作势，他说。不过卡西姆在路边等着公交车过来载他进城卖椰子、秋葵和茄子的时候，经常看到学校里的孩子们。他看到了那些孩子是多么快乐又整洁。他听到他们时而诵读、时而低语的童声从马路对面飘过来。阿巴斯听到过那种声音，因为有时候他会陪着哥哥一道进城，表面上

---

① 阿拉伯语，意为"安拉慷慨"。
② 原文为斯瓦希里语。

是为了帮哥哥搭把手，顺便学点东西，好将来有一天他也能把农产品挑进城里卖；可实际上，哥哥带上他，只是因为知道他喜欢坐公交车。他还太小，坐公交车不要钱，所以父亲也就不那么介意了。

他们在树下等公交车，听见马路对面的那些小孩子在自言自语地轻声朗读吟诵。那声音让阿巴斯不禁微笑，那是一种他很想分享的幸福。他知道卡西姆自己也想。他亲口说的。卡西姆那年十三岁了，只是一个瘦得皮包骨的男孩，一辈子都在当苦力。到了这个年纪他已经开不了窍，没法儿上学了。一切对他来说都太迟了。就在他们隔着马路站在学校对面的那棵树下，等着进城的公交车时，他就是这么对阿巴斯说的。他的哥哥卡西姆。后来，他们进了城里的一家咖啡馆歇歇脚，就在他们喝着茶，吃着小圆面包的时候，却听见收音机里的一个人在高谈为何所有人都有义务把自己的子女送去念书，为何追求知识是崇高之举，哪怕为此需要踏上远赴中国的旅程。哥哥问身边人，那个讲话的人是谁；他们告诉他说，那是新任卡迪①，一个开明的人，想要带来改变，想要让人民思考自己的生活。他每周都在电台上做一次布道，宣讲人们应该关注自己的健康，思考自己的饮食，对待邻里应该仁爱慈善；他还说，在这些事情上用心就是对真主尽责。而在每一场布道中，他都会提到送孩子上学这件事。

一天，大树下面开了一场会，一个政府派来的人过来找他们谈话。那是一个周五的下午，刚刚做完礼拜，而做礼拜

---

① 依据伊斯兰教法进行审判的法官。

的地点也正是在这棵树下，因为附近的清真寺不够大，挤不进去的信众只能乱哄哄地拥进外面的空地。他的父亲那天也去了，一同去的还有卡西姆和他的另一个哥哥优素福。优素福太安静了，于是他们就给他起了个外号叫 Kimya①——"不作声"。卡西姆、"不作声"还有他们的弟弟阿巴斯（也是个不作声）——守财奴奥斯曼的孩儿们。政府派来的那人又高又瘦，穿着大袍子，戴着科菲亚②。他讲话之前先同他们一道礼拜，等到他终于开口了，他的语气和收音机里的那个卡迪一样急切。他对他们说，现在战争结束了，政府也准备改善治下人民的生活了。战争对阿巴斯来说是新闻，但以后他会明白的。当时是 1947 年。政府派来的那人又长篇大论地谈起了教育的益处，鼓励所有人趁着辞旧迎新之际，来年就送孩子进学校念书。他们默不作声地走回了家，父亲一如既往地迈着大步走在前头，三兄弟全都一声不吭，沉浸在各自的思绪之中。

那天晚上，卡西姆站在全家人面前说，阿巴斯应该去上学。父亲嗤之以鼻，语出威胁，所有人都沉默了，但卡西姆没有退让。一连数日，他缠着父亲又是争辩，又是求情，又是哀怨。他们几个全都大字不识，当牛做马也就罢了，可如果政府想要小家伙进学校念书，不让他去可就不对了，他说。让他去又有什么害处呢？父亲上来就一通辱骂，想要让卡西姆闭嘴——你啥都不知道，你个脑瓜空空的小奶狗

---

① 斯瓦希里语。
② 斯瓦希里语，指东非男子常戴的一种高筒圆帽。

子——可这办法不管用，卡西姆还在求情，于是父亲干脆就不理他，眼睛看着别处。接着，就在新学年开始的那一天，也就是树下会议开过两周之后，卡西姆拉着阿巴斯的手，走路送他去了学校，一个字都没有跟父亲说。到了那天下午放学的时候，卡西姆又等在那里，准备接他回家，阿巴斯看到他被父亲打得青一块紫一块，可是第二天一早卡西姆又拉起阿巴斯的手，陪他走去了学校，一切就此尘埃落定了。就在阿巴斯此刻静静地躺在黑暗中，回想起上学的第一天，回想起他的哥哥时，泪水涌入了他的眼眶。

那是他人生中的第一个重要时刻，那所费内西尼的学校。多年来，他一直努力让自己不去想那些事情，有时候他甚至都让自己相信了他已经忘掉了许多事情。而此刻他在黑暗中流下的泪水既是为了哥哥卡西姆，也是为了 1947 年一月那个清晨的自己——一个老人怀旧的泪水，在失魂落魄的惊惶与负疚之中，为两个他如今已然失去的人而流。那么多的事情他拼命地不让自己去想，这些年来他以为他办到了，即便他时不时地就会被冷不丁冒出的什么东西杀个措手不及，其威力更是出乎他的意料。也许好多人都是这样子的，躲躲闪闪、迂回曲折地在生活中穿行，在伤皮不动骨的打击不时落下时龇牙咧嘴一下，面对一个愈战愈强的对手做出一场虚弱且无望的抵抗。又或许生活对于大多数人而言其实并非如此，时间带来的是平静与和解，只是他没有那么走运，或是没有认识到自己的运气。尽管他努力逃避，但他知道，岁月正在将他拖垮，有些事情正变得越来越难以置之不理，有些他早该补救却一直回避的事情。如今他病倒了，垮掉了，再也无力忙个不停或是把心思放到别处了，只能躺在黑暗中，等待着痛苦的到来。

那所费内西尼的学校。想想那所费内西尼的学校。他在脑海中画出一张简图来。学校有三栋楼：中间一栋面对公路，另外两栋较小的与之成直角，构成一个四方庭院。在中间那栋楼和公路之间有花坛和灌木丛，其中一丛上面挂着一段金属杆，那就是校铃了。时刻表老师——他们就这么叫他——放了一只闹钟在自己的桌子上，每当一节课结束的时候，他就会叫他自己班上的一个学生跑到外面的花园里，用挂在金属杆边上一根铁棍敲两下杆子。到了上午休息和放学时刻，他就会亲自溜达到校铃边上，敲出一段有力又欢乐的集锦曲，让孩子们发出喜悦的呼喊。教室的墙壁有三英尺高，没有门窗，所以孩子们可以听见和看见别的课堂里面在干什么，前提是，他们得有东张西望的胆量。一栋侧楼后面有一个院子，那里就是他们课间休息时玩耍的地方，再后面就是厕所。每天放学以后，各个班级要轮流打扫厕所。学会保持清洁是很有好处的，老师告诉他们。在家里，他们整天与污秽为伴，仿佛那是他们天赋的权利。可是在学校，他们会学到清洁与健康的益处。他们的老师非常凶，对孩子们只要能用吼，就不好好说话。他们大多拿着一根番石榴枝或是藤条或是戒尺走来走去，气势汹汹地四处挥舞，维持秩序，必要的时候该打则打。他们打得并不十分用力，等到过了第一年，所有的孩子都开始假装戒尺和棍子打在身上根本不疼。这都是学校生活的一部分，只有这样，你才会好好学习。

每当父亲用得着他的时候，就会把他从学校里接出来几天。父亲这么干的时候一副趾高气扬的样子，仿佛他是在英勇反抗一项残酷的法律。他打发阿巴斯去除草，或是打包，或是任何他这个年龄的孩子力所能及的事情，这样当老爸的吝啬鬼奥斯曼才好在其他孩子面前洋洋得意地说，他家屋檐下的每一口人要想吃饭，就得干活。这样的干扰拖慢了他的学业，让他最后多上了整整一年学，因为除了父亲把他从班级里领回家的那几周时间之外，他还生过病，发过烧，不得不在床上躺了好久。老师们因为他缺课而责骂他，但这是所乡村学校，他也不是唯一一个时不时缺上几节课的孩子。尽管父亲瞧不起念书上学，有时候他在进城的路上还是会顺便来学校一趟，一个课堂接一个课堂地找，直到他找见自己的小儿子，然后挂着忍俊不禁的微笑看他上课。那个微笑中蕴藏的是勉强的温情，足以让阿巴斯在回想起来时，不禁也暗自微笑起来。但或许那一切只是他自以为的。或许那只是一个老人感情用事的谎言。或许父亲的微笑中根本没有勉强的温情，有的只是鄙夷。

哎，好吧，管他微笑不微笑的，公路一侧总归有一棵大树，另一侧就是学校。上学时间里，他们不允许过马路，哪怕是在上午休息的时候，他不记得有人解释过原因。学校规定是拿来遵守的，不是拿来争论的。就好像他们一旦过了马路，就会遁入茂叶之中，不见踪影似的，虽说教室本身就敞开在阳光与空气里，学校场地四周也没有栅栏或是围墙。也许老师们只是想要确保他们的安全，不让他们离开视线。孩子们一有机会，就会去看那棵树下的热闹场面。那里是一个乡村小集市，人们在那里做着各种买卖：水果、蔬菜、鸡蛋、柴火。还有一个卖茶水和小吃的小亭子。他时常想起那个开在树下的乡村小集市——不，也许不是想起，更像是每当他准备入睡，或是不知不觉陷入回忆中时，那幅图景便在他的脑海中自动浮现。浮现在他眼前的图景有景深和质感，不是一张图片。他感受到了和煦的微风，听到了人们做买卖时的欢笑。有时候一个新的细节会浮出水面：一张他已经遗忘了四十年的面孔，或是一件小事——过了这么多年之后，其意义他突然之间领悟到了。他在电视上看到过那样的地方，不是费内西尼，而是类似的地方。而当他看到另外那些地方时，他也就能更清楚地看到费内西尼了。这是怎么一回事？有一回他们在电视上看一档讲苏丹的节目，看到一个树下的集市，他脱口而出：费内西尼。

"那是什么？"玛丽亚姆问。

"那就是我念书的地方。"他说。她让他把那个地名写下来，她好看看怎么写的。他当时就应该接着往下讲的。孩子们离家后，他俩的时间也多了，他应该接着往下讲的，可他却沉默了，她也没有再让他开口。

一定是那些公交车让老师们格外紧张的，倒不是说车很多，而是说它们不可预测。有时候连着一个小时甚至更长时间，路上什么都没有，可紧接着一辆塞满了人的公交车不知从哪里就窜了出来，停在了集市边上。如果那是辆进城的车，停下以后就会装满一车农产品；如果是返程的车，就会停车放人们下去。那个集市对孩子们而言真是一场小小的折磨。他们没法儿坚持住不去看马路对面的热闹。老师不停地要求他们集中注意力，也就是要他们目不转睛地看着正前方，即便他们只是在背诵乘法表，或是听老师念故事。总有人因为东张西望被老师揪耳朵。挨揪的总是男孩，女孩从不挨打，反正男老师打不得，而他们所有的老师都是男的。要是老师敢打女孩，她的家长就会来学校投诉，好像他对她做了什么有伤风化的事情似的。

每当树下出了什么事情的时候，像是有人打架或是有谁从自行车上摔了下来，呼的一声，整个班级都会站起身来，哪怕老师在场。阿巴斯想起这件事时，不禁在黑暗中微微一笑。老师们拼了命地让他们保持安静，服从纪律，好像这一点事关他们的荣誉似的。有时候那种感觉就像是孩子们哪怕只是抽动了一下或是抓了把痒，他们这些当老师的便失职了。老师们是有多爱那种深沉、服从的静默啊。可他们没法儿让这静默持续。他们没法儿把孩子们管服帖。班上总是会出点什么岔子——一场小小的叛乱，抑制不住的大笑，或是一个大胆的男孩，脸皮厚到天不怕地不怕。

如今，在过去了这么多年，后来又经历了那么多事情之后，那段时光显得是如此平静安宁。他上学，他下地劳作，有时他也和别的男孩一起游荡。当时让他最难忘的一件事情便是姐姐法齐娅的婚礼了。她是他们兄弟姐妹中最大的一个，在父亲的统治下变得越来越叛逆难管了，整天扯着尖嗓子叫唤抱怨，只要一挨骂就会冲出门外，一连失踪几个小时，不作一句解释。她那时一定满十七岁了，这样子玩失踪一定极大加速了她婚礼之日的到来。你可不能容许这个年纪的姑娘那样子一跑就是几个钟头。她跑出去还能干什么好事？铁定是在自贱名声，辱没家门。阿巴斯那年十一岁，年纪还太小，这种事情肯定是不懂的，不过家里反正是为法齐娅寻好了丈夫，后面的事情也都安排起来了。

父亲为了婚礼的花销抱怨个没完。庆典的费用花光了他攒下来的全部家底，他说。没有人信他，不过办婚礼确实能让好多人家一穷二白。家长们会拿出所有的积蓄，甚至不惜负债，只为凑出金银财帛来置办嫁妆。接着他们又办了一场宴席，让亲朋好友外加每一个想来吃席的懒汉全都踏上门来，拿香料肉饭和冰激凌塞饱肚皮。这钱他们出了，只求不被人说闲话，丢脸面。要是他们不能满足那些虽未邀请，却也无法拒之门外的不速之客的贪婪胃口，别人就会说他们小气。父亲是不介意被人说小气的。反正别人已经这么说他了，他一丁点也不在乎。可他还是出了钱，因为这是对他的要求。他别无选择，正如他的妻子反复对他说的那样，不然的话他就会让女儿蒙羞。于是家里举办了一场盛大的宴席，从城里请来一整队的厨子，他们随身带来了自己的大锅和上菜用的大盘子，还有他们的冰激凌搅拌器。孩子们全都激动坏了。一头小牛犊被拴在了离家不远的地方，在那里又是悲鸣，又是低吼，仿佛它也知道了接下来的事情；一群男孩闹哄哄地坐在边上，等着屠夫过来将它宰杀。屠夫来了以后，这才把男孩们全都赶走，然后提刀动手。接着人们用丁香木生起了火，空气中开始洋溢着香料肉饭的香气。鼓手开始演奏，客人们开始从城里面还有其他地方陆续抵达。女人们钻进一个用棕榈叶单独隔开的区域，男人们则在树荫下三五成群，互致问候，拍着彼此的肩膀，哈哈笑着。他们的父亲奥斯曼放下了短锄头，穿上一件崭新的、为庆典特制的康祖长袍，戴上那顶新郎的爸爸作为礼物送给他的科菲亚。他的肩膀上披了一条散发着樟脑味的丝绸披肩，那是他从他房间里的一个箱子中挖出来的。不知怎的，他竟强压下了心中的痛苦——毕竟他要在这样一件无聊的事情上面浪费如此之多的钱财——一身盛装的他甚至看上去还有了那么一丁点器宇轩昂的味道。接下来的香料肉饭宴堪称完美，鼓声和歌声一直持续到深夜，男孩们爬进矮树丛，偷看棕榈叶后面的女眷们跳舞。

没错，法齐娅的婚礼是那段时间里最难忘的一件大事，虽说除此之外的生活也不能说就不堪忍受了。他喜欢下雨，喜欢雨水灌满沟渠，青蛙繁衍生息，所有的乔木和灌木都在滴滴答答，哪怕雨已经停了很久。他喜欢上学，受不了干农活，有时还会和卡西姆一道进城——这些年来他一直如此——把收成卖给集市上那个从他们手里进货的男人。完事后他们会在街上闲逛一会儿，然后在一家咖啡馆里歇脚，来一块小圆面包和一杯甜奶茶。

终于，十六岁那年，他通过了考试，考上了城里一所师范学院。嗯，其实那学院不能说是在城里，而是在城外六英里。他在坐公交车去集市的路上曾经看到过那地方几次。学院的楼房都被刷成了白色，有着长长的游廊和红色的屋顶。从公路望去，学院就像是一座海边的宫殿。有些楼房是宿舍，给那些家在另一个岛上的学生住的。本地学生则每天搭从城里发来的学校专车，当天放学以后再搭车回家。当阿巴斯得知自己被那所学院选中后，他便借了一辆自行车，从费内西尼一路骑去了那里。学院离老家也就十英里上下。他漫步在校区，又踏上海滩，心中欢喜。可父亲根本不答应，那个一张冷脸的恶霸。他对阿巴斯说，他已经念够书了，换成任何人这辈子都用不着再念了。他玩也玩了，开心也开心过了，现在该是时候回家来一门心思种秋葵茄子，不要再想着让家里人继续出学费、校服费、书本费了。这次全家人都群起反对老头子了，就连妈也是。卡西姆当着他的面叫他守财奴，说他的小气毁了他们的人生。父亲提着一根棍子追打卡西姆，高声怒骂他不遵父命，放肆无礼，可哥哥一边跑，一边还在回嘴。卡西姆那年二十一了，力气大得足以从父亲手里夺下棍子，咔嚓一声折成两段，可你不能对生身父亲这么干，在他老家那里不行。你要么挨打，要么逃跑。争论一连持续了数日，哥哥们和母亲轮番上阵，想要把老头子拖垮。真是门都没有。

那村子是个小地方，哪怕是一场家庭纠纷也很快就能传到所有人的耳朵里，更何况守财奴奥斯曼可喜欢在大树下面把自己的委屈讲给旁人听了。最终，姐姐法齐娅也听说了这件事。城里的生活很适合她这位体面出嫁的姐姐，搬到夫家后她变得大胆又独立，结识了新朋友，每天都出门去拜访她们。事实证明，她在小城密谋方面颇具天赋，拥有一双对流言蜚语异常敏锐的耳朵，还有一副让她既受人欢迎，又令人畏惧的机敏头脑。她听说了家里的争执后，便赶回家来，看看能不能想点法子。正是她找到了解决事情的办法，让阿巴斯最终得以去上大学。她当了一部分陪嫁的金首饰来凑学费，所以到头来这嫁妆或许也并不算是浪费钱财。接着，因为姐姐和姐夫自己也挤在一个租来的房间里面，烧饭都得去公用的院子，实在是腾不出地方来了，所以她说服了夫家的亲戚在阿巴斯求学期间收留他暂住。阿巴斯不清楚他们具体是怎么商定的，也不知道那些亲戚是不是纯粹出于好心收留的他。有时候开口问这样的细节问题不太礼貌，不过阿巴斯反正是可以一边读书，一边住在姐夫的亲戚家里了。他们给了他一间小储藏室，所以他有地方睡觉，也有地方学习。一间拥有海景的小储藏室。不，别往下想，别往下想。他不能再去想那件事了。他不要再去想那件事了。现在不行，不，现在不行，快睡觉，你这个老胆小鬼。想象一个明亮的数字1。再想象一个泛着银光的2。然后是一个闪亮的、品红色的3。接着又从薄雾中钻出了一个4。棒极了①，继续。

玛丽亚姆担心阿巴斯正一点点地变成一个陌生人。他阴晴莫测，好长时间一动不动，有时候会两眼瞪着她，好像不知道她是谁似的。接着他又会温柔起来，紧握她的手，像是不敢让她走出视线似的。门德兹大夫提醒过她，他可能会忘事情，或是看似失忆了，但那可能只是暂时的。她给他做了大夫要求的所有检查，喂了她开出的所有药物。玛丽亚姆怎么说，阿巴斯就怎么做，一切都听她的——大多数时候。还有些时候，他会变得粗鲁执拗，痛苦地啜泣着，将她推开。

她也为孩子们担心，不想让他们到头来瞧不起父亲，而

---

① 原文为阿拉伯语。

在他能够平和下来之前，她也不想让他们再见到他。日子一天天过去，阿巴斯有了点力气，但依然不足以支撑他按医生的要求，每周一次步行去图书馆。那个医生！照阿巴斯现在这样子，他都不知道去图书馆的路该怎么走呢。她替他去了图书馆，借来一些她觉得他能听的音频书。晚上，她躺在行军床上，听着阿巴斯在黑暗中辗转反侧，害怕孩子们会在人生的道路上磕磕绊绊、迷失方向，害怕他们会失去父亲。初春的那几周，阿巴斯睡得好些了。医生给他开了些辅助他睡眠的东西，也许堆成小山的暖和被褥也有帮助。安眠药让他醒来的时候稀里糊涂的，但至少他能睡了；只要能休息，他肯定就能壮实起来的。

2

搬家

　　安娜第一次见到邻居的时候，她正在花园里面，带着一副忘我工作的气质，在视野里进进出出。安娜透过楼上的后窗看到了她，当时她自己正在指挥工人把箱子搬到她想要的位置。那只是匆匆的一瞥——或者说是几瞥，她瞥见一个苗条的女人，一头金色的长发，穿着牛仔裤和靴子，卷起衬衫袖子，正蹲在那里把一托盘小酸奶罐子里的秧苗插进花园的花圃里。过了一会儿她站起身来，大步朝自家走去，样子有点匆忙，急着要把秧苗拿进屋。安娜猜她只是在刻意表演，好像她知道有人在观察自己，所以想要表现出一种不失礼节的淡漠，只顾着埋头干活。安娜的脑海中划过一个想法：他们的邻居可能很喜欢大惊小怪。就在她从屋里再度现身的那一刻，安娜从窗口溜开了——她能感觉到这位邻居在她遁出视线的几秒钟后抬头望了一眼。

　　这一幕就发生在他们搬家那天。那天好不容易没有下雨——事实上，那是三月一个和煦的晴天。她以前每次搬家的时候，都会下一整天的雨，把一切都搞得乱七八糟，叫人挠头，里里外外又平添了几分狼藉。这回是和尼克的第一次搬家，或者说是第二回，如果当初他们决定住进同一间公寓也算是一回的话。那一回，她搬出住房协会合租公寓中的一个单间，搬进了尼克在旺兹沃斯的公寓。比起旺兹沃斯，那里其实更靠近图丁，可旺兹沃斯听上去更好。不只是在有人问你的时候听上去更好——这名字一听就更宜居。图丁听上去就像是一个火车修理厂，要不就是屠宰场或者是精神病院。她自己原先住的那个房间位于托特纳姆——你要是天真又宽厚的话，这个名字会让你想起一支魅力四射的足球队。那回搬家的时候，她吃惊地发现，自己竟然积攒了那么多东西，统统塞在她那个单间里面；而当她抵达旺兹沃斯时，尼克包了一天的那辆货车已经装得满满当当的，眼看就要塞爆了。他决意要一趟搬完，不知是出于什么原因。他把这变成了一个玩笑，像是某种挑战，但她看得出他的决心。他们卸货的时候，她的绿植残缺不全了，她的一把旧椅子折了一条腿，她的烫衣板也被扭弯了。幸运的是，贵重物品没有一样受损。她也没有什么贵重物品——她故意说这话来逗尼克。不过，事情总算还不至于太过一团糟，虽说看到有用的和娇贵的东西受损总是件伤心事。搬家总归是要这样的，一身臭汗，满腹牢骚，手推肩扛，然后混乱退去，秩序降临。她喜欢那一刻的感受——夜深人静，所有的要紧事都已办妥，你终于可以腾出一块地方来，享用新居中的第一餐饭。湿漉漉的头发和地上沾满泥巴的报纸只会让烤鱼还有桌上的一切吃起来更香，无论你在打扫卫生间、启动供暖锅炉、拆包生活必需品之余匆匆端上桌的是什么。然后，他们——这回有尼克在——就可以对烦心事一笑置之，放声笑谈方才最狼狈的时刻，开始带着某种满足的心情环顾他们自己的劳动成果。她猜这一回，（她能感觉到，）等到他们在这个新地方摆好床铺，躺上去时，就连那张床垫老旧、弹簧下陷的床都会让人感觉像是开启了一场奥妙的冒险。

那是因为搬家就像是从头开始，像是用七零八碎的边角料造出一样全新的东西来，像是重整旗鼓再试一次，这次要马到成功。她想到的是那种平平淡淡的搬家，从一间公寓搬到另一间公寓，无牵无挂的年轻人常会这么干：因为他们认识的哪个人搬家了，腾出一个好地方来，城区位置也更好，或是更宽敞，而且租金还一分不涨，堪称奇迹，或是只涨一点点。但很多时候搬家根本不是那样子的，这一点贾马尔一定和她说过好几回了，边说边激愤于他所热爱的移民以及政治避难者面对的种种不公。这倒不是说她自己就不知道这些事情，但贾马尔有时候会在狂热中迷失自我。对于数以百万计的人而言——她能听到他用他那种颤抖的激情在诉说——搬家是一个破产与失败的时刻，一场在劫难逃的败仗，一次孤注一掷的逃跑，从可怕的狼窝逃入更可怕的虎口，从有家变成无家，从公民变成难民，从一种尚可忍受，甚至心满意足的生活遁入可怕至极的境地。她对他所说的这些心生同情，可她不太清楚自己除了同情还能怎么做。每个人都只能尽己所能地面对该面对的事情。当然了，她什么也不好说。她只会吐出一堆陈词滥调来，显得她铁石心肠，沾沾自喜，不过她确实也没法儿像他那样全心全意地去同情那些科索沃性贩子和北非人体走私者。所以她和尼克的这次搬家不是那种打破人生的搬家，也许都算不上是重新开始，但这依然是一个重大决定——放弃自己的工作，签约当一名代课老师，像一个随侍配偶一样跟着他来到这里。

她曾经对他说过："你真的清楚你在要求我做什么吗？"她真正想说的是：你有没有意识到你在要求我放弃什么，而我又会据此对你我关系做出何种解读？

他说："没错，我真的清楚。这件事的结果会是咱俩都想要的。"

两人相视一笑，她确信他们理解了彼此。

他们之所以搬家，是因为尼克刚刚接受了他的第一份教职，这是他在职业生涯中迈出的明确无误的第一步，对此他渴望已久。通常情况下，他的工作要到九月才开始，但因为有人告病、休进修假，还有其他一些她不太明白的鬼名堂，系里竟然很缺人手，所以想请他尽快开工。他立刻就开工了，整个一月和二月（包括爸爸病倒后的那头几个星期）都从旺兹沃斯通勤到布莱顿，而她则在办自己的离职手续。那份工作很适合她，但她同样也好奇地想知道前方等待着她的会是什么，想看看事情会有怎样的结果。你瞧——尼克说——这多让人激动呀，对不对？又不是说她一辞职，他俩就一分钱没有了。一整个夏天他都会有工资，用不着去咖啡馆里打工，她有充足的时间谋一份永久性工作，九月去上班。与此同时，他俩开始寻找出租房。

他们雇了一家搬家公司，由大学人力资源部全额买单。那是她头一回接触这些搬家工人。他们是上午八点到的，两个钟头内就把所有东西都打包装上了卡车——家具、箱子、花盆。他们殷勤友善，话不多也不少，不会惹人烦。这可真是个惊喜。她本以为这些人会粗暴无礼，一肚子怨气，因为他们不得不干这种卑微的工作来谋生；可恰恰相反，是他们礼貌地让她放松了下来。他们一边干活，一边客气地接下了她递过来的茶，尽力表现出一股受宠若惊的高兴劲儿来，而他们的效率也真的是高，她甚至都有些难过，因为这里再找不出活儿来让他们干了，她没法儿为他们提供充足的机会来展示他们的专业素养。

她本以为，让别人来围着你的东西一通小题大做会是种挺糟心的体验，因为他们完全有能力自己搬家。她一直都自己搬家，有谁正好在的话就帮着稍许搭把手——而且他们干吗非得把每一件东西都搬走呢？那张断了背的老床干吗还要呢？干吗不到那里再买张新的呢？她心想，雇搬家公司肯定是他们从自己的老板那里学来的一种堕落的小恶习——老板都是懒鬼，什么都不肯自己干，甚至宁可花钱雇人替他们呼吸，但凡是有这种可能。可是这体验根本就不糟心——事实上，她感觉很好，因为那么多的小决定最后都由她来定夺。这也是那些人体现殷勤的一种方式，让她感觉像是可以随心所欲地吩咐他们，他们也会欣然从命。这让她体会到了有钱买服从的刺激，哪怕这钱其实是人力资源出的。她知道尼克很高兴能让她享受上这种新待遇。大学待你还不算太坏，对不？他说。要是他们能给你配一辆公车，那我就真心觉得咱俩出人头地了，她这么说道，故意逗他。

那是一栋小房子，墙壁刷成白色，前门漆成蓝色。她心想他们的家具可真是又粗又笨，可沙发和椅子居然没费什么周章就挪进了屋。那张床像只听话的小羊羔一样上了楼。书桌、灶具和冰箱全都乖乖地朝各自指定的位置行进。要是这会儿她和尼克是自己在动手，他们肯定要商量着把门拆了，把东西从窗户里塞进去，甚至还得考虑把楼梯扶栏给卸了，好把书桌弄上楼，而且两个人免不了还要气急败坏地互相发号施令，火气十足地争来争去。可现在你瞧，尼克正踩着活梯，心情大好，话多得不行，上演着一出"挂窗帘"的喜剧艺术，一道窗帘接着一道窗帘，仿佛他俩的当务之急就是要在第一时间隐蔽在精心布置的掩体后面。工人们离开后，两人巡视着他们的新家，一言不发，他的手臂沉沉地压在她的肩头，这分量让她兴奋莫名，因为她知道他们马上要做爱了。她朝后窗外面瞥了一眼，视线落入邻居家渐渐被黑暗笼罩的花园，看见了她下午早些时候东一处西一处种下去的那些秧苗。

"你看到那位邻居了吗？"她问道，身子倚着他，压低了嗓子，好像生怕被人偷听似的，"她在花园里一通倒腾，种这种那的。看上去好忙的样子。"

他的另一只手臂搂住了她的腰身，把她完全揽入怀中。她的眼睛闭上了几秒钟，感觉浑身发热，不知不觉地进入做爱的前戏状态。过了片刻他放开她，走过她的身边，站到窗前。他朝窗外匆匆一瞥，然后便拉上了窗帘，像是要把不愉快的景象挡在外面似的。"没，我没看见她。"他说，但这句话似乎只是为说而说的。她知道他脑子里在想着别的事情。"她长什么样？"

"苗条，金发，自命不凡。"她说。

他看了她好一会儿，好像是在思考她方才的话。"不是我喜欢的类型。"他说。她微笑了，等着他和她一起微笑，等着他来到她身旁。

搬入新居后的这头一晚，尼克做了一道烤羔羊肉，肉是他从街角的肉铺那里买的。他们之前过来看房的时候，他就留意到了主路上有一家肉铺，还有一家蔬果店和一个面包房；这几家店竟都开在了那里，这件事从他嘴里说出来就像是某种特别的好运，像是意外发现了某种已然消亡的生活方式的孑遗。他刚一挂完窗帘，都不等搬家工人离开，便直奔肉铺而去，完成了他的第一次探店，带回家一大块羊肉，还有一个故事：那两位老屠户看上去就像兄弟俩，招待他的时候带着那种老派的魅力。她猜他一定也会拿出自己全副的魅力来向他们回礼，对他们露出他那难以抗拒的咧嘴一笑，让他们看到他那近乎孩子气的高兴劲儿：真高兴能见到他俩。

安娜下楼以后给母亲打了电话，母亲对她所说的一切都啧啧赞叹：一切进行得如何顺利，天气多么好，搬家工人多么高效，卧室有多大，他们的小房子如何紧凑，还有那蓝色的正门好可爱，电话的运作也已正常。在她接到他们的来电前，她不想试拨这个新号码，母亲说，免得线路出蹊跷，或是把哪里搞坏了。安娜压下心中的恼火。母亲说"把哪里搞坏了"，就好像那是个技术词汇似的，专门用来描述机器不可捉摸的小性子。她脑子里时不时地就会冒出这种奇怪的焦虑来，好像她所思所想的是另一个地方，那里做事的路子和这里不一样，简单的事情也会困难重重。

"会出什么蹊跷呢？"安娜问。

"我不知道。要是我不等一切就绪前就打电话过去，说不定会让你们的电话线路出问题。"母亲说。

把哪里搞坏，安娜心想。"拨一通电话能把电话线怎么着，怎么就能让它出问题呢？"安娜问道。

"不好意思，我不知道，汉娜，不过机器出问题的时候真的是很恼人的，"母亲说，"对了，尼克开心吗？他喜欢那里吧？"

"他当然喜欢了。不然我们也不会租这房子呀，"安娜没好气地说，"反正呢，他这会儿正开开心心地做着晚饭，开足音量放着迈尔斯·戴维斯。你听不到？"

"嗯嗯，很好。"母亲说，依然不太敢相信，哪怕安娜告诉过她世道变了，做饭能让男人快乐。

"他怎么样？"安娜问。她问出这话的时候，努力压下心中的反感，不只是因为她觉得这个问题是不得已而问的，更是因为她很可能会得到的那个回答。妈还能怎么说呢？他好转了（没有更糟）；他更糟了（没有好转）。她绝不会说：老实讲，那第二场中风差不多让他彻底玩完了。他躺在那里，说不出话，大小便失禁，低声呻吟着寻求同情，简直要把我给逼死了。她不能那么说，那太骇人听闻了，会让她显得铁石心肠，而且她也许根本就没有想到这一层。要是这件事由安娜说了算——她也不会对任何人承认自己有这样的想法，她会让那个倔强的男人安安静静地走，至少也会随他一个人去，不去动他的秘密和他的沉默。贾马尔老是操心父亲的沉默之中蕴藏着什么，可她已经厌倦了，不是出于对他的厌恶，而是因为这件事毫无意义的单调与乏味；无论那里有什么，他都不会和他们说自己的事情。她早已放弃了破解她那未知的杂种身世，转而把关注点放到她在自己的人生中成为怎样的人，而非她从哪里来。不过那个问题她到底还是问了，也许是为了母亲而问的，但更有可能是为了她自己，以免在母亲眼中显得冷漠无情。"他好些了吗？"

"哦是的，他睡眠变好了，一天天地有力气了，"玛丽亚姆说，"那就是最关键的，让他有力气。别的治疗也都对他有好处，理疗啦，药物啦。你懂的，我以前根本不知道理疗能有那么神奇。他被照顾得非常好，真的。"

"那是当然。被你照顾得非常好。他能自己做点什么了吗，还是说依旧得靠你来替他打理一切？"安娜问——一想到这句话的真正含义，她就止不住地一阵恶心，"你可不想把自己也给拖病了。"

"哦不，他的自理能力一天比一天强了。他的表现很棒。你就别操心我啦。"玛丽亚姆说。

"他能说话了吗？"安娜又问。

"还不行，"玛丽亚姆迟疑片刻后回答道，"但他能发声，你知道的，完全不成字句，但努力用声音模仿字句。理疗师说这很可喜。我从图书馆给他借来了有声书，他可爱听了。说来好笑——他受不了收音机里的声音，却喜欢听书。"

"什么书？"安娜问道。父亲以前读书很慢，而且他喜欢的书还会反复地读。她有时候也会给他买书，想拓宽他的阅读面，给他买一些她读大学的时候让她直呼过瘾的书，但她不知道他最后有没有读。她觉得他更喜欢那种给他信息的书，告诉他一些他以前不知道的事情，不要太过追求叙事技巧。"他在听什么书呢？"

"我替他借来的一些诗，文学经典之类的。"玛丽亚姆说。

"诗！你为什么要给他听诗呢！"安娜应道，再也压不住心中的不耐烦了，到底还是表现了出来，"你为什么不给他弄些他想听的东西呢？《哈克贝利·费恩历险记》之类的。"

"他喜欢听诗。"玛丽亚姆说。尽管内心抗拒，但安娜还是从母亲的声音中听出了笑意。"以前他有时候会从图书馆弄来诗集，念给我听。所以这个礼拜我就到有声书区找来这些诗，拿给他听，他果然喜欢。"

父亲给妈妈念诗——想到这滑稽的一幕，安娜不禁咧嘴一笑。她很想知道他会选什么样的诗：《假如》，或是《咏水仙》，或是什么跟大海有关的诗。《食莲人》——说不定，那就是加上了甜腻韵脚的《奥德赛》①，完美。有一回她给他买了一本艾梅·塞泽尔的《回乡札记》，双语对照版的，因为那时她自己刚刚发现了这首诗，立刻陷入其中，无法自拔。也许她还想在他面前稍微显摆一下：瞧，这就是我如今在读的东西。她不知道父亲后来没有读——反正呢，她自己是渐渐厌倦了塞泽尔那种中气十足、自我放纵的语言，还有他那戏剧化的情感。母亲还在说个不停，列举父亲接下来的几周里要听的有声书，还有理疗师承诺的进展，与此同时安娜的思绪却飘到了下午早些时候她和尼克做爱的场景；她用手轻抚了一下左乳头，方才尼克就在那里依偎了一

---

① 《食莲人》（*The Lotus Eaters*）是维多利亚时代的英国诗人丁尼生的一首诗作，主题取材自希腊神话中的忘忧果传说，也是《奥德赛》中的一个重要情节。

会儿。她对母亲发出鼓励的声响，但其实并不真的在听。

"等我们这里安定一些了，我就过来看你们。"安娜说完，便准备挂电话了。

仿佛是感觉到了安娜想着要走，母亲转而问起了贾马尔，因为她还不准备放女儿走。"贾马尔有你的新号码吗？"她问道，"他给你打过电话吗？"

"哦是的。"安娜说——为了避免被母亲再上一堂保持联系多么重要的课，她撒谎了。他更喜欢用电子邮件，她也乐得如此，可母亲的课是逃不掉的。

"嗯，你俩必须保持联系，"母亲说道，"我们只生了你俩。你们没有别的家人。你们必须照顾好彼此，因为一旦遇到麻烦，你们是找不到别人求助的。"

安娜乖乖听着，尽她所能地让母亲宽心。她没说她还有尼克（那天下午完完全全地拥有了他）。

汉娜挂电话的时候，玛丽亚姆听出了女儿的不耐烦。她耸耸肩。她已经学会了不把这些轻慢的举动太放在心上。她回到客厅，从阿巴斯的眼神中看出了他想知道。

"是汉娜，"她说，"她问问你的情况。他们今天搬家了，你知道的。"

阿巴斯迟缓地点点头，转过脸去接着看开了静音的电视，里面正在放一档自然类节目。他也已经学会了从汉娜的生活中隐退，尽管女儿曾经是他生命中的至宝。她读大学以后就开始反叛他了，不是带着愤怒或一股子横劲儿，一开始不是，而是以一种闷闷不乐、沉默寡言的姿态反抗。玛丽亚姆知道这件事让他有多受伤，眼看着女儿收回了对自己的感情，而他又如何努力地想要用那些曾经灵验的老办法来把她拉回身边，又是逗她，又是问她问题，又是和她开玩笑。只是这一回，老办法不灵了。有一天，阿巴斯又在用他那种直来直去的方式拿她的穿着开玩笑，汉娜直接对他说：别烦我，老爸。说完便离开房间，径直冲出家门，去她要去的地方了。这件事让他目瞪口呆。她以前从来没有那样子跟他说过话。阿巴斯接受不了这件事，接受不了她说起在大学里认识的男孩子时的那种腔调，接受不了她大半个白天都在睡觉，根本就不掩饰在家时的无聊。有时候他会说些不好听的话。最后，她的假期干脆就不在家里过了，只是回来小住几日，然后就走。也许这种事情迟早会落在每个人头上，而当我们的孩子厌倦了我们时，我们也都得学会把那份伤痛藏在心里。

玛丽亚姆接着埋头于她手头的家庭文书工作。在他们住进这栋房子的二十五年里，这一向是阿巴斯的工作。一切都始于她怀上汉娜的那一刻。在那之前，只要威胁还没有找上门，他们就对账单根本不管不顾，但在他找到新工作之后，他们搬去了诺里奇，接着她就怀孕了。她刚一告诉他这件事，他便立刻坚持要和她结婚。想到将来有一天，有人会管他的孩子叫私生子，他就又惊又恐。他拼命存钱，他细查每一份账单，他们必须砍去一切无谓的开销。他们似乎像那样子过了好几年，但有一天，等到他们存够了钱，他们就买下了赫克托街上的这栋房子。她还记得他们搬家的那一天，仿佛就是昨日，那段回忆让她不禁莞尔。一个和她要好的同事帮他们开的小货车，因为他俩都不会开车。阿巴斯说他们应该租一辆独轮车，推着他们为数不多的几件家什，从出租房一路走去新家，但她说路太远了，汉娜还小，贾马尔也已经在她肚子里了。他说他只是开个玩笑，可她不完全信他。她抬头望向阿巴斯，脸上挂着微笑，目光在他身上驻留了片刻，他则木然地瞪着电视。她那个神气活现的水手男人结果却是个充满热情的一家之主。因为他真的很有热情。他贴墙纸，重铺浴室瓷砖，什么坏了修什么，还成了一个不知疲倦的园丁。他种下蔬菜和鲜花，还栽了一棵李子树。他在后门外面建了一个铺地砖的露台。渐渐地，花园里长满了玫瑰、番茄、李子、茴香、茉莉、红醋栗，多得都快装不下了，全都随心所欲地生长着，好像它们是自己找到这个地方安家似的。这就是自然生长，阿巴斯说，不是一支植物大军在列队行进。一天她看到他在搭一间小木屋，便问他那是干什么的。他说那是一间鸡舍，他正计划养一窝鸡。她说服他打消了这个念头，两人转而买了一只兔子。孩子们会喜欢的，她说。可兔子不喜欢，很快就逃跑了。小木屋最终进了车库，跟许许多多别的东西一样，如今它依然在那里。他俩都不爱扔东西。

贾马尔最喜欢待在车库里玩那堆破烂。他真是个好安静的男孩子，老是一个人玩，最后玛丽亚姆都担心了，阿巴斯却说没关系，随他去。他就是那样子的，不作声。有人生来就那样。

他这会儿一定是搬进那间一居室公寓了，可她估计他还要再等几天才会打电话过来，让他们知道自己的新住址。他几乎从不打电话，有时候会突然现身。晚上他们正坐在那里呢，就听见他的钥匙插进门的声响，接着他人便走了进来。嗨爸，嗨妈，你们都好吗？我想着我不如回来住上几天。阿巴斯喜欢那样，喜欢他能就这么回家。她也喜欢那样。只是她希望他能打个电话，让她知道他现在住哪儿，告诉她一切都好。

那间一居室公寓很宽敞。里面有租房中介的资料里称之为"厨房角"的设施：一台小冰箱、一个洗涤槽，还有一处小台面，上面放着一个吐司机和一台微波炉。学生嘛，除了这些还能用着什么呢？屋子的一角用围墙隔出了一个淋浴卫生间。一张床和一个衣柜占据了屋子的另外半边。窗户下面摆了一张书桌，边上配了一把阅读椅。这是一个小而紧凑、规划合理的学生房，其简单朴实和井井有条的家具布置甚合贾马尔的心意。那扇窗户俯瞰下方的后花园，朝外望去，贾马尔能看到他们的邻居正在粉刷自家的花园棚屋。那只是匆匆的一瞥，他只看见一个白发男人的背影，袖口卷起，站在一张金属园桌边上，园桌上面放了一大罐油漆。他身子后仰，面前是他差不多已经刷完的棚屋侧板。从剩下的那一小块区域判断，贾马尔能看出侧板原先是绿色的，他正在把它漆成米色。他以前从来没有见过有人粉刷花园棚屋。

他自己房间的四壁也是新近粉刷的，墙上光秃秃的。他得找些照片来挂上去，找些新照片，不是他之前那个房间里的老照片。那些都是他从报纸杂志上面剪下来的一些搞怪、风趣的插图，来自他多年的积累。其中有一张是朱尼·威尔斯穿着黑丝在走猫步。威尔斯看起来真的是乐在其中，贾马尔只要看上这张照片一眼，自己便也能高兴起来。另一张照片是纳尔逊·曼德拉和塔博·姆贝基穿着昂贵的西装，在观礼台上跳托弋托弋舞，与此同时南非空军就从他们头顶上空飞过，标志着权力移交给了新南非的领导人——他们跳的那种讥讽的舞蹈，正是那个恐怖政权之前试图用机枪和卡斯皮尔装甲车暴力消灭的。他还有一张照片，上面是一件因纽特雕刻品，描绘的是一个受了伤、眼看要饿死的男人，是用鲸鱼骨雕的。那是他所见过的最打动人心的照片。他会把这些照片收好，等待将来有一天来重新发现，来追忆曾经他眼中的事物是何光景。他会找一张风景照来取代它们的位置，一张有山有水的，说不定还有一棵远方的树，描绘出一片既开阔又神秘的风景，只要你锲而不舍地观察，就一定能有意想不到的收获。他感觉自己迎来了人生中的一个重要时刻，虽说他不确定这种感觉的来由。或许他是意识到了自己行将做出一些抉择，意识到了平生第一回，他将能够选择自己要何去何从。他思考了一下，认定事情没有那么简单。或许这和他的博士学业即将结束有关，油然生出一种任务完成之感，让他感觉自己像是长大了，成人了，成了参与世事的一分子。他确实有这种感觉，但那只是艰苦跋涉之后的欣喜，一种（几乎）达成任务的满足，而非期待着能最终获取某种带来巨变的知识。又或许这都是因为他坐在爸的身边，看着爸躺在医院的病床上，慢慢地死去，或许是这一点给了他那种大事将至之感，仿佛启示就要降临，需要他全神贯注。带着这样的心境，他去繁就简；躺在黑暗之中时，他想象着一片空旷但并非没有意义的风景，看似一目了然，实则假象重重，让人流连忘返，吸引着你去一探究竟。这并不会让人心乱，这种大事将至的感觉；当他放任自己去感知它时，它只是像平稳的脉搏一样伴随着他——或许这不过是一种虚幻的自大吧。

后来，当他再度朝窗外望去时，他看到邻居的棚屋已经完全粉刷好了，看到它在暮色之中泛着微光。下午早些时候，他仅凭匆匆一瞥，就注意到了那位邻居是个深肤色的男人。也许那就是为什么他要粉刷棚屋——一种依然刻在他骨子里的文化冲动？他努力回想着邻居的前门有没有粉刷。他们老是喜欢往所有的东西上面泼漆，他的叔伯们，老是想让英格兰阴郁的石墙亮丽起来。他们没有意识到他们的主人家有多爱自己的石墙。一个瘦长的白发男人，穿着一件格子衬衫和一条灰色灯芯绒长裤。他的花园井井有条，里面种着灌木和某种攀缘植物，全都没有开花。花园的外缘，一些黄水仙和雪花莲正在开放。他想知道这男人从哪里来。每当他见到一个这样的人时，一个深肤色的人，一个和他这位邻居一般岁数的人，他总是想问：你从哪里来？路途遥远吗？你怎么受得了离家这么远？那里有那么不堪忍受吗，不管那是在哪里？一定是的，所以你才会选择生活在这个丑陋的北方城市。这些年来，这里的日子怎么样啊？你挺过来了吗？

他知道其中一些问题的答案。他研究的就是这个——欧盟国家的移民动向与政策。他能描述出其中的模式，给出历史背景，找到来自马格利布的这一波移民潮及其目的地，定位来自津巴布韦的那一波移民潮，追踪它如何四散各地。他还能构建表格，画出图解，但同时他心里也清楚，曲线图上的每一个小点背后，都有一个图解所无法阐明的故事。他明白这一点，因为他的爸爸，因为他在街上看到的那一张张面孔，因为他读过的报告中那些沉默的空白。他知道，是野心、恐惧、绝望与茫然的杂乱混合让人们远离家园，甘愿忍受这一切。他们无法抵挡这件事的到来，就像他们无法抵挡潮汐和雷暴一样。他们必须放弃那么多，才能让生活得以继续。不过，这不是科学。想要严谨科学，你得先给这种趋势取一个名字，然后再去研究它，别管有多腰酸背痛。那些事情他可以留给别人去做。

但也许他是在污蔑他的白发邻居，过早地把他变成了一个悲剧，或是咒他倒霉，而他明明生活得心满意足，照料着花园，和家人一起生活，粉刷棚屋，为自己远离故乡取得的成就而自豪。凭他那匆匆一瞥，他猜那故乡在南亚，或是南阿拉伯，说不定是也门。有几百万个人像他那样，几百万个我们，既不完全属于我们生活的地方，却又以许许多多种微妙复杂的方式融入那里。你可以在那里找到幸福。

他们自己的后花园就是一片杂草丛生的草坪，这在学生公寓中很常见。碎瓦砾堆成小山，散落在花园各处，边上还扔着一把破椅子、几只空瓶子和一摞摞腐烂的野草。这乱糟糟的景象让贾马尔微微一笑，让他感觉舒坦。他想象着爸看到他们任由花园抛荒，该有多痛苦。回头哪天吧，等太阳出来了，天也不太冷了，他来瞧瞧楼下那间公寓里有没有人来帮他搭把手，一起把那堆垃圾给清理了。他已经见过他们了。他们上楼来做过自我介绍了，丽莎和吉姆。他是学生，学统计的，研究课题是给鸟类迁徙建模，她则在图书馆上班。他想他俩会愿意帮忙的。他们看上去像是那种会乐于加入进来、分享团队精神的人。甚至他们说不定还可以种上几朵花，那种速生、鲜艳的花种——矮牵牛、雏菊、金盏花之类的。楼梯口对面那间公寓的住户还在享受复活节假期，没有回来，不过她人很好，丽莎说。过了几天，她回来以后，贾马尔得知她名叫莉娜，玛格达莉娜的简称，还是个大美人。她有一双湛蓝色的眼睛，见面时的兴奋之情更是给这双眼睛平添了光彩和笑意。她的肤色深邃，表层之下像是带着淡淡的黝黑，浅黑的发色中则透着一抹红。她正在写关于十九世纪爱尔兰女性诗歌的论文。能和这样一群有魅力的人合租一栋房子，他真是满心欢喜——这就像是住在一片赏心悦目的风景之中。

搬进新家后的头两个晚上，安娜又做起了那个梦。她有一阵子没做这梦了，该是有两三个礼拜了。之前，这个梦一连数日，每晚都会重现，每次持续几个钟头。过了些时日，梦停了；接着，在一段不可预测的间歇过后，它又开始了。她梦见一栋房子。她住在房子的半边屋宇里，剩下的半边早已年久失修：顶梁塌陷，木窗咯吱作响，近乎朽烂。房子里面还有一个人，她没有看到他，可他确实就在附近，刚好在画面之外。那不是尼克，大多数时候不是。有时，她醒来之后，会觉得那肯定就是尼克；另一些时候，她又会觉得那是她认识的几个男人中的某一个。那不是一栋她以前见过的房子，她甚至都没有见过它的照片。里面的一切她都不熟悉。废弃的那半边房子看上去像个谷仓，空荡荡的，无论你身处另外半边的哪个区域，它都暴露在你的视线之下。不知怎的，她有一种心里发毛的感觉，仿佛她自己也一直暴露在那残败空屋的视线之下，仿佛它是个活物。那半边房子是棕色的，不是某种真实的颜色，更像是疲惫的色彩。处处是剥落的漆面，房梁和扶栏因为岁月和疲劳而微微倾斜。这种残败带着恶意，带着警觉，带着指责。

梦境会漫无目的地延展几个小时，在此过程中她的心里充满了负罪感。她爬上窄窄的楼梯，使劲推开积满灰尘、门轴生锈的房门，看看里面需要做什么样的修缮工作。她向某人解释着他们的计划，某个一直在视线之外的人，只是聆听，从不回答。她解释着他们需要做些什么工作，什么时候可以开始，说她认识一个建筑工，肯定能做出一手漂亮活，还认识一个木工，价钱保准公道。那全都是谎言，因为她既不认识建筑工，也不认识木工——哪怕是在梦里面，她也知道这一点，知道她在对人家撒谎，不管那个听她撒谎的人是谁。而且就算她认识建筑工和木工，还能让他们开个好价钱，她知道他们也没办法让这栋房子摆脱那种充满恶意的衰朽，没办法消解她心中的内疚。在梦中，她知道她内疚与痛苦的根源，可醒来之后她就吃不准了。她猜那和房子的修缮有关，她有责任料理此事，可她却失职了。但她吃不准这是不是梦中那种挥之不去的犯错感的真实原因。她不敢说那栋荒宅里面没有上演过什么磨难与痛苦，甚至都不敢说这一幕没有在那一刻上演。尼克从来没有在梦境中完全现身，虽说他有时候就在那里，这一点她确定，也许吧。尼克也不是那个她寻求当面去做解释的隐身人。她不知道那是谁，也不知道自己为什么要找他或是她做解释。

她第一次和尼克讲述这个梦的时候，他很是不安。她并没有第一时间就告诉他，而是在梦境反复出现以后才和他说的。她吃不准自己一开始为什么要犹豫，是否只是因为合适的时机没有出现，还是说梦境带来的感觉太痛苦了，那种负罪感太真实了，又或是她害怕他会嘲笑自己竟然操心梦的意义。他俩在一起时就是这样子的，只要有一个人因为生活的悲剧（说起这几个字眼时，要戏谑地拉出一张忧伤的长脸来）而一脸严肃，另一个就要大声嘲笑。他俩喜欢共同营造一种轻松的氛围，这也给了安娜一种成熟的分寸感，让她学会拒绝把自己的痛苦看成是什么非同寻常的东西。她嘲笑生活的悲剧，为的是躲避严肃的自傲对人的诱惑，而悲剧感在她看来暗指的就是这一点。她觉得尼克的笑声与之类似，但又有不同。他的笑声是为了显得放松，显得像个性情世故圆滑、无需自怜自艾的男人，像个军官，虽说这并不能让他在谈起自己的工作时抵御自我膨胀。

反正呢，她没有马上就和他说起自己的梦。那个梦既凶险，又污秽，既让她感受到威胁，又把她牵扯进一桩无名的过错之中；做梦的时候，她内心深处的某个地方深感恐惧，感觉被缓缓充斥那栋房子的一片阴暗的臭气所窒息。也许她没有立刻告诉尼克，是因为她想要在讲述这个梦境之前更好地理解所有这些感受，因为她担心他会对这一切满不在乎地轻描淡写，甚至是语出嘲弄，拒绝对其认真看待。

最让他感到不安的是她的负罪感。"这都是因为什么呢？"他问道，"你有什么好负罪的呢？是因为你爸爸吗？另外你为什么会梦见房子？为什么你要为了一栋房子而难过呢？"

"我认为梦的机制不是那样子的，"她答道，没有搭理他那个关于爸的问题，"我认为你梦见的东西并非因为它们本身而让你困扰。梦也并不总是围绕那些以某种看得见摸得着的方式困扰你的东西。你懂的，不是说你操心一栋房子，就会梦见一栋房子。"

尼克做了一个轻蔑的鬼脸。"谢谢你帮我澄清这一点。"他说。

对话便到此为止了。她本想再说两句这个梦如何诡异离奇，如何极度脱离现实，其威胁又是如何让人不安，可她看得出来，她的吹毛求疵惹着他了，她也不想再继续这个话题了。他一旦脾气上来了，真的像猪一样讨人嫌。所以她这会儿也吃不准还要不要告诉他，自打搬家以后，那个梦又回来了。也许它原本就和搬家有关，迟早也会自行离去的，顺便把它的意义也一起带走，不管那个意义是怎样的。

尼克一大早就去上班了，要把他们搬过来的书拿到办公室去。他乘公交通勤的那几个礼拜，只拿了几本最重要的书过去，所以经常发现自己在需要的时候查不到这一段或是那两段文本。能再度把所有的书都放在自己手边，这件事想想就美。他说他去去就回，可她觉得他不会的。没关系，她反正要拆包。她讨厌自己的东西藏在哪里找不到。午饭前回来，他说，可她不信。他喜欢那样子——合理规划空间，最大限度地加以利用。她猜他会把书整理排列成一个体系，按主题，然后按同一主题内作者姓名的字母顺序，一个世纪接一个世纪。然后他会往书桌上扔两本期刊，再像那样撂几支水笔，往白板上面钉几张合适的图片，这样你一走进他的办公室，心里面就会想： 这可真是一位认真的学者啊。他在家里也是这么布置学术空间的，哪怕只能收获她一个人的啧啧赞叹。但也许他这么做，不仅仅是渴望让别人来啧啧赞叹；那就是他的自我认知，所以哪怕没有一个人来看，他依然想要维持一种学者风范。

就在他上午离家前，他说他收到了母亲的一条短信，邀请他俩周末过去共度复活节。安娜嘴上没说什么，但一想到这件事，她心里面就一哆嗦。他不喜欢她在去他父母家做客的事情上面发表任何微词，可她心里想到但没有说出来的话却是： 哦，妈的，不要呀，又是复活节周末。她头一回上门拜见尼克的父母就是在一个复活节周末，那时她刚认识尼克不久，就在学校放假之前。那是她教师生涯的第三年，当时她在国王路上的一所学校里任职。因为分区划界时的一些奇怪规定，那所学校落在了旺兹沃斯区，哪怕它距离布里克斯顿只有一箭之遥。这一点使其格外受家长们的追捧，因为它的划片区把那些高层住宅里的黑人小流氓挡在了门外——那些家伙就只能去旁边的兰贝斯区了。和她共事的一个老师就住旺兹沃斯，有一回在家里开了个派对，她也去了。尼克当时住在同一栋公寓大楼里面，也是那位老师的一个朋友。他个子高却又不太高，模样健壮却又不是大块头，敏捷活泼，一双浅褐色的眼睛里面闪烁着智慧的光芒。他的微笑是那么饱满，仿佛随时都会绽放为开怀大笑。别人介绍他俩认识的时候，她看到了那双眼里的兴致。对此她是不可能视而不见的。接着，等到他们开始交谈，两人立刻便擦出了火花，对方所说的一切似乎都无比幽默风趣。她被他深深吸引了，迫不及待地想要拥有他；从他俩的身体靠向彼此，还有他俩的手相依相伴的姿态来看，她知道她无需等待太久了。她是自由之身，他正在努力摆脱上一段感情的阴影，所以前方是一片坦途。事实上，一切发生得太快，才过几天她就差不多每个周末都在他家过了。他想要她马上搬进来住，可她说不要，咱们不要太着急。

他当时正计划和他的父母共度复活节周末，于是便对安娜说："你干吗不一起来呢？家里有房间的。要不要我打电话问问？"

"我答应过要去诺里奇看我老爸老妈，我想着就趁复活节去的。"她答道（她费了好大劲才说出老爸老妈，而不是爸妈）。但安娜知道尼克想要她去，再说她自己也很好奇，所以她又说："我想我可以周末前先去诺里奇，然后就来找你。"

太好了，他说。他给父母打了电话，和他们说了安娜的事，他们也说那就带上她吧。我们很想见她的。你们周六准时上门来用晚餐，周日早上去教堂做礼拜，欢迎安娜也一起去，如果她想去的话；做完礼拜，我们再回家吃午饭。尼克的姐姐还有她的伴侣也会回来，不过当天就走。

那是两年多前的事情了，远在爸爸得病、身体垮掉之前。复活节前，她提早两天回到诺里奇，就像她答应母亲的那样，穿着一件低胸上衣，看到父亲眼中闪过一丝责备。她就知道他会这样，可她决意不要违心地穿成一个乖乖女，只因为他喜欢。自从她上大学起，这就是他俩之间的一场战争。她只要一穿紧身的，或是太短的，或是暴露的衣服，他就皱眉。一开始，他会直接命令她上楼回房间去换衣服，而她为了避免冲突，也照做了几次。要是让别人看到你穿成这样，他们会怎么想？他说。他们会想，我们把你养大，却没有教会你自尊。最终，他受够了这样的对抗带来的坏心情，于是尽量无视她，脸上挂着一副受伤的表情，因为她对他的教诲置若罔闻。她小时候可不是这样的。那时她做什么都是对的。可等到她长成了一个大姑娘，他却在"自尊"这件事情上面成了一个暴君，或者说是想当暴君，而她一直在奋起反抗。最终，他从她的生活中退出，尽量对那些他看不惯的事情视而不见。

她还记得那天母亲如何吻了她，然后和她拉开一臂的距离，夸赞她好看，恭维她的衣着——真是亲爱的妈妈呀。不知怎的，爸克制住了自己，也上前来吻了她。她伸手挽住他的胳膊，引着他回到客厅，知道他抵挡不住自己的温情。她和他说了自己的教职工作，说了她未来的计划，说了她班上的孩子们，其中的一些又是多么早熟。他听得多，说得少，面带微笑，过了一会儿便似乎忘记了她的上衣。等到她让他（还有她自己）相信了她在认真对待生活、努力发展职业生涯后，她又去了厨房——母亲正在那里准备晚饭——和她说了尼克的事情。她已经不跟父亲说她男朋友的事情了。他觉得她朋友处得太多了。为什么不先等等，直到你找到了那个真命天子呢？接着他又总是会问：那个男孩是英国人吗？

不然还能是哪里人？希腊男神吗？她从来没有让他见过她的男朋友们，除了第一个。他叫马丁，她的第一个——那时她大学的第一个学期刚刚结束，爸来学校接她的时候，见到了这位马丁。她和马丁告别的时候，吻了他一下，于是回家的整整一路上爸一句话都没有和她说。接下来的整个假期，只要马丁打电话给她，他就会每隔几分钟来门厅一趟，想要让她快点挂电话。我们送你进大学，就是为了这个吗？为了把你变成一个地地道道的英国姑娘？哈，又不是他们把她送进的大学，是她自己考进去的，凭着她的努力和天赋。从那以后她就铁了心，再没有让他见到她的任何一个男朋友；又过了一阵子，她甚至都懒得和他说他们了。

母亲没有对尼克发表评论；她想和安娜说说她因为一些消化不良的问题，刚刚又跟门德兹大夫大吵了一番。安娜自己的健康状况堪称完美，她的身体从不会对她造成任何惊吓或是带来任何意料之外的焦虑。如果她感觉不太舒服，那她总是知道原因——差不多知道吧。她没法儿严肃认真地看待母亲的肠胃问题，只是出于礼貌才继续听着。门德兹大夫对于母亲的问题不屑一顾，妈因为自己说服不了大夫而心急如焚。

"好个臭贱人！你应该要求换人来做二次诊断。"安娜说。

"我不知道该怎么申请二次诊断，"玛丽亚姆说，"她说根本就没有什么可诊断的。"

"这是你的身体。"安娜说，吐出一条时下流行的理念。她感觉母亲玛丽亚姆对于这一理念表现得十分困惑。她不理解为什么母亲要听任医生恫吓自己。她能看到她静静地坐在那里，听着那个贱人医生对她说，你这个年纪的女人就喜欢整天疑神疑鬼的。回家去吧，给自己泡杯茶。也有可能事情不是那样的，仅仅是母亲会错了意，或者是没有好好地说清楚自己的意思，或者是她原本只需稍微抗议两句，强硬一点。晚餐过后，她陪父母又坐了一会儿，妈在闲聊，爸在听着，很少开口，两人相聚在某个属于他的地方。她以前时常感到被他俩的这种亲密关系排除在外，可如今她明白这是怎么一回事了。他们是无根的浮萍，应对不了这个世界，于是孤独地在一起。他们是有意这样做的，她觉得，自我隔绝，过着胆怯的人生，提防着轻蔑与冷漠。她迫不及待地想要第二天就走。她想起了以前她和贾马尔放假回家的时候，彼此之间常说的那句悄悄话：欢迎回到太平间。第二天，她跳上那趟从诺里奇到奇切斯特的火车，去往尼克的父母家，感觉自己像个叛徒。

这守财奴基因还真是出其不意地冒头了呢。这话她对他说过一次，他看上去一脸惊诧，接着又像是陷入了忧思，她不由得心想，自己可能伤到他了。她只是想逗逗他的，可她忘记了他曾经告诉过她，他的父亲是个小气鬼。她知道他之所以变成守财奴，是为了替他俩存钱，因为她怀上了汉娜，而事实证明，他对这件事情的擅长超出了她的预料。她只是假装不高兴，耍性子，因为她也渐渐染上了他勤俭节约的作风。这让她感觉长大成人了，能够对自己说不了，让他俩的共同生活看起来有意义了。

汉娜还是个宝宝的时候，他待她就像是对待一件易碎品，举起她的时候会用两只手掌把她那小小的身躯整个托住。后来他们把她安置在地席上，他又用垫子和毯子给她造了一个小窝，这样她就不会滚落。如果她发出不高兴的声音，他就会一脸紧张，有时还会学她的声音，好像是想告诉她，他也有同感，不管那是什么。他每天下班回家的第一件事，就是问她醒了没有，能不能抱她。然后他就会把她平放在大腿上，一面左右摇晃着两条腿，一面对她唧唧啾啾地学着鸟叫，唱着歌谣，她则笑得咯咯直响，好像从没有见识过这样的把戏似的。遇上她夜里啼哭，他总会说把她抱过来，然后把她放到床上，夹在两人中间。玛丽亚姆压不住心头的疑虑，觉得这样做不对，他们会把她惯坏的。她记得做产前门诊的时候听他们讲过，就该让宝宝自己去哭，可他根本不听。让那小可怜自己去哭，好像家里面没有人要她？他又是摇她，又是对她咂嘴，又是发出各种傻气的声音，直到她不哭为止。如果她还哭，他就会愁眉不展，一个办法接一个办法地尝试，直到她最后放弃抵抗，抽泣两声，回到睡梦之中。汉娜在他身上激发出来的温柔和耐心，是她之前根本猜想不到的。等到贾马尔降生的时候，头胎宝宝的完美无缺所带来的那种压倒一切的惊奇感已经稍稍减退了一些，不过贾马尔也带来了他自己的惊喜。他竟然是这样一个安安静静、随遇而安的宝宝，玛丽亚姆最后都担心起来了。他花了好长时间才学会走路说话。随他去，阿巴斯说。他在思考呢。看看那皱起来的眉头，那是思想者的眉头。汉娜早早就学会了说话，她会一连几个小时对着贾马尔喋喋不休，把他纳入她的游戏中来，他则躺在席子上或是自己的摇椅里，满足地皱着眉。隐忍。阿巴斯教会了她这个词，用来形容他。一个隐忍的小男子汉。

随着他们渐渐长大，阿巴斯试图表现得稍许坚定一些，少了些笑声和亲吻，多了些指点和教诲。你们得学会照顾自己。你们可不想要别人来笑话你们。这里的生活不是度假。这些话让她发笑，其中的一些，因为在她看来这明显就是在装腔，在夸张。他也没法儿一直装模作样地板着那张严肃的脸孔，很多时候他那顽皮的故态又会抑制不住地萌发出来。他把太多的事情当作自己的责任了，他对他们的责任，这时她很想对他说：和他们一起玩，和他们一起笑，不要为他们担心太多。后来他们又长大了一些，长成了少男少女，想要按他们自己的方式来做事情了，而他们的方式和他的并不总是一致。但即便是在此之前，她知道阿巴斯也开始越来越多地退入那些孤独的所在，那些他人无法触及的所在。有时候他的面孔会阴沉下来，他的眼睛会发光，眼中闪烁的在她看来只能是痛苦。那就像是孩子们让他想起了某件他早已学会不去回想的往事。每当她问起他时，他总会一脸惊讶，或是装作一脸惊讶，说那是因为有了孩子，有太多事情需要操心了。他说这话的时候抱歉地笑着，她也就没有再逼他了。孩子们发现他的沉默让人发憷，这她知道。那种沉默让他们怕他。但她怀疑他并不总是清楚这一点，而孩子们的畏缩会让他受伤，会被他当成是某种拒绝。是的，也许他说得对，有了孩子，有太多事情需要操心了。

她生他们的时候才二十出头；对她而言，平生第一次，人生中似乎没有什么可担心的了。某种程度上说，她感觉自己在和孩子们一同长大，又不必强迫自己去玩他们那些没完没了的游戏。通过孩子们，她感觉到了他俩年龄上的差距——她和阿巴斯。孩子们的喋喋不休有时候真是让他烦躁啊。他也并不总能全情投入他们的欢声笑语中。他尽力了，在他觉得必须严厉的时候藏起笑容，给他们买猜想不到、出乎意料的礼物。但有时候，她觉得他似乎是比他实际的年龄还要更苍老。

那第一个复活节周末，安娜抵达奇切斯特的时候，心中隐隐有些惶恐。她的前任们以前从来没有邀请过她去他们的爸妈家里过夜。她认识尼克也就一个月出头，从他告诉她的那些事情来看，她估计他的父母是拘谨呆板、屈尊俯就的富贵人，清楚自己的身家，评判别人的时候也会十分苛刻。也许他们会待她冷若冰霜，因为她闯入了他们的家庭庆典，她也不知道他们对于邀请她过来这件事到底有多热情。无心之间，尼克似乎是把他们说成了一对难以取悦、吹毛求疵的人，描述着和他们在一起的紧张时刻，还有他自己身上那些被他们诟病的地方。她感觉自己似乎是在走向一场放大镜下的审查，而她注定无法给审查人留下好印象，可她别无选择，只能尽力去取悦，去唯唯诺诺，扮傻博笑。不过，等她到了地方，尼克的母亲却用一个拥抱迎接了她，还轻轻地吻了她的双颊，给了她满脸的微笑。那是一个苗条的女人，长了一张瘦脸，留着短短的金发，身穿一件浅灰色的短衫和一条花裙，一双蓝眼睛里含着笑。有那么一会儿工夫，她依然紧抓着安娜不松手，身体向后仰着，好好地端详了她一番。

"真高兴你能来看我们，安娜，"她说道，"我们听说了好多你的事情呢。"

这番客套她说得是驾轻就熟，但安娜依然很爱听，因为确实好听，因为在她担惊受怕了一路后，这样的话语和对方声音中的一丝暖意让她如释重负。她总觉得那样的暖意是某些女人到了一定的年纪之后便会掌握的一种天赋，一种自然而然的亲和——她知道她自己的母亲也有这本事——一种精心刻意的温软，其用意在于安抚和破冰，随之而来的是身姿的礼貌屈折，传达出的是某种温情、投契的感觉。她并没有遇到过太多具有这种天赋的女人。"我叫吉尔，"她说，"这位是拉尔夫。"

尼克的父亲方才候在一旁，这时上前一步，伸出手来。他是一个高个子男人，年纪在六十岁上下，头发灰白，两鬓有些秃了。握手的时候，他髋部不动，上半身微微弓着——一个潇洒又谐谑的献殷勤姿态。他穿着浅蓝色的夹克和开领衬衫，虽然力图显得放松随意，却不知怎的依然给人一种正式庄重的感觉。"你好啊？快进来。"他说道，面带微笑，说完便站到一边，把她和他太太让进起居室，自己跟在后面。她刚一进屋，便立刻看到了房子的外观和门厅方才已经暗示过的东西。此间有财富。这是一个大房间，里面摆设着看上去古色古香的家具，她叫不出名字来，但全都养护得十分精致。房间里有几扇开窗，俯瞰屋外的一个大花园，花园里有草坪，还有几棵鲜花盛开的乔木。夜色这时已经深了，所以她看不太分明，但似乎是在花园尽头看到了一处凉亭或是一个蔓藤架，近旁还有波光水色在黑暗中粼粼闪现。

尼克挨着她在沙发上落座，吉尔和拉尔夫待她也很是周到，又是关心她的旅途，又是递给她酒水。你一定饿坏了，吉尔说。我们很快就能用晚餐了。餐桌上摆着鲜花，灯光也被调暗了，众人坐下用餐的时候，安娜被既雅致又简单的餐食和亲密温馨的房间氛围所深深打动了。这个时候，拉尔夫已经主导了谈话，和风细雨地组织引导，每隔几分钟就会瞟吉尔一眼，仿佛是在寻求她的认同。时不时地，她会重复他刚刚说过的只言片语，但这样的应和中并没有顺从。安娜感知到了她的自信，哪怕她丈夫说话的时候，她一直在安静地用餐。这让她想到自己的母亲玛丽亚姆，想到了有那么多人能把她吓住——邻居、老师、医生。她心想，要是换那个异常固执的西班牙女大夫来对付尼克的妈妈，她一定会完全是另一番做派。这是有历史根源的，她想。那么多个世纪的世界霸权一定对自尊心产生了一定的作用，与此同时也侵蚀了宽容与理解。但这份自信也来自她自身的成就。她从尼克口中得知了吉尔经营一家医院（而她的母亲以前是打扫一家医院），所以她拥有一个有权势、有专业门槛的职位，一份丰厚的薪水，还有独立性。安娜边思考着这一点，边想象吉尔可以多么彬彬有礼地恫吓她的母亲玛丽亚姆，只要她感觉有这个必要；而一旦这种必要性浮现，她又会如何毫不犹豫地这样去做。她感觉到一阵厌恶带来的微微颤抖，仿佛吉尔真的对她母亲做了那样的事情。吉尔一定察觉到了什么，因为她抬眼一瞥，与安娜目光交会，眼里带着疑问，头微微偏着，随时准备效劳。安娜摇摇头，面带微笑，扭过头去听拉尔夫说话，感觉自己像是污蔑中伤了吉尔——她是那么友好又随和地在欢迎客人。

方才，就在吉尔引发的这些思绪占据她的脑海之前，拉尔夫说起了津巴布韦，于是她赶忙接着从半当中听起。他在为政府刚刚发起的一项运动感到担忧，运动的目的是要没收那些欧洲裔农场主的土地，分给非洲农民。她听到他说，无论这种形势下的是非对错，开倒车都无法带来任何益处，更何况如今这些农场主的进取精神正是整个经济的支柱。

"我知道这听起来像是胜利者的逻辑，"他说道，她看到尼克在点头，"可我们得放聪明一点，不能只想着把历史上的不公给反转过来，不然的话我们只会制造另一场不公，并且还会让所有人都更加贫穷。"

"老爸，你漏了一个字，"尼克说，"应该是把土地分还给非洲农民。不过两三代人以前，这些土地才被人从他们手中夺走的。人们还记得自己曾经的地产呢。"

拉尔夫微微一笑，同样点点头。等到他再度开口时，他的声音亲切而友好。这样的交锋完全不带气急败坏的情绪："有可信的证据表明，或迟或早，真正得到这些土地的终究是那些政治枭雄——这恰恰是你在任何社会中都可以预见的一个结果，所以说我不太确定依照目前的形势，或任何一种类似的形势，究竟有多少土地可以回到农民手中。再者说，你还得考虑法律问题、补偿金问题，还有如何将复杂的现代农场拆分成一个个小地块，更别提对宪法权利的滥用问题了。哈，这就像是为了弥补高地大清洗①的过错，要把所有那些被赶走的高地人都请回来一样。这也许能够实现某种正义的理念，但会制造各种荒诞的难题以及新的不公。面对这类事情，你得把眼光放长远，不要两眼只盯着当下或是不久前发生的残酷暴行。那只会让你陷于怨愤之中而无法自拔，然后拥抱某种非理性的极端主义。"

"也许我们之所以能够如此平心静气地思考，是因为我们免于日复一日地承担那些残酷暴行的后果，"尼克说，"要是你也因为这样的不公而陷入贫穷，我不知道你还能不能这么平心静气。"

拉尔夫抱歉地耸耸肩。安娜觉得，那个看似动摇的姿态中有着某种表演做作的成分，随即她便猜到了他其实是在表达坚信不疑的观点。这些话听上去就像是坚信不疑的观点。"那样的话，我们就更加有理由在面对那些乍看之下似乎无法容忍的不公时，保持一种理性智慧的态度，"他说道，"我们在试图匡正此刻的错误时，必须能够站高看远。我们应该操心的是，当我们试图解决一个问题时，又会制造出怎样的新问题，而穆加贝②根本就不操这份心。"

尼克也跟着耸了耸肩；安娜猜想，他俩以前就进行过这样的对话，如今又陷入了熟悉的僵局。父与子相视一笑，默

---

① 发生在18世纪中后期至19世纪中叶，是一场将苏格兰高地与西部岛屿的居民强行驱离土地的运动。
② 1987年至2017年担任津巴布韦总统。2000年，他开始实施"土地改革快车道运动"，驱逐白人农场主。津巴布韦长期以来是世界上最贫穷的国家之一，自21世纪初开始遭遇长期恶性通货膨胀。

默地同意暂且搁置这个话题，而安娜心里则升起了某种不满：他们竟可以用这种置身事外的方式辩论不公的话题，然后就这么把事情搁在一边，但同时她也对他俩能够毫不拘束地彼此相待感到了一阵嫉妒。

拉尔夫又说起了最近去突尼斯的一趟旅程，他是因公去那里出差的。他是这方面的大师，娴熟地放下一个话题，又拾起另一个，仿佛他有满满一架子的话题，一旦需要，他哪个都可以放下。他说起话来并不咄咄逼人，而是不紧不慢的，好像他说什么也并不重要，不过是讲个故事，或是发表一下意见，但他很有把握能让你听来觉得有趣。他有时候会向前探着身子，急着要说服别人，安娜觉得他的这个习惯还挺讨喜的，表现出了某种谦逊，好像他也吃不准自己的观点站不站得住脚似的。"对于一个像我这样的无知游客而言，"他说道，"那座城市似乎悠闲、平和又繁荣。商店里摆满了货品，咖啡馆和饭店里挤满了人。大家脚步匆匆地南来北往，忙着自己的事情。我住的是一家时髦雅致的酒店，里面满是客人，在我看来他们更像是突尼斯人，而非游客或是阔绰的外国人。周日，我去公园散步，里面全都是人，举家出动，做着周日下午上公园该做的那些个事情。我在街上看到的所有人也都衣冠楚楚，尤其是女人，不管她们穿的是漂亮的时装还是民族服装。所以，当我的东道主——他自己也是个突尼斯人——叫我不要伸手指点一栋海滨别墅的高墙时，或是叫我不要正眼直视在海堤边巡逻的武警时，或是让我转过脸去，不要紧盯着一栋吸引我眼球的楼房时，我是吃了一惊的。他在对我发出警告的时候，自己也紧张地把脸从别墅和警察那里扭开，好像生怕他说话的声音会飘过去，或是有人能读懂他的唇语似的。我们当时正在去游览迦太基的路上——是的，就是那座属于我们全人类的迦太基古城。总统在那里有一栋海滨别墅，正是我指指点点的那一栋。据说，安保机构神经紧张，出手狠辣，但凡有人对'大人物'表现出半点兴趣，就会引来他们的高度怀疑，虽说你从人们安安静静、各忙各事的样子，根本看不出这一点来。你们觉得呢？"

"你们觉得呢？"吉尔学舌道，情绪高昂得吓了安娜一跳。她这句重复的问话完全显得多余，也让安娜不禁猜想，也许——尽管她有着一副自信的外表——吉尔是在同内心的羞怯作斗争。而她这般脱口说出拉尔夫的最后半句话，就像是在宣告她当时也在场，不要忽视她的存在。

他们沉默了几秒钟，拉尔夫给了他们机会说出自己的想法，可既然没人开口，他也就接着往下说了："我无法想象英国公民能够以同样的镇定自若忍受那样的恐吓，我真的无法想象。你认为，"说到这里，他转向安娜，她猜他是把自己看作这方面的专家吧，"人们是否会对压迫习以为常，最终不再能够感觉到压迫？还是说，你认为这是民族性格方面的问题？我说的不是生物学上的性格，或是那举世闻名的英式淡定，或是岛民生性乖张的传说，至少不全是——我说的是和民族文化相关的某种东西，是一个国家的公民如何看待自我。"

他顿了一下，像是为反对意见留出空间，又像是在邀请他人发表评论，但也许他只是想确认一下自己没有让听众反感吧。他又瞥了一眼安娜，后者忙着伸手去端酒杯，以避开他的审视，却发现酒杯空了。就在那一瞬间，在她回头面向拉尔夫之前，她看到了吉尔眼中的神情，而那双眼睛同样也落在拉尔夫身上。吉尔的眼中空无一物，好像她的心思飘到了别处，又或许她心里面正在摇头，所以故意木然以对；虽然只是匆匆一瞥，但安娜还是猛然意识到了一件事：吉尔此刻的眼神同她方才的友善大相径庭。安娜匆忙将目光别开，意识到她自己也被这个严厉、自我中心的女人吓住了，就像她的母亲一定会被吓住一样。吉尔帮她斟满酒杯的时候，她转身道谢，看到吉尔的眼神又变了。那双眼睛此刻含着笑意，等待着安娜转过身去，贪婪地观察着她。她微微举起自己的酒杯，无声地祝酒。

"有些民族就是无法容忍不公。"拉尔夫继续说道，她似乎是听到了尼克咕哝一声，表示赞同，她心想：热爱自由的民族大合唱就要开场了。"如果欺人太甚，他们就会冲上街头，四处放火，筑起街垒。屠杀、处决与监禁都不能扑灭这份拒绝暴政的倔强。另一些民族则会被吓破胆，乖乖服从。甚至，他们都有可能不把头顶的压迫看作是不公，而是把那当成人世间的秩序。是不是他们文化中的某种东西潜移默化地把他们变成了那样？是宗教吗？还是过去的野蛮暴行造成的历史熏陶？"

他们每一顿饭都得吃成这样吗？她以为尼克说不定要发话，说不定都要开始觉得不好意思了，可他似乎全神贯注于盘中的菜肴，只是在一口接一口往嘴里填食的间歇才会瞥上父亲一眼。吉尔似乎也恢复了从容，也准备再多吃一点了。

等到她后来对拉尔夫多了几分了解，她才发现，他喜欢对民族性格做这样的比较，而他真正想说的其实是，英国人的镇定在其高光时刻，乃是一股正派的力量和一种值得钦佩的品质。不，他不只是喜欢做这样的比较——他简直是沉迷于此；这是他认知世界的方法。他做比较的时候，既不斩绝，也不热情，而是像在心平气和地观察评论有关国民性的事实。让她暗暗吃惊的是，拉尔夫似乎竟没有注意到这样的比较暗含一种让人很不舒服的潜台词——他其实是在洋洋自得地怀疑别的民族全都不镇定。就在他们初次见面的那一回，她便不禁猜想，拉尔夫话那么多，其实是对她的在场感到尴尬，内心里也不喜欢她来，可他又太礼貌了，不能让这一点显露出来。

歇了一会儿后，拉尔夫又说起了他曾经在北尼日利亚当警察，而就在尼日利亚独立前那短短一段时间的帝国公务逼得他只好回国来挣钱了。

"知道吗，我正是在读了奥威尔和他那篇文章《射象》以后，才觉得警察工作似乎还是一份体面活。你说怪不怪？明明他想揭露的是我们的帝国霸业有多么的不堪。"

"你喜欢奥威尔吗，安娜？"拉尔夫问道，终于带着毕恭毕敬、洗耳恭听的神情转向她，"尼克说你是学文学的。如今他们还叫你们读奥威尔吗？"

安娜被他吸引进了这场对话；她发现自己一点一点地被拉尔夫那不加掩饰的奉承所安抚，同时也为他广博的阅读量和睿智的观察评论所折服。他似乎读过奥威尔、福斯特、康拉德还有吉卜林的大部分作品，能够驾轻就熟地在这些作家之间自由切换，做出比较，请她发表意见，然后侧耳聆听。这就像是一场专题研讨课，拉尔夫轻柔地把控着讨论方向，牢牢吸住了安娜的全部注意力。最后是吉尔打破了这种魔法，起身收拾碗碟。没过多久，安娜就发现自己来到了厨房，一面帮着吉尔干家务，一面和她说起自己的学校、她教的那些孩子，还有她是多么喜欢在那里教书。

这就是她头一回见尼克的父母：拉尔夫的那股自鸣得意劲儿任谁都打破不了，吉尔则起初和蔼可亲，随后表情复杂，再随后又沉默寡言，一脸歉意。安娜在这头一回见面的过程中感觉到了某种不适，直到如今她依然无法完全摆脱这种感觉。有一点她从来没有告诉过尼克，因为这会让她显得像个怂包，可她确实觉得他俩并不喜欢她。

阿巴斯第二次中风的时候，玛丽亚姆四十八岁；他们放他出院以后，她为了照顾他，就辞了工作。对此她没有太多选择。她要么辞职，要么就得请一个住家护工，而她知道他有多讨厌后一种选择；再者说，反正她辞去的又不是英格兰银行行长的职位。她得学会用一种全新的视角来考虑钱的问题，而她以前几乎从来没有想过这件事。她把一切都交给了他。她得去了解各种津贴补助，如何申领，如何支取他的养老金，如何在没有他帮忙的情况下完成这一切。她还得学会如何照顾他。她花了一段时间才理解掌握新的办法，尽可能不带怨恨、不带反感地去了解这一切，因为她觉得自己理应如此。阿巴斯不能说话，不能笑，不能自主进食，也不能在如厕之后自己擦干净身子。最后这一点是她最为介意的，无论她多么努力地去控制自己。她就是忍不住。她没法儿在他面前掩饰这一点，尽管她已经尽了全力。每当她替他擦身子的时候，他总是闭上眼睛，但有时候她还是能看到泪珠从他紧紧咬合的眼睑中滚滚而出。

最初的几个星期过去了，阿巴斯按时接受理疗，渐渐有了长进，她心想：是时候摆脱这种昏天黑地的活法，找点事情做了。她去了理发店，给灰白的头发焗了油；如果阿巴斯的理疗时间允许，她还会一周去一次健身房。她立刻就喜欢上了那里一个年轻的女教练。那是一个瘦瘦的金发女子，戴着一副大眼镜，说话很快，很奇怪，好像她是在假扮另一个人似的。玛丽亚姆喜欢她那种友善的霸道，因为这让她得以掩饰自己对于健身房活动的无知。而玛丽亚姆每成功完成一个新学的小动作，都能引来她慷慨的恭维和欢呼，对此玛丽亚姆也很喜欢。

一天，她在本地的免费报纸上读到一则关于诺里奇的难民中心的报道。该中心除了其他工作之外，还负责给难民和申请避难者提供法律建议与信息，协助他们追踪家人和亲友，总之就是帮助他们定居。特写报道中有不少故事，真人真事，讲述他们的遭遇，他们如今又在哪里。这样的工作对她而言会是别有意义的，因为阿巴斯，因为她自己说不清道不明的身世，也因为贾马尔研究的就是这个课题。她发现中心的一些工作人员是志愿者，于是心想，她也很愿意做点什么。那就像是加入家族企业。阿巴斯做理疗的一天下午，玛丽亚姆就去了那家中心，表示愿意帮忙。阿巴斯也许不会乐意她去的。他要是还能说话，也许会说，她只会去烦那些有自己的生活要料理的人，横插一脚，问一些没人想回答的问题，给一些谁都帮不了的建议。她也吃不准在照顾他之余，她怎么能抽出时间来，可不管怎样，那个周四的下午她还是去了中心，表示愿意帮忙。有什么是我能帮忙做的吗？

玛丽亚姆出现在难民中心的时候，一副优雅放松的模样，可她自己并没有意识到这一点，因为内心里面她十分紧张，做好了被拒绝的准备，担心自己多余，没人要。可他们接受了她，于是她赶忙跑回医疗中心去接阿巴斯，心里面寻思着这下该怎么安排时间才好。开车回家的路上，她实在是忍不住了，于是告诉了阿巴斯自己做了什么。她瞥了他一眼，想看看他有没有听见自己说话，却看到他的脸上正现出一丝微笑的端倪，一丝小小的、紧绷的微笑。那是一个细微至极、怪模怪样的面部表情，但的确是微笑，是他中风之后的第一个微笑。

"阿巴斯，你在微笑。"她轻声说道，自己也微笑了，"你能微笑了。你也确实该笑一笑了，博姿先生。这么说，你觉得我去难民中心帮忙这个主意还不坏咯？"

那天夜里晚些时候，她给贾马尔打了电话（先试了汉娜的电话），首先就和他说了那个微笑。那是一个好小好小的小动作，但的确是微笑。接着她又告诉了他难民中心的事情。

"你去那里能干什么呢？"他问道。

"我能帮上好多忙呢，"她说，"去托儿所，教识字班，或是组织中心里面的集体活动。"她想要让贾马尔刮目相看一回，可是听他的声音，她吃不准他有没有把什么话藏在心里。"你爸就是因为这个事笑的，所以他觉得这主意不错。你不觉得这是个好主意吗？"

"你要是想做的话……我是说，你要是想做那种工作的话，那就去吧。大概无非也就是些日常乏味的事情。打扫啦，沏茶啦，女仆的工作，和你在医院还有家里面干的那些没有多少差别。"他说。

"这么说，你觉得这不是个好主意。"她说道，心里一阵失落。

"不，这当然是个好主意，"贾马尔答道，"更何况这主意还能让病人微笑。这也对你有好处——干点别的，暂时放下护理，做点你想做的事情。我只是担心，他们也许不会让你做什么有趣的工作。你懂的，到头来你还是接着干苦活累活。"

"哦，不，我相信事情不会像你说的那样。我相信我会有很多事情可做的。"玛丽亚姆说道，确保他听见了自己声音中的笑意。

他们去尼克父母家做客的第二天，尼克借了吉尔的车，带安娜去乡下兜风。前一夜他们分房睡的，安娜没想到能如此奢侈地独享一个舒适的大卧室，还带独立的卫生间。她一关上卧室房门，地毯、窗帘、墙纸和家具便吸收了所有的声音，整个房间仿佛同其余的建筑脱钩了，就像是一个无声、密闭的太空舱，自由地飘浮着。早上她拉开窗帘，俯瞰楼下的一座大花园，只见满园花草，全都井井有条，她猜该是有一整队的园丁在打理。之前她在黑暗中看到的建筑果然是一个蔓藤架，上面爬着葡萄藤。尼克开车去了附近一个他想带她看看的村落，两人从中信步而过，尼克一边走着，一边和她说着村里那座古教堂，还有它曾经作为一个重要角色参与过的那些英国内战的故事。他讲这些故事的时候，讲的好像都是自己的经历，好像故事徐徐展开的时候他就在场，就站在旁边一条小路的路沿，看着这些事件在光天化日之下上演。他们起初没有在村里见到一个人，直到他们走入陶瓷坊，看到陶匠踩着陶轮，手不停活地对他们微微一笑。尼克悄声解释道，这座陶瓷坊很有名，人们会从四面八方专程赶来，买这里的瓷器。村子很小，很快他们就出了村口，来到了一条乡间小路上——这里的黄水仙花依然在盛开，荫蔽在抽了芽的参天大树之下。

"你母亲话不太多。"安娜说。

尼克哈哈笑了："你是说我父亲话很多。只要老爸的兴致上来了——也就是在他身心放松，宾主投契的时候——别人就别想多说话了。我得说，昨晚他的兴致似乎非常高。那也就意味着，他喜欢你。你得习惯这一点，你别无选择。"说完，他又哈哈笑了起来，被这个想法逗乐了。"对了，我还听到你跟妈在厨房里叽叽喳喳呢，所以一切看起来都很顺利。"

上午晚些时候，尼克说他们得回去了，他还得去做复活节礼拜呢。安娜说她也想去。尼克说，她千万不要有一种非去不可的感觉。他得去，是因为这么多年的习惯让他不知道该如何放下。他们要去的那座教堂的主持是他的伯伯——迪格比伯伯；从他记事起，他的父母就一直对他说，复活节礼拜是基督教历法中最重要的仪式。按照他们的说法，你要是不参加这场礼拜，欢庆救世主的复活，你就没有权利管自己叫基督徒——尽管他们自己在一年的其他时候也很少特意去行使这一权利。再者说，这场礼拜以及随后的家庭晚午餐也已经成为他们自己的一项快乐的家庭传统。"我要来，"安娜说，"我想来。"她想要感觉自己受邀加入他们的温馨与亲密之中，想要完完全全地分享这种关系。她不想忸忸怩怩，含糊其辞。

她对他说，她想要参加复活节礼拜，因为她以前从没有见识过——事实上，她从没有见识过任何一种教堂仪式。

"不会吧！"他叫道，用他难以置信的惊叹来满足她。

这是真话：一次都没有，没见识过受洗，没见识过教堂婚礼，一样都没有。她在影院里和电视上看到过这些场面，仅此而已。她对基督教的全部了解都完全是理论性的，大多是她在攻读文学学位的时候在书本上读到的，还有那些你想不听说都难的零碎桥段。

尼克说，他的祖上当中出了好多位教区牧师和在俗传道士。听到安娜这么说教堂，就像是遇见一个从来没见过月亮的人似的。

这又是另一件爸要煞费苦心地确保他们永远不会了解的事物。安娜刚开始上学的时候，有几位穆斯林家长就发起了一项运动，要让他们的孩子不参与一切与基督教仪式有关的活动。那几位家长是诺里奇大学的教职员工和研究生，人数不多，但他们知道如何发起运动。那是一所英国国教学校，虽然她和她弟弟并不是因为这个才进的那所学校。那里只是碰巧离家近，口碑又好。"不参与运动"发起的时候，校长认为此事涉及原则问题，也就是说：任何在这样一所学校里就学的孩子，都必须参与校园里的一切活动，否则学校的团队精神就会不保。更何况，他也不希望学校的风气被一小撮不尊重其核心理念的人以这种方式钳制束缚。但那几位家长组织了请愿，还威胁要申诉，最终校长只能同意让穆斯林家长的孩子不参与某些校园活动。他更想让这些家长把孩子送到别的学校去，但当地的市委会办公室告诫他，不要让这场抗议演变成丑闻。而既然她的名字叫汉娜·阿巴斯，她的档案里面又写着她是一个穆斯林，她的父母便也得到了同样的选择权，可以选择让汉娜不参与那些活动，而他们也正是这样做的。汉娜获准缺席一切基督教活动，后来轮到她的弟弟贾马尔的时候，他也得到了同样的待遇。老师根本懒得做点什么来让穆斯林孩子们的日子好过点，每当礼堂里面举行圣诞剧表演或是丰收节庆典时，他们就会被另凑成一个班级。他们是一班尴尬的孩子，学校也不介意让他们自己知道这一点。

真正是穆斯林的是她的父亲，尽管他做的事情和他们的生活方式也并没有什么特别穆斯林的地方。有时他会和他们说穆斯林的身份意味着什么，说——用他的话来讲——伊斯兰的几大支柱：礼拜、斋戒、施天课、到麦加朝觐，尽管他自己从来没做过这几件事。他和他们说穆罕默德的故事，说穆斯林如何征服了大半个已知世界，东到中国，西至维也纳的城门，说伊斯兰的学术与知识。那些故事听上去就像是伟大的冒险，他就是这么跟他们讲的：那时候的人是伟人，那时候你在森林里拾柴火，指不定就不会撞上一只财宝箱，里面装满了翡翠和钻石。他们的母亲玛丽亚姆对宗教的了解则都是她这些年来不经意间学到的，是她最没有费力气的一件事情。她也许不会想到要让她的孩子们不参与任何活动，可他们的父亲却把这看作一个小小的喘息，让孩子们得以暂时远离那无可阻挡的腐蚀，所以他坚持要把他们排除在那些活动之外。那些发起运动的家长——他并不是其中之一——一直警惕地盯着校方，她爸爸也不想要别人说他疏于照管自己的孩子。于是，一段时间之后，汉娜和贾马尔都习惯了不参加任何基督教活动，他们自己也坚持这一点，因为他们知道，他们该着这样做。他们的父亲要他们这样做。她可以就这样在英格兰长大，一次教堂都不去。如果爸爸是一个真正的穆斯林，那他就不能让他们对自己的宗教一无所知，不然就是犯下了一桩大罪；为了避免这种事情，他让他们对一切都一无所知，或者说他至少这样努力了。有那么多的东西是他本该告诉他们的，许许多多的东西，在许许多多的事情上。

安娜告诉尼克这件事的时候，他什么也没有说，但她能从他的脸上看出反感的神情，她猜那是对爸的反感。她的心中划过一丝短暂的悔恨，但她所说的一切都是事实。如果她的描述让他听起来像是一个心胸褊狭的移民，那当然很遗憾，但也是他咎由自取，于是她按下了心中要为他辩护的冲动。

礼拜仪式让安娜大吃一惊。一切都看上去太假了。她多么想要被耶稣复活所唤起的戏剧力量所打动，想要见证信仰的宣言，感受那一刻的庄严肃穆，可尼克的迪格比伯伯却只让那些话语听起来夸大其词；他的布道有一种演练过无数回的虔诚，让他的语调显得虚张声势。安娜甚至都不知道迪格比伯伯究竟是不是真信徒，哪怕他满口虔诚，披着法衣。她觉得真信徒应该有某种专注的目光——热忱、疯狂，或者只是慈祥，但迪格比伯伯的眼睛，哪怕是远远地看上去，也显得茫然空洞，有一种没好气的心事重重状。她心想，迪格比伯伯并没为他所从事的职业打好广告。

等到他们全都坐下来吃午饭的时候，已经是差不多下午三点钟。安娜坐在尼克和安东尼中间——后者是尼克的姐姐劳拉的男朋友，全程基本上都在默默地咀嚼自己的饭食。劳拉之前和他们在教堂里见过面了，安东尼则故意在酒吧里躲过了整场仪式，两人都用同一种生硬的、不加掩饰的目光迎接了安娜，好像是在斟酌权衡一个留待日后再下的评判。这让她不寒而栗。他俩都在一家建筑事务所里上班，安东尼是那里的高级合伙人。安东尼说话的声音很响，很不耐烦，态度就像是一个随时都会发脾气的人，只要事情不遂他的愿。

等到她近距离接触教堂主持迪格比伯伯的时候，发现他是一个相貌温和的男人，一头浓密的黑发，中间零星有几丝斑白。他看上不再那么没好气了，已然有了几分平和。起初迪格比伯伯和拉尔夫共同主导着谈话，但迪格比伯伯很快就占了上风，尤其是他的太太弗洛伦斯似乎正在讲一个很长的故事，压低了嗓子在对拉尔夫娓娓道来。迪格比伯伯用他那充满仪式感的和蔼嗓音问话，想要详细了解每个人都在做些什么，那工作是多么了不起，前两天他刚在收音机里听到了跟那有关的一件趣事。显然，之前等待开饭的过程中，他一直在往自己的杯里添酒。安娜与吉尔的目光交汇了一下，而吉尔正红光满面地忙着取桌上的菜肴，脸上微微一笑，笑容中透着一丝丝顽皮，好像是某件略有喜感的事情即将上演；她估计用不了多久，迪格比伯伯就要出丑了。

一度，坐在她对面的迪格比伯伯面带微笑转向她，笑容慈祥得发苦，嘴里问道："你又是哪里人呢？"

"安娜是英国人。"尼克简慢地说，替她作了答。安东尼鼻子里轻轻地哼了一声。

"是的，安娜当然是英国人，"迪格比伯伯说，"可她在成为英国人之前，又是哪里人？"

他们全都在看着她，等着她开口，告诉他们她真正的祖国在哪里。她真希望她能起身就走，快步走去火车站，一路去往她真正的祖国，不管那是在哪里。她真希望自己能有点气场，知道该如何迷倒那些她不喜欢的人。

"你父母是哪里人，安娜？"迪格比伯伯又问，慈祥依旧，但微笑不那么饱满了，也许是安娜的沉默让他起了疑心。

"我的父亲来自东非。"安娜说——她恨迪格比伯伯，因为他是个油滑的老骗子；也恨她自己，因为她在威逼之下乖乖吐露了一些她自己也拿捏不准的事情。她差点要加上我想这两个字，但她到底还是忍住了。原来，迪格比伯伯在肯尼亚生活过几年，安东尼就是在那里出生的，于是所有人都一下子谈笑风生起来，热情参与到这一柳暗花明的对话之中。他们在南海岸线上有一栋海滨别墅，安东尼说，面带微笑，突然间急着要说话了。他家里还有一张老照片，照片上面就是那栋海滨别墅。

"看你的长相，我敢说你的父亲就是来自海边的。"迪格比伯伯说，以权威态度宣告了她的出身。

"我们离开那里的时候，我还很小，但我还有记忆。"安东尼说——童年回忆让他愉悦了起来，他那颗剃得光光的脑袋此刻亮闪闪的。

"他来自海边的哪个地方？"迪格比伯伯又问，稍稍提高了音量，好把安东尼逼退。

她注意到，此时对话的节奏和风向让所有人都一脸微笑，期待着听到一点她的生平速写，勾勒出一个遥远却又并不陌生的身世来历。"我不知道。"安娜说。

一阵困惑的沉默过后，迪格比伯伯发话了："你不知道你的父亲从哪里来！哈，我觉得这有点难以置信。"

"我不知道。"安娜重复道，因为她想不出来还有什么别的话可说。

"我深感震惊。你是说你不知道，还是说你不想知道？听到你如此漠不关心地谈论你的家乡，我感到悲哀，安娜。"迪格比伯伯说，目光低垂，嘴角难过地耷拉着。

"我是英国人。"安娜说——她说出这话的时候，听到了自己声音里的情绪。

"拜托别再烦她了，迪格比。"吉尔说。

迪格比伯伯摆摆手，对她的话置之不理。"我们看到了有的家庭分崩离析，因为孩子们不想知道自己的父母来自怎样一个国度。社群要想有凝聚力，主人和外乡客就得认识彼此，可如果我们都不认识自己，那我们就没法儿认识彼此。我们这些关心移民福祉的人尽我们所能地努力工作，传达这条信息，鼓励人们相识。而我是英国人这几个字有时候让我感觉就像是一股冰冷的悲风。"

"打住，迪格比，"安东尼说着，咧嘴一笑，"你快把我们的丛林兔子①惹哭了。"安娜有些惊诧地看着他，把他那副笑容、那张皮糙肉厚的脸孔，还有他目光中的嘲弄之情全都收进眼里。她不知道该说什么，又担心自己会做出什么可怜可鄙的举动来。她已经能感觉到眼中的刺痛了。"没事的，"他说着，身子往前一探，依然咧嘴笑着，轻轻地碰了碰她的手，"迪格比没恶意的。他也就是说说。每次他一喝酒，就拿出一副道貌岸然的样子来。"

"安娜，麻烦跟我来一下，帮忙搭把手。"吉尔说着便站起身来。

安娜起身跟着出去了，可她却从厨房门前走过，转身进了洗手间。她在洗脸池前面站了几秒钟，盯着镜中的自己，直到她感觉眼中的刺痛消退。等到她出来的时候，她看见吉尔正站在厨房门口等她。她朝安娜点点头，两人转身返席。

她放下手头拆着的包裹，突然怔怔地站在那里，想着那个复活节周末，她对父亲真是冷酷，竟然在尼克面前说那样的话。她怎么能那样说他呢？她知道他们所过的这种生活对他来说也很难，并非一切都如他所愿。有时候他会愤愤地说

①　"丛林兔子"是对黑人的冒犯性贬称。

起他们生活在怎样一群无知的人中间，说起这些人打着为他们好的旗号，干下的——以及正在干下的——却是坏事，对此还执迷不悟，沾沾自喜。他说起工作中那些事情，说起他不得不忍受的那些欺侮，可他是个坚强、倔强的男人，最后还是设法保持了镇定，得到了升职。如果说他的爱是笨拙的，那么这种爱也同样是诚挚的。何况他也并不像她所描述的那样就是个悲剧。她本该记得这一点，不该如此轻蔑地说起他。她不知道自己这么说，会不会就是为了向尼克表明她和他们不一样，她不是那些移民中的一员。有时候她觉得自己理解这种生活对她父亲来说该是有多难——这么多年过去了，他依然是一个异乡客，一辈子都在应对那种异乡感，又比妈妈大那么多，无力分享孩子们的热情，也无力让他们真正分享他自己的热情。她怔怔地呆立了半晌，心里面想着他，恳求着他的原谅。

安娜在她刚刚开机的电脑前面坐下，敲出了这几个字：我是英国人。她等待着那股冰冷的迪格比悲风袭来，而它也如约而至，一如既往。一条穿裤子的狗①。

每到周三晚上，贾马尔都会在大学里面待到挺晚，参加一个伊斯兰阅读小组。回家的路上，他在街角的杂货店前停下脚步，买点牛奶。店里的光线很昏暗，又堆着货架和货品，显得狭小逼仄。商店空无一人，只有老板自己——稀奇

---

① 典出康拉德的代表作《黑暗的心》，原著中这个比喻描述的是一个受过"教化"的非洲土著。

的是，这位老板居然不是巴基斯坦人，而是一个欧裔的英国人。此刻他正倚着柜台，读着手头的什么东西。他身旁的柜面上摆了一面小小的米字旗，钉着便条和广告的布告牌上还有一面。贾马尔进门的时候，老板夸张地扭动上身，去看背后墙上的那面钟。还差几分钟就要到八点了，他通常在八点钟关门。每次贾马尔来这家店，被老板用这样的敌意招待时，都得到了一个小小的提醒：每一天的生活都是危机四伏的。可他还是来了这里，因为另外一家最近的店铺离这儿也有些距离，而他也不介意感受一下危机的脉动。住楼梯口对面那间公寓的莉娜跟他来过这里一回，老板用无声的熊熊怒火迎接了她，让她大为惊骇，从那以后她便发誓再也不来第二回了。他默默地付了牛奶钱，对那个愤怒的男人微微一笑，然后就走了。

贾马尔读博后不久，就开始参加伊斯兰阅读小组的聚会了，为的是满足心中的某种需求：他想要更多地了解一种他名义上归属的宗教。当时和他合租房子的一个学生说服他参加的。他第一次去参加讨论会的时候，并不确定等待他的会是什么：礼拜、讲道，还是禁令。他担心要做集体礼拜，而他的无知会让他出丑。他听不懂那些词语，对于各种姿势动作的先后次序也只有一个很模糊的概念。爸从来不做礼拜，也没有教过他们任何有关礼拜的知识。可等到他真去了现场，却发现没有礼拜，也没有人揭穿他或是威吓他。阅读小组的某些成员甚至都不是穆斯林。他们只是听了一篇关于伊斯兰不容许背教的论文。贾马尔甚至都不知道背教是什么意思，更别提它如何不见容于任何一种宗教了。

他那时的室友蒙佐尔——一个法律硕士生——一定以为自己让贾马尔走上了获救的道路，于是竭力动员他跟自己一道去清真寺做周五的礼拜。贾马尔说以后吧，但他得先稍微多学习学习。蒙佐尔很失望，但他绝不言弃。"当务之急不是学习，而是承认真主的唯一性和完满性。我们是穆斯林。真主用这一认知赐福我们，同时他还向我们允诺了许多绝好的事物。作为回报，他要求顺从与臣服。而你既不顺从，也未臣服。时间不多了，"他说道，"这些年来，你的罪孽日积月累。无知不是借口。你必须着手结清你的欠账，否则你就得不到真主许诺给我们的那一切美好的东西。来和我一起做礼拜吧，你会取悦真主的，而他也会奖赏你的。"

以后吧，贾马尔说，最后还是抗拒了救赎。他得先稍微多学习学习。

这件事过后没多久，纽约就遭遇了9·11袭击，随之而来的是战争，这一切使得学习认知这件事变得更为急迫了。他本来就是要参加那个小组的，不过现在他这么做的动机中还多了另一层需求：他需要听到不同的声音来讲述这个世界上究竟在发生什么。他是怀着胆怯的心情去的，他猜其他人也是，不是去找到解决办法，或是滔滔不绝地批判这些事件所释放出的仇恨，而是去弄明白那一丁点他们能够弄明白的东西。尽管伊斯兰阅读小组无疑给大学当局制造了不安，但它不过是又一个学术研讨会，一个清谈会。那个周三晚上，他们讨论的主题是也门的扎伊迪什叶派及其与其他什叶派——十二伊玛目派和伊斯玛仪派的教义差别。

在贾马尔得知伤亡情况之前，他的第一反应就是：千万不要是巴勒斯坦人。起初，他们看到的就只有那个貌似平常，实则不然的镜头：一架飞机平静地飞过纽约上空，然后一头撞进了双子塔中的一座，化作一团火球。片刻之后他们又看到了另外几架飞机，不紧不慢地飞着——至少看似如此——撞上另一座塔楼。他的第一反应就是，千万不要是巴勒斯坦人干的，因为如果是的话，那么等到美国人把怒火发泄到他们头上，他们就会失去一切。接着他又想，但愿大楼里空空如也。但愿这不是穆斯林干的。但愿这是毒枭或是疯狂的罪犯干的。然而，这当然是穆斯林干的，而他们还为自己所做的事情感到骄傲。双子塔里也并非空空如也，而是挤满了人。

随后的日子里，各种报道接踵而至，讲述了毫无意义的死亡与可怕的死里逃生，讲述了人们从熊熊燃烧的塔楼上纵身跃下，讲述了英勇的救援与肝肠寸断的亲人苦等音讯。电视上面一遍又一遍地重播着飞机撞进塔楼，化作一团火球的镜头，他感觉自己似乎在事发之前就目睹过这些画面了——从某种意义上讲，也的确如此，因为这一幕早已在那么多的灾难片中预演过了，就像是一个让人反胃的预言。那些电影画面没能预见的是，他们所处的这个世界突然之间变得多么危险又脆弱，让人猝不及防；而如今，身处遭受攻击的威胁之中，他们所有人又作何感受。以前他从来没有去想过生活在遭受攻击的阴影之下会是怎样的感觉，而在世界上的许多地方，成千上万的人一定对这种感觉再熟悉不过。他想过他们不得不忍受的种种是非对错：在巴勒斯坦，在车臣，在刚果，但他一次都没有试着去想象生活在那种危险中的感受如何。也许过了一段时间，这种感受也就不那么强烈了，而是变得无处不在，无法反抗，你就只能仰赖直觉与运气，从一次死里逃生跳向下一次死里逃生，对于恐怖逆来顺受。他这才意识到，他曾经以为他们所处的这个世界是多么安全。

飞机撞上双子塔，化作一团火球——这一恐怖行径的冷静与残暴改变了他的认知，无论这一行径背后的逻辑是什么。他明白，这种孤注一掷的暴力行为是弱者对强者的回应，其可憎可恨之处同时也在某种意义上构成了其冲击力、其不可预测性、其不加区分的破坏力。那些撞上塔楼、化作火球的飞机，那三千名遇难者的死亡以及其他许多人的死里逃生——这一切释放出的是一波狂怒和恐慌的浪潮，而后者又会造成数十万人的死亡、数个国家的毁灭，还有大规模逮捕、严刑折磨、暗杀以及更多的恐怖行径。当他看着那些画面、听着那些报道的时候，他还不知道这一切，但他知道，报复一定会来，因为这是作为一个强权国家的应有之义，而随之而来的只会比他们此刻看到的这一切更可怕。

出于某种原因，他为他的父亲担心。他心里面想着他，想到当年波斯尼亚的屠杀让他怎样又气又急，他如何冲着那些记者怒吼，尤其是冲着道格拉斯·赫德，时任英国外交大臣。如果这些人不是穆斯林的话，他们还会容许这种事情发生吗？在欧洲？在今日这样的时代？当赫德出现在屏幕上时，父亲会先听上几秒钟，听那个皮厚如甲的"政治家"满口政治黑话，试图安抚人心，接着他就会开始斥责此人的玩世不恭真是害人命。你自己说的话，你一个字都不信，你这骗子。你真正想说的是，我不在乎什么样的事情落到这些人头上，因为他们和我们不一样。父亲并不真的把波斯尼亚人看作是欧洲人，而是认为他们的肤色更深，就像我们。毕竟，他们是穆斯林。哪怕每天晚上，当波斯尼亚发言人出现在电视上面接受采访时，那画面明明白白证明了他们的长相跟我们完全不一样，父亲还是不能——抑或是从来没有尝试过——放弃他那种自相矛盾的想法：他一方面坚持他们应该被当作欧洲人对待，另一方面却依然相信他们和我们一样；而正因为他们和我们一样，所以才没有人保护他们免遭塞族人的血洗。

贾马尔担心，双子塔崩塌的画面会让父亲情绪激动。他能想见世人的那些无所不知的分析剖解会惹父亲生气——如今似乎每一篇新闻报道都沉迷于此，可他真正担心的却是，父亲会越来越无法忍受政客们那庄严肃穆的伪善，而他知道，而他们全都知道，这些人正在策划战争。他担心父亲会对死者说出些铁石心肠的话来。

他听到有人在说，美国人之前总是欺负别人，摆布别人，这回算是他们咎由自取。可当时在塔楼里面的可能是他们中的任何一个。即便你认为美国军队是不可一世、趾高气扬的恶霸，这样的行径也是不加区分的大屠杀。他看到世界上的某些地方，有人兴高采烈地跳起舞来。也许他们以为，他们看到的这一幕只是电视台耍了一个聪明的戏法。也许他们不相信自己听说的这一切。也许他们以为死亡人数不实。也许他们无法从内心里同情死者，因为他们只顾着幸灾乐祸地看美国遭受暴力袭击，认识不到这是在谋害无辜者。

他想到了那场试图阻止战争的大游行。全世界有成千上万的人参与示威。他以前从来没有参加过游行，除了他们偶尔在校园里搞的那种闹哄哄的表演，为的也都是学生们自己的那一亩三分地：呼吁把讲座放到线上啦，抗议大学老师在考试的时候搞罢工要加薪啦。游行示威的年代似乎早就过去了，对他来说那些事件就像是远古的神话，讲述恣意张狂的往昔岁月：野性的音乐，疯狂地做爱，静坐抗议，还有那场示威本身——1968 年格罗夫纳广场反越战集会的英雄豪情。那次集会是在他出生的八年前举行的，但他看过一部相关的影片，也听说过这件事，让他不禁好奇：真不知那些游行示威者上哪儿找来的勇气，竟敢干出那样的事情来。也许他们猜到了自己并不会真的出什么事。不错，那帮暴民的领袖们早已烧掉了自己的马甲，剪了头发，摇身一变，成了校长、议员、内阁大臣和企业高管，但那时的他们还有一点激情、一点大嘴巴的胆量。

他还清楚地记得 1999 年的反资本主义暴动，但那更像是有组织的战斗，而非游行示威，两边的人马全都穿着制服，戴着面具，暴力到丧心病狂的程度。2003 年 2 月 15 日的那场游行则是和平的，人群中聚集的都是那些质疑对伊拉克发动战争是否明智或是否正义的人。他们中的大多数根本不会认同自己是激进分子，甚至都不认为自己在参与政治。他们中的大多数去那里，不是为了展示自己的反社会本领或是政治激进主义，而是因为他们怀疑政府在欺骗，对此他们感到愤慨。许多人是第一次上街游行，比如安娜，比如尼克，比如贾马尔，而他们上街是为了说不，为了给这波广泛质疑战争必要性的浪潮贡献自己的一分绵力。不管怎样，对贾马尔来说，这都是孤注一掷的一声怒吼，向那种调门越来越高的丑恶话术表达抗议，抗议说这种话的人要求他保持沉默，要求他顺从那些人的暴力企图，而他完全不相信他们这么做是出于善意。顺从，这就是当下时兴的词，而他不想顺从。反正呢，他们指望只要有足够的人现身，他们的政府就不得不停下脚步，听听他们的声音，虽说贾马尔不太相信他们拦得住开动的军事机器。

当然咯，布什和布莱尔并不在意。他们不在意那些上街游行的人，也不在意另一些没有游行，但以其他方式发出反对声音的人，而是在战争的道路上一头走到黑。这让贾马尔不禁疑惑，公民的身份究竟有何意义：几百万的公民听过了政府要他们听的那些话，思考了一番，没有被说服，而世界各地又有多少人纷纷表达了他们的不情愿、愤慨与反对，可这一切全都无足轻重。

汉娜说他太天真，竟然指望抗议活动能带来什么改变，尽管他并不真做如此指望，加入游行队伍时也并没有抱多大希望。他听到电台里的一个男人努力克制着怒火，在那里咬牙切齿。"这个世界上真有恐怖分子，"他说，"我们要么消灭他们，要么就把他们圈在他们自己的蛮荒之地里面。你不能指望政府在这种事情上面碰运气冒险。游行的初衷很好，可它映照出的是一个幻想中的世界，好像你只要给恐怖分子讲一通大道理，就能终结恐怖似的。"

到了这时，战争已经开始了，混乱席卷了伊拉克。他们一次次地看到这样的镜头：伊拉克人欢呼美国人的到来，兴高采烈地推倒暴君的雕像，那些了解现实的铁石心肠之人于是宣称，伊拉克人自己想要这场战争。他们的军队甚至都懒得战斗。他们想要美国人赢。瞧啊，战争结束了，野蛮人的大营就在我们的眼前燃烧。一开始是会乱一阵子的，可接下来就好了。

真是讽刺啊：就在爸恐惧的这场战争开打的时候，他却迷失在他自己的大雾之中，这些新近发生的可怕事件几乎没有穿透那让他晕头转向的痛苦。

深更半夜，有时迟些，有时早些，就在破晓前的那几个小时，他周围的世界鸦雀无声，他却躺在那里睡不着，感觉他的身体在从里面腐烂。他伸出一只手，抚过那副瘦骨嶙峋、勉力维系着这一切的硬壳，心里面想：时日无多了，它就要随着里面那堆正在溶解的烂肉一道分崩离析了。

那是很久以前的事情了，四十多年了，而他实际的感受甚至比这更久，可在子夜的沉寂中，他人生中的那些岁月却又重现在了他的眼前，清晰得不可思议。即使有时一阵薄雾模糊了往事，他依然能察觉到、感知到他的记忆想要回溯的那些时刻有何意义。这一切无休无止，他的头脑开足马力如此运作着，哪怕他的内心渴望遗忘。一切似乎都近在咫尺，无论事情发生了有多久。他感觉那些岁月就像在砰砰地敲打他的胸口；活生生的躯体也浮现在他的眼前，他甚至能感受到他们的温度。

他渐渐能言语了；他对此迫不及待，虽然起初他并不在乎。现在他想要言语，为的是诉说，为的是告诉她自己这么多年来为何沉默，为的是向她讲述他那可怜的怯懦。有时候，他搞不清楚她和他说的某些事情，或是她提起的某些名字。这些人是谁？可是那段被他抛弃的人生，他却记得很多很多——似乎一丁点都没有忘记。

他记得他大学生涯的那几年，那是最快乐的时光。他从来没有跟她说起过。那就像是获得了新生——搬去城里，和法齐娅的亲戚们同住，远离父亲的宅门里那专横暴虐的吝啬。也许他应该留下的，在那里找到他能找到的幸福。也许他当初要是留下来，还能发挥点光和热，而不是像现在这样虚度一生，困在一个他没法儿为任何人带来任何益处的地方，直到如今他身体衰朽，无力抵抗，只能在内疚中痛苦挣扎。也许他本该留下来，和他们共同面对那降临到他们头上的灾祸。可如今他百无一用了，再想这个也徒劳无益。有时候，他觉得自己所做的一切都是错的；另一些时候，又觉得不算是全错。有时候，他觉得他可以休息了。这些年来，不幸之中，似有万幸：有些事情他做得还不错，但现如今，要抓牢这一根救命稻草也越来越费力了。

不过，他的大学时光很美好。他还记得学期开始前的那个礼拜他如何去学校，交了学费，领了证件，随后又如何怀着一种难以置信的心情，走过铺了地砖的走廊和校区的林荫道。这里竟然对他敞开了大门。学期开始后，他发现自己一个人都不认识，但学校的指示要求非常清晰，他只需要随大流，守规矩就行了。这对他来说是全新的体验：首先，是纪律。大学里有那么多的新规矩，但没人大吼大叫，挥舞棍棒，或是双手叉腰站在那里，对着一群学生怒目而视，好像随时要提防人群蜂拥逃窜。大学老师们礼貌耐心，学生们则一丝不苟地遵守规矩，自己也很礼貌。也许有些老师会对他们的无知发出讥讽的哂笑，但即便是在这种时候，他们也很礼貌。

他们还会搞体育运动。他原来那所学校从来不搞体育运动，但在大学里面，他们玩田径，打板球、羽毛球和排球，其中一些项目他之前根本闻所未闻。这些都是英国人的运动，要是英国人没有殖民过他们的话，没听说过这些运动也是情有可原的。可还有一件事情就不那么情有可原了——他在原来那所乡村学校里面，居然连代数、几何、物理和对数表都没有听说过，而这些知识可是举全世界之力才创造出来的。即便是那些他以前学过的科目，大学里面的教授方法也截然不同。这里有一座图书馆，里面有数百本藏书，他可以随意借阅，带回家读。这就好比他以前接受的所有教育都是在一间小屋子里进行的，一间门窗紧闭、空空如也的小屋子。这时，有人打开了房门，他这才发现，那间屋子只是一座大厦里的一个微不足道的小单间。大厦四面都有宽大的走道和游廊，他可以随心所欲地四处漫步，只要他想——或者不如说，只要他敢，因为他是个彻头彻尾的无知之人，他面对这里的一切都战战兢兢，同时又欣喜于自己迈出的那小小的步伐。

那就是如今依然会重现在他眼前的大学图景：刚进大学的最初时日，自己的无知，还有那些不可思议的学习内容。进大学的时候，他十六岁，在那里待了三年。那是一段最快乐的时光，他一直都怀念那段岁月。他交了朋友，他学会了游泳，他每天放学回家，就去法齐娅的亲戚们给他的那间小屋子，做他们派给他做的那些活计。起初，他每周五下午都回费内西尼，周日晚上再返校。他想要减轻供养他的亲属们的负担，但过了一段时间，他回家回得就不那么勤了。他的哥哥们把他当成英雄看待，想要听他说说他学到了什么，夸赞吹捧他所讲述的每一项小小的成就，可他的父亲却只是嘲笑他的大学校服。瞧瞧这个可怜的丑角，瞧瞧这个木偶，他说，瞧瞧他这装腔作势的派头。快去做你的礼拜。礼拜过后，他让阿巴斯又换回他原来那身破衣烂衫，派他去干脏活儿，好让他不忘谦卑。在这个屋檐下，没人能吃干饭。

守财奴奥斯曼，他那位恶霸父亲。然而，有那么一回，他看到父亲哭得像是发了失心疯。他怎么也想不到父亲能像那样落泪。他们听到喊叫声从小径另一头的公路方向传来，一个男人在怒吼，一头驴子在惶恐中嘶叫。父亲沿着小径循声跑去，想看看是怎么一回事，他也跟在后面。他的两个哥哥都在农场的另一头干活，起初没有听见喊叫声。等到阿巴斯随父亲赶到公路边上，只看见一个男人正提着一根粗棍子抽打一头精疲力竭的毛驴。看到两人现身，他吃了一惊，手上停顿了片刻。熊熊的怒火一定是冲昏了他的头脑，他方才都没有听见两人跑过小径的嘈杂声。他气得直吐白沫。那头驴子躺在路上，连起身或是挣扎的力气都没有了，只是惊恐万分、不由自主地一个劲儿抽搐。只迟疑了片刻工夫，那男人便又忙活起来，拉开架势，对准驴子身上最柔弱的部位就打：嘴巴、肚子，还有驴子腰腿上的嫩肉。他的父亲——守财奴奥斯曼——一声接一声地呼喊着，求那个男人住手，最后甚至都双膝跪地，用自己的身体护住驴头，不让棍棒落在那里。男人愤怒地把父亲拉到一边，举起棍棒威胁他。父亲坐在几尺开外的地上，抑制不住地流泪啜泣，他那副大眼镜上沾满了泪水。最后，他的两个哥哥——卡西姆和"不作声"优素福——也赶来了，三人合力把父亲拽走。他足足哭了几个钟头，抱着脑袋左摇右晃，最后他们都开始担心他发失心疯了。也许他确实疯了一阵子，可天色一亮，他又变回了他那副小气刻薄的老样子，拄着那把短锄头站在院子里，吼他的儿子们去干活。三兄弟又去了公路边上查看情况，但那里已经空无一物，只剩下一小坨大粪，一群虫子正忙着把粪山移走。

他进大学后的第二年，就不再每周五都回费内西尼了，而是有时就待在城里面过周末。他猜父亲该是要骂他偷懒，也担心哥哥们会以为他这就开始忘记他们了，可不知怎的，他不回家的结果却是，父亲在他难得回来的时候，对他反倒不那么怒气冲冲了。一年又一年，他回家的次数越来越少了。城里的氛围还有大学和学业一定让他的生活显得复杂又忙碌，而他们的生活却只有除草、挖土和劳作。他能感觉到他们之间的差异越来越大。等到他回家过假期的时候，父亲甚至允许他偶尔捧上书本，在树荫下面坐上一两个钟头，只要他不滥用这项了不得的特权。等到第二学年结束的时候，他已经整周整周地待在城里了。他并没有做什么特别刺激的事情。他去学校，做功课，和朋友们一道去海边散步，或是去观看一场足球比赛。周五，他会去港口那边的朱马清真寺做礼拜，偶尔还会获邀去某位要好的同学家里吃饭。有时他也会参加集会——那个时候，随着政治的升温，这种事情也开始冒头了。

之后的一天晚上，他看到了她。这倒不是说他以前就没有见过她，而是说直到那一夜他才好好地看了看她。她是一个年轻的姑娘，住在他借宿的亲戚家隔壁。他透过自家窗户望见了她，觉得她漂亮。他也只是瞅瞅，打量一番隔壁那个大家族里的女儿，仅此而已。她的父亲是个生意人，一位商人，一个家财颇丰、在那一片也很有些名望的人。他开了一家电器店，还在集市上开了一爿肉铺。他的一个儿子经营那家电器店，另一个儿子管肉铺生意，家里有钱得很，两个儿子一人一辆小汽车。他从来没有在大街上见到过那个姑娘，因为她每次出门，都从头到脚套着黑袍。他只能猜测那是她，因为他看到她从门里出来的。不过在自家露台上四处走动的时候，她不披黑袍，没有察觉到他的目光。

那时，他大学的第三个学年刚刚开始，他的生活表面上看平静又知足，对于女孩和女人一无所知。他听到别的男孩子大谈他们的冒险与艳遇，心里面酸溜溜的，也不知道该不该信他们，但他知道这么刺激的事情是不可能落在自己头上的。他喜欢看街头和他擦肩而过的漂亮女人。不是所有女人都像他的邻居那样套着黑袍的，还有些女人知道该怎么既穿上黑袍，又不让袍子遮住任何重要部位。事后他会胡思乱想，然后怀着负罪感，在那里一个人犯戒。他不知道该如何更进一步了，而在他好好瞧见她的那头一个晚上，他连这件事情都没有想。他觉得她很美，仅此而已，然后就开始在她家露台上寻找她的身姿。这不是犯罪。他只是看一眼，什么都没有想，什么都没有关注，只是欣赏她的容貌。

他时常透过他那狭缝般的小窗户观察她。他姐夫家的亲戚们住在一栋又高又窄的楼房的三楼。他们自己住两间房，给他住一间小储藏室——一个丁点大的小房间，他刚好能挤进去。窗户既没有百叶帘，也没有窗玻璃，只是墙上开的一个小洞，约摸九英寸宽，两英寸高。黄昏时分，一阵清凉的微风透过窗口吹进屋里，有时候外面下着雨，他还能感觉到雨水无比轻柔地淋洒在他的双脚上。如果雨下得很大，风向也不对劲，他就卷起自己的薄床垫，把书移到床头去。他的视线越过码头仓库边上的印棟树冠，瞥见了大海，接着他又低头去望隔壁人家的露台，望见露台上面摆着盆栽，挂着晾衣绳。

虽然他对自己说，这个房间真是不大不小，刚好能容他的身啊，但有时候他还是觉得憋得慌。每次他从书本中抬起头来，眼睛都无处可看，只有看向窗外。他很高兴能待在那个房间里，哪怕他心中焦虑，觉得许多东西是自己不配拥有的。他那年十八岁。他很穷，靠接济度日。他很羞涩。他缺乏自信。他就是这样看待自己的。除了勤奋学习，他没有别的技能。可在他的记忆中，他在那个房间里度过的是一段快乐的时光。那是他大学里的最后一个学年，那里就像是为他打开了一个全新的世界。他的成绩很好，很快他就会得到一份教职，后半辈子便能过上体面的生活了。

他寄宿的亲戚家里也很穷：房子里面没有通电，也没有自来水。水得每天去街上的一根立水管那里去取，用水桶装着，提上三段楼梯，倒进厨房里的储水箱。卫生间是整栋房子里的所有人家一起合用的，而且在一楼，是一个黑黢黢的小房间，挺吓人的，他只有在非去不可的时候才会去。他们吃得很简单，但他的亲戚们人很好。他待他们恭敬又感恩，他们也很高兴他能领情。他们把他当成家里的一个儿子来待，派他出去跑腿或是从立水管那里接一桶水上来；要是他睡过了头，或是学习太用功，或是在清真寺里没顾上给一位邻居读经，他们还会训他。

他会透过窗口观察那个姑娘，因为她就在那里，在他的眼前。那一夜，就在他坐在窗前，望着窗外的黑夜，准备就寝的时候，她手拿一根蜡烛，来到外面的露台上。她放下蜡烛，然后一把就扯掉了内衣。她在烛光中赤身裸体地站了几秒钟，然后伸手取下晾衣绳上的一块布料，裹住身体。她不可能知道他在那里，因为他的房间里面没有点灯。后来她就再没有像那样脱掉内衣了，可在那一次之后，他的脑海中就有了属于他自己的一幅她的画像。即便是过了这么多年，他依然能够看到她，看到她在那意想不到的一刻，突然把手伸向肩胛，脱掉内衣，把自己苗条赤裸的身体暴露在烛光之下。他那个房间里面除了床上，没有别的地方可坐，而那张床就挨着窗口。所以只要他在屋里，每次她一出来，他不需要任何预谋，眼睛也总是落在她身上。也许他在看她这件事上渐渐着了迷，但他并没有什么别的盘算，只是想看她。他哪里有那么大的胆子呢？

后来有一天，她发现了他在看自己，似乎也并不介意。从那以后，他就时常坐在那扇小小的窗边，一面读书，一面看她，她则坐在那里干着杂活儿，或是靠着露台的围墙，望向外面的大海。他看着她晾晒洗好的衣物，或是坐在树荫下，拣出米里的石子，或是在临近傍晚的时候给盆栽浇水，或是晚上就那么枯坐在那里。有时候，深夜里，他靠着窗躺在床上，听到露台那里传来人声，心想一定是隔壁那家人在炎热的一天即将告终的时候出来乘凉了。不过就是稍许调个情嘛，无伤大雅，他对自己说，少男少女安全地躲在家里，冲着彼此眉来眼去。可他俩在玩这个小游戏的时候，却被她的父亲逮到了。一天傍晚，他出得屋来，发现女儿坐在一张地席上，然后猛一转身，刚好看到阿巴斯坐在窗口，边上点着一盏灯。阿巴斯不觉得这件事会有什么严重的后果。那商人可是财大气粗，而他只是隔壁一个住在穷亲戚家里的男孩子，偷偷瞅一眼他的女儿。之后的一段时间里，他再在街上看到女孩父亲，就得躲到马路对面去了，但只要他躲上一阵子，很快富商就会渐渐淡忘撞见他坐在窗口这回事了。毕竟，他只是在朝窗外张望，说不定都没有在看他家女儿。如果他张望的时候，碰巧她就坐在露台上，那干他什么事呢？可事情的发展并不像他想的那样。

姑娘的姨妈和那家人同住——许多年前姑娘的母亲就去世了，从那时起她就一直住在他们家。姑娘的父亲和她姨妈说了那天看到的事情，那女人立刻敲响了警钟。她说，如果姑娘一看到那男孩子，不但没有跑进屋，反倒继续抛头露面地坐在那里，那么伤害就已经造成了。姨妈是个很懂世故的女人，知道话传话，变味道，传到最后全走样，尤其是在事情关乎女人名誉的时候。她跑去找阿巴斯的姐姐法齐娅——之前两人都经常参加各种婚礼和葬礼，所以原本就相识。

一天，法齐娅上门来找阿巴斯，说家里人唤他回一趟费内西尼的老家。她不肯告诉他是什么事，等到两人赶到家，他才发现根本没人唤他，全都是她搞的鬼。她摆出了好大一副阵仗。她把全家人都召集起来——父亲、母亲、他的两个哥哥，全都忐忑不安地围在一起，以为她要通报一场悲剧，要么是她被老公休了，要么是她老公因为犯了走私或是在他上班的那个公共工程部里偷东西，刚被关进大牢。结果她告诉他们说，阿巴斯让隔壁富商家的女儿蒙受了耻辱。阿巴斯被这个晴天霹雳吓了一跳，感觉心脏在胸腔里猛地一蹿，就好像他在高墙的边沿一脚踩空了似的。这纯属胡说八道，他说，但法齐娅根本不理他，而是愈发绘声绘色地描述那位富商如何暴跳如雷，又如何召她上门，叫她把这件事转告给家里人。阿巴斯闹不明白她在做什么，也不知道她这是什么意思。父亲上来就是好一通大吼大叫——他原本就喜欢大吼大叫，但凡能逮到机会，只是眼下还多了一件女孩受辱的事情要考虑。

我就知道事情会是这种结果，他吼道。我知道，我早知道。那些欧洲老师还有他们的学校把你的脑子搅昏了。他们的书本净教你怎么装腔作势了，到头来你还真以为自己能跑去胡搞富人家的小姐呢。这下他们要把你当条狗一样当街痛打了，你不知道这些也门商人的厉害。昏了头的穷小子就是这种下场。等着被人敲掉脑袋。像这样，他说道，狠狠地拍了阿巴斯的后脑勺一巴掌，接着又补了一巴掌，免得阿巴斯没听明白。

父亲破口大骂的时候，母亲则在一旁啜泣；每次他刚一想说话，就被姐姐打断。她对所有人说，眼下只有一条体面的正道可走了，那就是求婚；她当天下午就要回城去，以家族的名义去提亲。谁都最好别想来拦着她，因为她的家族要是不能在这件事情上体面行事，那她以后就抬不起头了。父亲和哥哥们咧开了嘴，对阿巴斯露出狡黠的笑容，母亲的啜泣也渐渐平息。他们本以为富商和他那帮有权有势的朋友该是要冲上门来又打又骂了，没成想居然有人来说这样一门好亲事。又过了一两天，阿巴斯自己也咧开嘴，狡黠地笑了，虽说一开始他对事情的走向颇为惶恐。他对成亲没有异议。按他们那儿的习俗，他的年纪也到了，很快还能有一份工作，他也已经知道了那个姑娘长得美，那户人家很有钱。两周之内——这喜气洋洋的两周真是一晃而过——婚礼就已安排妥当，两人随即完婚，他便搬去她家同住了。法齐娅对自己的手段十分满意，好几次提醒阿巴斯说，是她救了他一命，他可得领她的情。

就在黎明破晓前的那几个钟头，他拖着被摧垮的病体躺在那里，无力反抗，身上打着战，因为虚弱，也因为痛苦——一想起十八岁那年他意外迎娶的那个年轻女子，这痛苦便袭上心来。一阵厌恶和自恨的颤抖席卷他的全身。最初的那几周堪称美妙。他的妻子谢里法就像烛光下那第一眼预示的一样美。他根本想象不到肉体竟能产生何等的愉悦，他如何轻而易举就摆脱了对于为人夫这件事的焦虑和顾忌。婚礼之后，他搬进了谢里法家的房子，因为他住的那间房只是个储藏室，他一个人都不太够住呢。他就这么搬进了他们家那套两层楼的大公寓，和她的父亲、姨妈、两个哥哥及其老婆孩子同住。公寓的两层楼位于一楼的一排店铺之上，他俩分到了顶楼的一个房间，边上是姨妈的房间、厨房、洗手间，还有他初次见到谢里法的那个露台。其他人则住在楼下，父亲住一间俯瞰楼下街面的大房，两兄弟和他们的家眷则住两间里屋。二楼还有一个会客室，给家里的女人们接待访客用。到了晚上，他有时会站在露台上，抬头望着那扇小窗，不知还能否望见那个曾经的自己躲在那里愁眉不展。

那个人当然是不见了，他很快乐。他不敢相信自己竟然交了这样的好运。他以前从来没有住得这样宽敞和自在过。他们有了一个全归他们自己支配的房间，里面还有许多他这辈子头一回体验的小小享受。他们有一张弹簧床和一台收音机，地上还铺了一块小地毯。他但凡能挤出一点时间，就回那间房里待着。只要他的新婚妻子没在忙她的分内事，他就找她聊天。他为他的毕业考试做复习准备，考试的日子眼看就要到了。他还听那台小收音机——那是她父亲从店里拿来，作为新婚礼物送给他俩的。那就像是一个世外桃源。他们早饭吃的是鸡蛋和豆蔻籽糕。他们每天都吃肉又吃鱼；除了父亲，所有人都到厨房前面的凉棚底下进餐，围坐在一张地席上面——每天，每餐开饭之前，那席子都有人在地上铺开，用完餐后再重新卷好。父亲一个人在自己的房里用餐，餐食都有人用托盘送到他面前。每周五，他们都会享用羊肉香饭。那真是奢侈的生活，赞美真主①。而他每天要干的仅仅是做自己的功课，每餐吃到饱，然后等着他的妻子忙完杂活儿。

① 原文为阿拉伯语。

他和谢里法同住的那个房间就像是大树下的一片浓荫，像是晚上吹来的一阵柔和的海风。这就像是传说故事里的那种赐福，他心想，只是这份幸福是真实的。一个害羞、勤劳又虔诚的年轻人突然被好运眷顾，为他的爱人和他那辛苦一辈子的父母建起一座有花园的大房子。他没有建花园，也再不想和他的父母一起住了，但他有了他的爱人。是的，这就像是那种赐福，只是那种事情是不会发生在现实中的，而每一个赐福里面都暗藏着一根毒刺。随着他对新生活带来的兴奋感渐渐习以为常，他不能不注意到她的家人待他多差劲，多不尊重。过了一阵子，他发现谢里法也这样待他了，至少在其他人面前是这样。情况似乎一天更比一天糟。

他躺在病床上辗转反侧，想要逃避将他紧紧围住的那一大群身影。我现在可没心思回忆这个，那群傲慢的小法老。我没心思想这个。

两兄弟老是用他们那老于世故的腔调逗弄他，取笑他，把他当一个在人生道路上跟跟跄跄、跌跌撞撞的傻小子对待。两人都是恶名远扬的男人。每天夜里，他们各自开着车，停在隐秘的地点，等着女人来找他们。两人都已婚。他们的妻子是亚丁人，比起这个小黑岛还有岛上叽里呱啦、让人一头雾水的土话——她们很少有兴致好好说这种话——两人更喜欢也门的黄沙。每隔一两年，她们就带上孩子回亚丁一趟，待上几个月。即便她们想过自家丈夫趁自己不在的时候，会不会出去寻欢作乐，她们也从来不把这样的想法说出口；他觉得就连谢里法恐怕也不知道哥哥们在城里的名声。就算她知道，也无论两位嫂子在或不在，他估计兄弟俩都不在乎。什么都影响不了他们的猎艳。

兄弟俩取笑他的时候，他也跟着笑，因为所有人也都在笑，他不想显得自己在意上心，再说那笑声也许并没有恶意。他们都很热情好客，对他也挺疼爱——他比他俩要年幼好多。他们笑他的年轻和单纯，他则对自己说：不要在意；然而，只要他们在场，他在几乎每一件事情上面都感觉像是在犯傻。每次他进屋的时候，他们的妻子都蒙着头，用一种她们自己发明的暗语说话（两人是姐妹），但他确信她们是在嘲弄自己。谢里法的父亲当着所有人的面给他钱，好像他是受雇干活的，好像他是自己的下人。他不是定期给他钱的，而是心血来潮地给。有时候他给他硬币，有时候又给他纸币。那就像是他在捐钱做慈善一般。而每当姨妈认为他做错了一件事的时候，她就会像训孩子一样斥责他，对他厉声怒骂，提高嗓门，好让整栋房子的人都听见，这个时候就连他的妻子也会嘲笑他。他甚至觉得，连大街上的人都听得到她冲他尖叫的声音。有时候，他都怀疑那位姨妈是不是疯了。她的怒气发作得是那样狂暴又离谱。他不能不感觉受到了羞辱，即便他努力劝说自己打消这样的情绪。

他们会习惯他的，他对自己说，尤其是在他们渐渐发现自己值得他们尊重以后。他们让他害怕，而他认为他们也清楚这一点。他恨他们。过了一阵子，他开始怀疑他们完全不尊重自己。一旦他有了这样的想法，他就再也没法儿把它逐出脑海了。他开始认为，他们笑他就是在嘲弄他，还笑他的父亲和哥哥们，笑这些穷亲戚在婚礼上表现得就像是来蹭白食的饿汉。他认为他们在嘲笑他的贫穷，还有他的乡下习惯。

他曾经对自己的未来所怀有的一切幸福与满足感都离他而去了。每天早上醒来，他脑子里的第一个想法就是，他又得忍受他们的轻蔑了。这个想法让他的心中充满了深深的痛苦，其程度让他如今想来都觉得不可思议。他那时还年轻，待人恭谦，在过去的人生中几乎一无所有，因此他不懂富人和唯我独尊者那种绝不收手的傲慢。面对这样的处境，他那笨嘴拙舌的无所适从让他甚至在自己眼中都显得可恨起来。

一天晚上，夜很深了，他俩做过爱后，正在轻声说话——他闭上眼睛，能感觉到她在他身边——这时谢里法告诉他说，她不是那富商的亲生女儿。她告诉他，她从来都不认识自己的生父，因为他二十多岁的时候就突然离世了，那时她才一岁。她对他没有任何记忆。不，她不知道他的死因。这种事情没人会去说。不要去问别人的死因。他们死了，是因为他们的大限已到。父亲死后，母亲就搬去了她的哥哥，也就是那位富商的家里面，但没过多久她自己也死了，死于发烧。不，她不知道是什么烧，反正就是发烧。他干吗要问这么可笑的问题？她是医生吗？母亲去世那年，她三岁，所以她对她倒是有一段记忆，一段极其深刻的记忆，除此之外就几乎是一片空白了。她记得母亲在火盆上面做饭，也许就在那边的厨房里面或是那顶凉棚下面，她则在母亲身边玩耍。她绊了一跤，把火盆上面的锅给掀掉了。她原本肯定是要跌进火里的，多亏母亲奇迹般地一把将她拉起，才让她化险为夷。她的双手被锅烫伤了，但仅此而已，其他地方毫发无伤。这就是她对母亲的全部记忆，记得母亲如何把她从火中救出，随后又心有余悸地给了她一巴掌，教训她的笨手笨脚。母亲死后，她作为大家庭子女中的一员一路长大成人，富商和他的太太——愿真主怜悯她的灵魂——把她当作女儿来待。他一直把她当作女儿来待。阿巴斯又问富商的太太是怎么死的，谢里法狠狠地拍了他的大腿一巴掌。

再后来，他就发现谢里法怀孕了，起初他对此欣喜若狂。想想看，一个他造就的孩子正在降生的路上！只是随着时间一周周地过去，她的产期渐渐近了，他才开始觉得，婚礼这才过去没多久，这宝宝来得也太快了些。一旦他开始这样想，他就停不下来了。考试结束后，他手头有了大把的时间，这些想法就再也挥之不去了。他开始担心，孩子不是他的。他们搞了一个诡计，一个阴谋，把他诱入圈套，好让她免于声名扫地，而那个孩子则是别人的，这里头有一件他们费尽心机要隐藏的肮脏龌龊事。婚礼之所以安排得那么匆忙，就是为了挽救她和她家里人的颜面。一旦孩子降生，他妻子的颜面也保住了，他们就会逼他和她离婚。他确信姐姐知道这件事，却被那家人拿礼物收买了，所以才安排了这桩婚事。再没有什么比男人休妻更容易的事情了。只需说一个简简单单的词就成了①。难道这就是兄弟俩待他时极尽嘲讽的原因所在吗？

他试图劝说自己等到将来必要的时候，再来好好推敲这些疑虑。为什么这会儿就要疑神疑鬼的，搅得自己心神不宁

①　按伊斯兰教的"三次离婚教规"，丈夫连续三次对妻子说"塔拉格"（意为休妻），即可解除婚姻关系。

呢？他现在要做的是让自己变得坚强，成长为一个男子汉，学会阴谋诡计。他已经通过了考试，分配到了一所学校的教职，新学年一开始就会去那里教书，这辈子都会有饭碗。可他就是说服不了自己。他的身体如临大敌地紧紧打成一个结，他怎么也解不开来；他也无法正视镜中的自己。他开始听到妻子的话中有话，觉得她是在和别人有了鱼水之欢后，被迫嫁给他的，好遮盖她的丑事。他认定了这个家里面发生了一件肮脏龌龊事。他不敢把这件事用语言表达出来。他认定了许多旁人也都知道出了什么事，随时准备好好嘲笑一番这个戴绿帽子的瘦猴。他们那个地方就是这样的。他的余生都要在他们的嘲笑声中度过，他走过路过时他们都要对他指指点点，讲述那个他如何犯傻的故事。他相信这一点，心中惶恐。结婚六个月后，他的妻子看起来像是随时都会临盆。他确信城里的许多人都在数日子呢。他们没有别的事情好做。就这样，1959年12月初，十九岁那年，他逃离了她，逃离了他的祖国，逃离了一切，还有他认识的所有人。那就是他所做的一件勇敢又值得钦佩的事情。他逃跑了。

他躺在黑暗中，感觉泪水涌出眼角，流淌而下。如今再这样子已经没用了，过了那么多年，还哭得像个宝宝。他一定是闹出了声响，因为他听到玛丽亚姆在动，接着她就喊了他的名字。阿巴斯。片刻之后，他对她说：费内西尼。

3

逃跑

费内西尼，他说。她在黑暗中坐了起来，问他那是什么。他又说了一遍，她还是一头雾水，于是伸手点亮放在行军床边的手电筒，不把光束指向他。他也在床上坐了起来，眼睛望着她。在这午夜时分。她走到他跟前，打开床头灯。他说了第三遍那个地名。她以为他在说胡话，刚刚从梦中醒来，梦见他那个遥远的非洲故乡。"费内西尼，"他又说了第四遍，面带微笑，"我的学校……我读书的地方。我以前和你说过的。"

她递给他一本笔记簿——这本子她一直放在自己床头，好让他在说不出话的时候把话给写下来，于是他写下了费内西尼。他不能写久了，他右臂和腿上的肌肉依旧无力，但他能写上几个字。他现在开口比之前多了，一周接受四次语言康复，迫不及待地想要恢复说话的能力。他自己走路去的医疗中心，权当锻炼，每次都自己计时。那里离家只有一小段路。他身体好的时候，走过去只需要十分钟，就是沿着他们这条街走到底然后左拐，顺着那条路笔直走就到了。头两次是玛丽亚姆陪他去的，但后来她就得去难民中心做下午的志愿服务了，于是第三回他就自己去了，一点事没有。从那以后他回回都自己去了，悠悠地走着去。当时是夏末，天气很宜人，他走得很慢，拄着一根棍子，好让右腿不要受力。她有时还会看着他走路，她那勇敢的博姿先生。医生告诉他说，最近一次扫描显示，他左脑所受的损伤并不像一开始看起来的那样严重，他的失语症已大有好转。他现在需要做的就是增强身体力量，一次不落地接受语言康复，然后保持愉悦。保持愉悦看似是不太可能了，但他在语言康复和身体锻炼方面倒是非常听话，渐渐地他能说话了。要听懂他的话有时候不太容易，可他确实渐渐能说话了，他的头脑也清晰了。每次他又能多说几个字的时候，他那股高兴劲儿都让她热泪盈眶。

她看着他在笔记簿上写下的那几个字，然后念了一遍，两眼望着他。他点点头，面带微笑。"你的学校就叫这个名字。"她说，他又点点头。"在哪里呢？"她问道。

以前她问他这个在哪里的问题时，他总是回答说在老家或是诸如此类的话，然后立刻转换话题。非洲来的猴子。这一次，他毫不犹豫地就说了桑给巴尔。她又递给他那小本子，他写下了那几个字。她对这地名倒并不感到惊奇，因为尽管他之前十分小心，那个地方他还是说漏嘴过几次的。"和我说说桑给巴尔。"她说，但他摇摇头，又开始哭泣。这些天来，他动不动就哭。她挨着他，在他的床上坐下，手里拿着小本子，看着他的哭泣渐渐变成呜咽。等到他的呜咽渐渐平息，他也擦过眼泪，平静下来了，她便去楼下拿来地图册，让他指给她看桑给巴尔在哪里。这时他开始说了，一次只说一丁点，说那很久以前的事情，远在他来这里之前。她无声地暗自叹了口气，真希望他之前没有秘而不宣地跨踏了这么多年。桑给巴尔有什么值得如此保密的地方呢？每次她问他的家乡在哪里，他总是说东非。然后他又说，他只回去过一次，当时他的船在蒙巴萨港靠岸了几个小时。他没有时间上岸，于是只能望一眼那座小城。所以她猜测他的家乡是蒙巴萨。

夜色渐渐淡去，她也看得出他累了。他也许已经醒了有几个钟头了，在那里想着费内西尼，于是她说，她去沏点茶吧。等到她再上楼的时候，他已经睡着了。

当天夜里晚些时候，他又告诉了她更多事情。她等着他准备好了再开口，可当夜晚降临，两人来到楼上的卧室时，他依然没有接着昨天半夜开启的话题往下讲，于是她提示了他一下。她对自己的地理知识和记忆力不太自信，所以她让他把那些怪名字都在笔记簿上写下来，或是让他拼读出来。他告诉她，他在乡下长大，离费内西尼，也就是他说过自己以前念书的那个地方不远。第二夜，他就只说了那里的事情：他的父亲，守财奴奥斯曼；他的哥哥卡西姆和"不作声"优素福；他的母亲，在他嘴里她永远都只是妈；还有她的姐姐法齐娅（把名字都写下来）。接着他又和她说起那天卡西姆如何带他去了费内西尼的学校。那地方之所以叫费内西尼，是因为路边长了一棵好大的树，树上结的果子就叫费内西。她学着说出那几个字，他又让她说了好几遍，直到她发音对了为止。费内西。她喜欢说这个名字，费内西，让她感觉舌头下面像是藏了个东西似的。他向她描述那种水果，但她想象不出来。就像一只绿色的橡胶口袋，里面装着甜甜的、软黏黏的果肉，他说。他画了一幅画，但她从来没有见过这样一种水果。最后，她才发现这"费内西"的英文名字就叫菠萝蜜，因为第二天她去图书馆借来一本书，就是那种配了许多照片的植物学大部头，他们一起在书里一页一页地找，直到找见那种水果为止。那不算是一种很漂亮的水果，但最后能找到它，两人都很高兴。他还不知道这种果子竟如此受人青睐，在全世界的那么多地方都能找到它的身影，虽说他自己在旅经各地的时候也不时见到过它。当她念给他听书里对这种果子的介绍时，他吃了一惊，真的是无比愕然地得知，原来许多历史学家、国王和哲学家都曾为它留下过文字。我们那又丑又笨的费内西，他说，谁曾想竟有那么多的科学研究和诗歌文学是献给它的。在那之后，她只好又回了图书馆一趟，找来更多关于菠萝蜜的书籍。他们得知，阿克巴皇帝①不喜欢这种水果，而她以前从来都不知道世界上还有这么一位阿克巴皇帝，也不知道他创下过那样的丰功伟绩。最早是前往中国传教的耶稣会会士向欧洲人描绘了这种果子。他知道耶稣会去中国传过教吗？这对她来说都是全新的知识。是的，他知道，他说，但差不多也就仅限于此了。就这样，她不得不再次前往图书馆，请那里的人帮她找一本关于耶稣会传教的书。每当他找到一个他感兴趣的故事时，他就是这样子的，立马跑去图书馆，请他们帮他再找几本书来。那里的人了解他。

随后的几天里，他又告诉了她更多事情，她从他手里拿过本子，自己记下名字，因为写字会耽误他讲话。她让他帮

———————————

① 阿克巴（1542—1605），印度莫卧儿帝国第三任皇帝。

忙检查拼写，确保她写得没错。这就是一开始的情形，在他刚刚开始说那些事的时候。到了后来，她就得保持耐心了，因为有时候他会不太对劲，承受着回忆带来的痛苦，或者就只是单纯的情绪失控，因为她在那里，而他可以对她情绪失控。她记笔记的时候，他会发起怒来，坐立不安地冲着她比划，指责她在阴谋对他不利，说一种她根本听不懂的语言。Utanifanyia fitna①，他说。你能帮我拼出来吗？过了片刻，他照做了，她把这句话记在了本子上。当他愈发深入自己的故事，当他完全沉浸在自身的羞耻感中时，他似乎就不在乎她有没有在记笔记了。他会冷不丁地说出一些事情来，有时又一会儿跳到之前，一会儿跳到之后，好像他停不下来似的。又或者，他好像是在兜圈子躲避等在前方的什么东西。

一天晚上，他和她说起了大学和他在那里的幸福时光。他向她描绘学校的大楼、大海，带她走过那里的走廊，还有通向主路的那条长长的乡间小道。他想要她看到那幅场景，趁他们踢足球的时候和他一起走进午后的校园，感受下面的大海送来的微风。他犹犹豫豫，吞吞吐吐，费劲地吐着字，可他似乎并不想放下这个大学的话题。既然这段记忆如此幸福，他又怎么能沉默了那么久呢？可她并不想对他发问。从一开始，她就打定主意，不要问他任何看似质疑的问题，免得他失去勇气，就此打住。

起初他们只在晚上说这些，但过了几天，他下午就开始

① 斯瓦希里语，意为"你会给我惹麻烦的"。

说了，按捺不住想要述说的迫切心情。她看得出来他越讲越兴奋，就等着她能抽出身来聆听，只是因为吐字费劲才灰心沮丧。她给他买了一台小录音机，这样他只要想讲，随时都可以对着机器讲，哪怕她不在家。他惊讶地看了一眼录音机，把它放在了客厅里自己那把椅子边上。后来，又有一天下午，他开始说露台上的那个姑娘了。起初她吃了一惊，因为他以前从来没有说起过他认识的女人，但随即转念一想，这不过又是那种他拿来向她显摆的往事，一次调情，一场少年的冒险。但很快，他的眼神和声音告诉她，他们正在逼近他沉默了这么多年的背后原因。他没有磨蹭太久。他没有犹豫吞吐，除了在舌头吐不出字的时候；叙述过程中既没有离题，也没有细说，至少讲这第一遍的时候没有。等到他和她讲完了这个他曾经迎娶，却又在其怀孕的时候弃之而去的女人，两人相对无言地在那里坐了一会儿。他们坐在里屋，对着后面的花园；通向露台的门敞着，透过那扇门她能听见乌鸫在歌唱。她尽量不去想那个词，但它还是硬闯进了她的脑海。重婚犯。突然间，等在前方的那一团乱麻让她感到一阵疲惫。他坐在她面前，瘦削又痛苦，两眼瞪着地板。

"你等了三十年才来告诉我，你娶我的时候，是已婚之身，"她说道，声音很轻，"你其实并没有真的和我结婚。"

他看上去吃了一惊。"我当然和你结婚了。"他说，一副难以置信的表情。

"法律可不是这么说的。"她又说，自己也感到难以置信，心里想，也许他从来都没有想到过自己是犯了重婚罪。

"什么法律？"他说，"你是我的妻子。你在说什么呐？"

过了一会儿，她问他："你会告诉孩子们吗？"有那么一刻，他看上去一副茫然无措的表情，但随即点了点头。"以后。"他答道。

这一切一定远比从他嘴里说出来的要复杂，但那的确就是这么多年来他一直保守的秘密：他逃跑了，抛妻弃子。他没有提她的名字，但她会让他说出来的。她不会再允许他躲起来了。她的脑海中生成了一幅画面，模糊不清，是由另外一些杂乱无章的画面拼凑而成的。那是一对母子的身影，走在一片陌生的土地上，不过就是一个女人和一个孩子的黑影或是剪影，沿着一条小道前行。她不确定为什么这幅画面会给她带来如此大的痛苦。他会告诉孩子们吗？他应该告诉孩子们吗？他怎么跟他们说？还是说他们应该保持沉默，好让日子好过点？这个世界上说不定到处都是重婚犯呢。

他做出那件事，抛弃妻子和那个未出世的孩子那年，应该才十九岁。事后他从来没有给任何人捎过话，也再没有见过任何他从前认识的人。他是这么说的。他没有一张照片，没有一鳞半爪能够将他与那个地方联系起来的东西，他是有意为之的，而她在两人这么多年的共同生活中，也确实没有见到过那样的东西。她努力想要自己找出答案，想要理解是什么让他如此害怕，到底是什么让他惊惶失措到做出这种事情的地步。这个话题他们又重提了几回。他告诉了她那个女人的名字，还有她那两个哥哥的名字——他们其实不是她的亲哥哥，整日欲火焚身，难以自拔。他和她说了他们如何嘲笑他、威吓他。他已经不知道那场婚姻究竟是不是圈套了。他已经不知道该相信什么了。他不清楚自己是怎么做到的，就这么跑了，但他就是这么做的。

他是怎么让自己相信那样一个可怜又老掉牙的借口的，相信那个孩子不是他的？这话她没有对他说，因为她不想要他就此沉默。她只是问了这样一个问题：他为什么不能说出那段往事？为什么在两人共同生活了这么多年后，他甚至都不能对她说？

难道她自己看不出来为什么吗？他被自己曾经做过的事情吓到了，而之后的那么长一段时间里，反正也没人来听他诉说。

没人？她问。

他耸耸肩。等到他遇到她的时候，他的生活方式已经完全定型了，他自认为就是一个人世间的游荡者，没有责任也没有牵挂。当他对她说，他们应该离开埃克塞特的时候，他并没有意识到自己在做什么。那个时候，如果他来到一个地方，却不喜欢那里的光景，他就一走了之。他想来就来，想走就走。当他对她说出"我们走"时，他是把她当作一个和他一样的人，一个可以说走就走的人。他没想过这一走就是一辈子了，他以为这只是一段开开心心的露水情缘，然后他们就可以接着去干他们想干的事情。然而到了后来，他已经不忍失去她了。

她试图理解他为什么会那么害怕。

他哈哈笑了。她不明白他来自一个多么渺小的地方，他们在那里的生活又给人一种多么渺小的感觉。整个世界都让他害怕，他怕的就是这个。抑或是他天生就那么胆小。而他的行为是可耻的，他知道这一点。有些事情是所有人都无法接受的，人们会因为你干了这样的事情而鄙视你。他知道自己干的就是这样的事情，所有人都会因为他的作为而鄙视他。然而，他依然干了那件事，尽管他怕得要命。只是事后他才感到羞耻。只是事后他才学会了压下自己的恐惧和羞耻，像个小阿飞一样过他的人生。

她还试图理解他对自己的作为怀着怎样的羞耻，理解是哪一种羞耻心让他选择默默地承受那样的负罪感，而他原本可以向她倾诉，求得某种慰藉——此时此刻，他终究还是这样做了。又或者，他可以把事情告诉他们所有人，为他的蠢行寻找某种同情——这他肯定是找得到的。他是怎么做到一直保持沉默的？她试图理解这一点。

两人又沉默地坐了一会儿；沉默之中，她感觉自己快要犯恶心了。她渐渐厌倦了听他说话。他的故事让她内心里的某个地方感到疲惫，让她想要躲开他那双恳求的眼睛。她这会儿感觉精疲力竭了，她对他说。也许以后他可以告诉她，他是怎么逃跑的。她想要听他说说这种事情是怎么做到的。还是说他暂时厌倦了谈论这个话题？

他厌倦了不谈这些事情，厌倦了对那么多东西闭口不言，而她一定也厌倦了，他说。她看到他的眉头满是汗水，于是伸手抚过那里，帮他擦干。她看得出来，他也精疲力竭了，于是说，咱们暂时就到此为止吧。你干吗不去花园里冷静一会儿呢？我们可以回头再接着讲。他表示反对，他的脸开始怒气冲冲地皱成一团，可她只是对他说，他的倔脾气又犯了。她边说着边站起身来，好让他明白，她没兴趣和他讨价还价。她知道他想说，但她再也不想听了，那一刻不想。她不想听到他的声音，也不想听他的伤痛往事。她什么也不想听，别再言语了。这下他要一连几天都不跟她说话了，她知道的。

她在厨房里面，能听到他在自言自语，悄声说着话。他有时候是会那样，而当她走近一些，想听听他在说什么的时候，他又不说了。她觉得他像是在用他的母语说话，可她吃不准。那有可能只是他自己的胡言乱语。不管白天黑夜，他随时都会呻吟起来，突如其来，毫无征兆——那是可怕又痛苦的呻吟，有时是在深更半夜，一连好几分钟都不得安宁。有时候他坐在客厅的椅子上，而当她站到他面前的时候，发现他两眼睁着，却视而不见，嘴里悲痛地呻吟着，像是在呜咽，泪水顺着他的脸颊流淌而下。

"怎么啦，阿巴斯？哪里疼？"

可他这个样子的时候，听不到别人说话，她就只能抱住他，用力摇他晃他，想把他从恍惚中惊醒。有时他会任由她这样做，另一些时候他则会将她甩开。接着他还会口出恶言，用各种难听话谩骂她：你这白痴，你这婊子。他会长时间地独自坐在那里，什么也不做，两眼望着窗外，或是读报纸，或是填字谜。前几天，她听到他在那儿轻声轻气、漫无边际地扯着摄政公园和图坦卡蒙，脸上笑眯眯的，嘴里也咯咯笑着，不知道想唬住谁，窃窃地一连说上好几分钟。她觉得是药物把他的脑子弄糊涂了。

她上楼来收洗好的衣物，顺便给卧室通风的时候，发现他已经去外面的花园了，正在露台上面坐着。此时已临近傍晚，太阳已经落到了屋后，露台也落入了阴影之中。他身子向前弓着，胳膊肘架在椅子扶手上，一动不动地坐在那里，虽说她似乎能看到他的脖颈在颤抖，哪怕她离得这么远。他自己能不能想到，他不仅仅是在对他的羞耻保持沉默，而且是在对他们撒谎，对她撒谎，撒了三十年的谎？她又该怎么办，那个被他抛下的女人？她该是早就当他不存在了，以遭到遗弃为由和他离婚了吧。你能在桑给巴尔这么干吗？和一个缺席的丈夫离婚？还是说她依然在等他回家，被他的缺席给困住了？也许在他自己眼里，他甚至都不算是重婚犯，因为按他的伊斯兰教，他能娶四个老婆，所以他就是按这种教规娶的她——也许吧。为什么是四个？为什么不是三个、五个、六个？替他说句话：他按这里的制度娶了这个老婆之后，还真没有再娶下一个呢。他要怎么告诉他的孩子？他们的孩子。他会告诉他们说，他们是一个重婚犯的子女吗？

几天后的一个晚上，贾马尔打电话回家了。整栋房里现在只有他一个人了：丽莎和吉姆去柏林看一个朋友了，要在那里休一个礼拜的假。你会爱上柏林的，他们告诉他，哪天你一定要去那里一趟。莉娜回都柏林的老家了，打算待上几天，这会儿正和男朋友一道出去野营，要不就是在香农河或是别的什么河上泛舟呢。吉姆和莉娜的论文交稿截止日跟他是在同一天，所以他不知道他们哪来的胆子在这个时候休假。他只要一有力气就坐到书桌前面，写论文，核对细节，改稿子，写累了或是遇到瓶颈了，就上网稍稍休息一下。他之所以给妈打电话，是因为迟迟不打始终让他感到内疚。他觉得她其实不喜欢在电话里说；她总是乐得结束通话，每次他说他得走了，她也从不留他。爸则是出了名地讨厌电话，只要铃声一响，他就眉头一皱；不管是谁在对着话筒说话，他都会气呼呼地怒目而视。不过，尽管他俩或许乐得没人打电话来，贾马尔自己还是觉得过意不去的。他应该打电话问问他们过得好不好，让他们知道自己惦记他们的状况。是的，他完全有理由觉得自己错了。上回他打电话，还是两个礼拜前甚至更早的时候，而此时距他亲自回家探望他们，也已经过去了一个月有余。他听说了爸的情况有所好转，但他总该露露脸，在父亲病倒、母亲心力交瘁时做一个有爱心的儿子。于是那天晚上，他就给家里拨了电话，只身一人，身心孤独，但同时也为自己在写论文的事情上取得的进展感到欣慰；就快完工了，管它是好是歹。他就是这么告诉她的：就快完工了。

他问起爸的情况时，她说他挺好，每天都能多说几句话，多做几件事了。他觉得她说话小心翼翼的，猜想家里面并非一切都好，要不就是他在边上，能听见，她不敢放开了说话。她没提要把话筒递给爸。他问她还好吗，她说好，好，她能有什么不好的？于是他又说，他想着周末过来看看他们，过了片刻她开口了，他听到了她声音中的笑意：那可就太好了。

他正考虑要给汉娜发电子邮件，看看她有没有空一起去（他知道尼克总归太忙了，来不了），就在这时楼下传来一声响动，让他的心扑通一跳；他当即意识到，是有人试图从前门破门而入。他上楼之前是上过门链的——只要他是一个人在家，回回都这么做，有时到了半夜还会下楼确认一下。他的第一反应是：肯定是那些年轻人干的，他们之前骚扰过隔壁邻居，就是他搬进来那天看见在粉刷花园棚屋的那位。有时候，他们正坐在客厅里面，就听见砰砰几声响，还有人大呼小叫，接着就有一群年轻人哈哈笑着跑开了。那位老人是住这条街的唯一一个深肤色的人——除了贾马尔，而他显然和别的学生合租一栋房，所以没有那么势单力薄。他时常想着应该和老人说说话，跟他客气客气，对他所遭受的骚扰表达一下慰问之情，可他并没有这么做。他不知道该说什么。他只是在两人擦肩而过的时候，时不时地对老人微笑一下。

所以，听到门口的响动，贾马尔的第一反应就是，肯定是那些年轻人。他从来没有见到过他们，不过能够在脑海里为他们画像：一群十五到十七岁的少男少女，皮肉结实紧致，咧嘴笑着，不知怎的得知了他的室友们要出去几天，他只有一个人在家，于是认定现在正是吓他一跳的好时机。他自认为没有和别人发生冲突的胆子，因此竭力避免这种事情。他之所以逃避，不仅仅是因为怕疼，更是因为害怕被人用大嗓门恫吓、嘲笑，害怕在残酷的笑声中显得不知所措，像个傻瓜。此刻，就在他跑下楼的同时，他的身体微微颤抖着，他的大脑则在飞速运转，思考着下面该怎么办。不等他冲到门前，门铃响了，他看到门锁开了，但门被门链紧紧地拉住，只露出一道缝。他们应该给这门装个门闩的。

"谁？"他问道，粗声大气地，以掩饰自己的恐惧。

莉娜刚一开口，他就听出了她的声音。她听上去忧心忡忡的，上气不接下气。他赶忙解开门链，放她进来。就在他跟门链较劲的那短短几秒钟内，他想象着她站在人行道上，心急如焚，扭头瞥向背后某个一路尾随她的人。他开门的那一刻，本以为会看到一双眼睛在她身后的一片黑暗中闪着凶光，却发现并没有什么可怕的东西紧追着她不放。一如既往，他的想象力把他自己吓得够呛。不过，她看上去的确很疲惫，进门的时候，给了他一个虚弱无力又如释重负的微笑。他们的前门直接开向用餐区，莉娜把包放在一把椅子上，站在那里，看上去犹豫不决。过了片刻，她上前一步，拥抱了他，而他也拥抱了她，双臂完完全全将她揽住，感谢她的拥抱。

两周前，他们在她的一个朋友举办的派对上共舞了。那是一场欢乐的派对，那位朋友刚刚拿到了博士学位，大家欢声笑语，互相拥抱，音乐声震天。两人告辞之前，共舞的动作愈发地亲密起来，最后在回家的路上拥吻了。贾马尔不敢相信这种事情真的发生了。他觉得她很美——也就是说，觉得她太美了，他配不上。她邀请他去参加派对的时候，他吃了一惊。他们住在同一栋房子里面，平时就像室友那样说话，有时候四个人会一起出去喝上一杯，可他们的友谊有一种公事公办的味道。他们会谈论自己的功课、自己的父母朋友，还有煤气费，而每当莉娜说话的时候，贾马尔都会愉快地看着她，只要他能控制好自己，不会像被勾了魂似的直直地盯着她看。有时候她在花园里，他也会观察她。原来，她也热爱花园，于是两人动手把园子清理干净，种上了鲜艳的花朵，正如他搬进来那天想象的那样。只要她在窗外，而他正趴在靠窗的书桌前读书，他的眼睛就很难停留在纸页上了。可他还是得小心遵守室友规范，不要显得好像在直勾勾地盯她。正是在这样的心境之下，他和她一道去参加了派对——只是和一个室友出去玩；而回家路上的那个吻则让他喜出望外。

那天两人走到门口的时候，她稍稍和他拉开点距离，掌心抵住他的胸口。他把这解读为喊停的信号，于是看向她的眼睛，想要通过她的眼神搞清楚她的意思，但她不愿意和他进行目光接触。他不紧不慢地下了楼，让自己冷静下来，然后返身上楼回他的房间去了。刚才发生的一幕不知怎的让他有一种受到责备的感觉，仿佛是他误会了，或是想占便宜，或是想逼她就范。他知道她在都柏林有一个保持长期关系的男朋友，因为她有时会谈起他。他的名字叫罗尼，在都柏林的一家报社当记者，每隔几周莉娜都要回去和他团聚一段时间。因此贾马尔没指望他们的这一吻能吻出什么结果来，而事实也的确如此。那不过就是派对过后打个啵，找点乐子，在那以后他便退回到了室友模式，就像什么都没有发生过一样。可是现在，她又钻进了他的怀抱。他一面抱着她，一面想起了那天晚上（他已经想过好几回了），但同时也感觉到了她的胳膊和背脊中有一种意想不到的紧张，而她抱他的动作也意外地用力——他感觉到了一种需求。过了一会儿，她稍稍放松了紧箍着他的双臂，接着向后退开一步。

"一切都还好吗？"他问道。

她摇摇头。"不好，"她说，"我得吃点东西。"

她走进厨房，给自己做了一个奶酪三明治，他则坐在桌子边上等着。她咬了几口三明治，然后开始从头道来。她和罗尼去香农河上划船度假了几日，她说，然后她回到都柏林，却发现家里差点出了大事。"我爸妈要去戈尔威度周末，把我弟马科一个人留在家里面。这是他们第一次这么干，留他一个人过周末。不过呢，他也十七岁了，不是个宝宝了。只不过，他们以前从来没有这样离开过他。他们问过他想不想一起去。那好像是一场大学同学聚会，马科不喜欢那种事情。他们还问他，要不要找一个朋友来陪他，可他说不要，他很好。于是周五下午，他们就出发了，开车开了约摸一个半钟头，两个人又掉头往回赶了。我妈说，她感觉好像不太对劲，于是我爸就调转车头，直接回家了。他们发现马科待在车库里，妈的汽车引擎发动着。还好他们及时赶回来了，但谁能想到会出这种事呢？

"他以前从来没有干过这种事。他和别的小孩没什么两样。他听音乐，追潮流，守着电视看球赛。也许他太享受家里人的宠爱了，有点过了头。妈每天早上都开车送他去上学，不管他突然想吃什么都一概满足，还允许他看电视看到老晚。放在青少年身上，这些都不算是什么太过分的毛病吧，我想。对于男孩而言。我对他说，他就是个被宠坏的小屁孩。然后他就做了那样的事情。这太不可思议了。我怎么也不会想到马科能做出那种事来。我甚至都不知道他究竟是蓄意那么干的，还是说他只是一时糊涂了。他没法儿为自己的行为给出任何理由，只是说他突然间觉得无比孤独又抑郁。他就是这么说的。怎么会有这样的事情呢？你和一个人共同生活许多年，却不知道他的脑子里面在想些什么。天知道妈会怎么瞎猜。过去这几天，我就一直陪他们坐在那里，听他们一遍遍地围着那件事情打转，谈他们对此的感受，我们以后又该怎么办。那个精神科大夫想要他们全都去参加一个像是家庭疗法的东西，叫我也去，不过我跟他们说，不如你们先去，看看效果怎么样。我一想到这种事就受不了：一个自以为是的陌生人坐在那里，问一堆刨根问底的问题，然后再一通七拼八凑，把我们一个个给还原出来。不过，你能想象你弟弟做出这样一桩蠢事吗？"

"他现在怎么样了？"贾马尔问。

"他完全被他干的事情惊呆了，"莉娜说，"这是自然的。他吓得不轻，没想到自己会有这样的企图，但爸妈这下要为他提心吊胆一辈子了，包括马科自己也是。如果他不知道究竟是什么让他做出这样的事情，那谁能担保他下次不会再这么干呢？"

他起身去沏茶，她得空独自坐了几分钟，接着她又说起了她的父母。贾马尔知道她的父亲是意大利人，这不难猜到，因为她的全名叫莉娜·萨尔瓦蒂。她父亲当年攻读语言学位的时候，去都柏林的三一学院当了一年的国际生，并且在那里遇见了她的母亲，她说。

"为什么选都柏林？"他问道。

"为什么不选？"她答道，"你觉得去那里学英语很奇怪吗？那乔伊斯怎么说？还有叶芝呢？还有乔纳森·斯威夫特呢？更不用提奥斯卡·王尔德了。"

"对不起。"他说。

后来，父亲在威尼斯完成了学业，就返回都柏林和母亲在一起了。两人都是笔译，接过各式各样的活儿，译过学术论文、小说、诗歌。出事以后，父亲提醒他们说，他的一个侄子就干过类似的事情，在一间封闭的车库里发动汽车引擎，不过他也及时获救了。他说这话的时候，马科不在；父亲看着他们，并没有说出脑子里的想法——他大概想的是，马科想试上一回，看看自杀未遂是什么感觉。片刻之后，他做了个苦脸，打消了这个念头。

莉娜的情绪平复一些后，贾马尔又和她在餐桌边上坐了好久，喝着茶，聊着天；就在两人说话的时候，贾马尔感觉到了一股电荷正在缓慢地积聚。当那一刻到来时，他一点也不惊讶，不像那个派对之夜。她把手伸过餐桌，来拉他的手，随即被他的两只手紧紧握住。这时她说，我能和你一起过夜吗？

后来，他们躺在黑暗之中，窗帘敞着，她告诉他说，不在的这几天，她一直在想他。她躺在他身边开口说话的时候，他能听见她在黑暗中微笑。他们在香农河边野营的时候，她给他写了张明信片，但找不到机会寄出。又或许她是不敢寄，或是不确定该不该寄。她寄出了一张给父母的明信片，可是当机会到来时，却把给他的那张留在了包里。后来她不在的时候，罗尼在她的包里乱翻，要找什么东西；至于那到底是什么，她再也无从得知了，因为他找到了那张明信片。他很受伤，很愤怒，你能想见的。这是什么，你这臭婊子？他就有那么愤怒。明信片上也没写什么，真的，不过是你好啊，我们玩得很开心，不过最后又加了一句想你了，爱你，莉娜xxx①。罗尼不喜欢这句，什么想你了，爱你，莉娜xxx。

"我和你说过罗尼吗？"她问他。

他在黑暗中点点头，然后说："是的，说过一点。"

他俩之间真的已经结束了，而她只是不知道该怎么告诉他，怎么跟他谈这件事。他们在一起有两年了，但随着时间的推移，她发现他越来越让人疲惫了。她起初喜欢这一点——他的热忱，总是想要干点什么：散步、野营、赛车展、艺术节。来呀，让我们给人生增添点光明和快乐吧。这迫使她打破自己天生的懒散，而那一次次的远足和野营也给她的身体带来了一种意想不到却又让人愉悦的酸痛。但随着时间的推移，这一切渐渐让她疲惫了，他的热情也开始让人觉得像是狂热了。老实说，她开始觉得他令人厌倦，却又觉得自己这么想就是不忠。他是一个慷慨的男人，哪怕对素昧平生的陌生人也是如此。她不想把他往坏里想，但她真心觉得自己并不喜欢他给两人安排的某些事情。她试着告诉他这一点，可他只是嘲笑她，说她就是个懒婆娘，只想整个周末都捧着一本书坐在椅子上。哎，不是整个周末，她对他说，但或许也用不着那样忙个不停吧。可他有那么多想做的事情，那么多他想体验的东西，他说。他不想就那么一屁股坐在那里，了却此生。他爱他的爱尔兰，想要看到它的全部容颜，这辈子都不想去别的地方，连走马观花都不想。

---

① x代表吻。

"那是真话，"她说，"我经常想起你。我在本该想他的时候，却在想着你，就是从那个派对之夜开始的，但在那之前就已经这样了。"

贾马尔哼了一声，表示愉悦、认同、鼓励、请继续。他爱抚着她，等待她也用哼声来回应。这就是情侣之间的简单对话。

"他是在我们假期的第二天发现那张明信片的，"停顿片刻之后，她继续说道，她的声音此刻变得压抑，里面的笑意消失了，"他跑来找我，手里拿着那张明信片，伸手一亮，好像那是证据似的。这是什么，你这臭婊子？然后他就把它撕成碎片，随手一丢，在他亲爱的爱尔兰身上乱扔垃圾。那一周剩下的几天，我们都是这么过的，因为每一件事情吵架。每天晚上进了帐篷，他都坚持要做爱，有时候我甚至感觉他想要伤害我。你真该听听罗尼拿些什么样的难听话来骂你。我没料到他会那样，竟是如此恶毒。我都没料到他会用那种话来说我，更别提张口黑鬼、闭口巴基佬、大鸡巴了。也许那都是愤怒男友的一时气话，日后他会为自己说过的话害臊的。他说得越多，我对他就看得越清，但不知为何，我想我还是要坚持到假期结束。我不知道为什么我没有走去最近的公交站，自己回都柏林去。也许我是害怕迷路，或是怕遇到麻烦，又或者我是担心他会大闹一场。毫无疑问，等到那一周临近尾声的时候，我已经知道了自己想要什么，迫不及待地要回到这里，告诉你这个消息。"

只是她刚一回到都柏林，就得知了马科企图自杀。她花了几天时间来化解这件事造成的冲击，但她也明白，她的父母还有马科本人要想勉强厘清这一事件的意义，需要的远不止是几天时间。所以很快，她就急不可耐地要赶在他们把她拖入那种悔恨情绪的无尽循环之前，快点离开那里。她想回到这里，回到她的学业中，回到他的身边，回来看他，告诉他发生了什么。告诉他自己的感受。

接下来，就轮到他来告诉她说，她是多么美，他有多爱她那双深蓝色的眼睛，她的嗓音又是如何甜美得无与伦比了。你说奇怪不奇怪？这几个月来，他和她就隔着一个楼梯口，却不知道她对他的感受，而与此同时他心里面也一直都在苦恋着她。

"我知道，"她说，"我知道你的感受。我怎么会看不出来呢，然后我就开始想，这正是我想要的。派对过后，就在那件事情发生的那一刻，我心里想：这就是我俩的开始了，可你又忸怩矜持起来了，我真是搞不懂。"

"你把手掌放在了我的胸口，"他说，"我以为你想说的是：够了。"

"掌心的符号学。那是内心挣扎的一刻。我希望你当时能把我的手掌扫开。"她答道。

"你说起过你的男朋友，"他说，"我以为你想说的是：别想多了。"

"我想要你说的是：忘掉他，都结束了。"她说，一面在黑暗中微笑。

"我的成长教育挺缺失的，在这种事情上没什么经验，也不够大胆。我爸不喜欢男朋友、女朋友这种事情，我想我在这门功课上落后了。"他告诉她。

"哎，反正呢，我不在的时候，心里就在想：等我一回来，就要直接告诉你：你交卷的时间到了。"她说。

两人一直聊到临近破晓，他和她说了他爸还有那场突如其来的大病，说他周末打算去诺里奇看看爸妈。她说她好不容易才刚和他在一起，他这就已经在说要离开她了，他说他只去几天，然后立马就赶回来。等到两人睡着的时候，天已经亮了。

那天晚上，安娜也给家里打电话了，而她也是只身一人。和贾马尔一样，她也感觉到了母亲的声音不对劲。她甚至都觉得母亲就快要哭了，可她没有哭，至少安娜没有听出任何端倪来。她不依不饶地问个不停，直到母亲最后没好气地说，什么事都没有，爸好得很，一天好过一天。他锻炼，他散步，他一周做几次康复疗法。他一直在好转。

"那你的声音为什么听上去苦歪歪的？"安娜问。

"我？我才没有苦歪歪呢，"玛丽亚姆说，"只是这一天过得挺累的。等到你来看我们的时候，你就能让我们又开心起来了。这都好几个月了——"

"是的，我知道，"安娜打断了她，"他还在说过去的时光吗？"

玛丽亚姆之前告诉过她，说爸最近谈起了那些他们从不知道的往事，安娜当时就想听听爸都说了些什么。可玛丽亚姆说，等到他们回来的时候，他会亲口告诉他们的。听她这句话，安娜估计这里头也并没有什么可说的，不然的话母亲早就脱口而出了。安娜以为，只要她做出了一点施加压力的姿态，母亲是抵抗不住的。

"疗法对他很有帮助。他一直在说话。我都快跟不上他的故事了。"母亲说，但她在做出这番回答之前，明显顿了一顿。接着她压低嗓子，像是在耳语："伊拉克战争让他心情很不好，就好像他才知道这世上正在发生什么似的。我想这就意味着他在好转，不是吗？这会儿他正坐在那里，对着电视破口大骂呢。每次电视里放新闻的时候，他总要这样大骂：那群丧心病狂的凶手，等等等等。他就康复到这种程度。我不能说太久，他又会为了电话的事情小题大做的。别在乎他的小题大做，你怎么样啦？和我说说你都在忙些什么。贾马尔这周末要来看我们。"

于是安娜决定，她也要去。她已经有五个月没去了，自从他们搬去布莱顿后就没回过家，虽说她会定期打电话，每天（差不多吧）都和贾马尔保持电邮往来。不可能有什么大事是她不知道的。但五个月也真的是够久的。以前也从来没有这么久过。当然略，她一直在忙着教书，但之前学校都放一个月的假了，她还是把回诺里奇探亲的计划一推再推。她知道尼克不会去，她也宁可他不去，尤其是在爸可能会让人不省心的情况下。无论如何，尼克肯定是会觉得无聊的，还会因为没法儿工作而满心窝火。他周末至少得工作一天，才能感觉自己在掌控局面。那天晚上他人在伦敦，跟一群参加学术会议的人一道出去吃晚饭，然后又去朋友家过夜。她很想知道这算不算工作。安娜从来没有参加过学术会议，也不知道学者间的饭局会不会就像一场研讨会，聪明人来发言，笨蛋只管听着，或是假装在听。尼克把会议说得辛苦又累人，把饭局说得好像酷刑折磨，其他与会代表则是半瓶子醋的呆瓜（他原话就是这么说的）。那他干吗还要去开那么多的会呢？这是他的工作。安娜犹豫了一下，不知道自己该不该为他要和无名友人一道过夜而操心，最后决定还是不操心了。这样的事情以后还多着呢，要是她回回都操心，那非得把自己逼疯不可。他俩之间有什么事情就快要爆发了，她感觉得到。有什么事情一直在酝酿，但她吃不准那究竟是什么。

她觉得，或迟或早，尼克肯定要搞外遇，如果他现在还没搞的话。他的眼睛一直瞄来瞄去的，每当他看到一个漂亮女人，总会鬼鬼祟祟地盯着她的胸看上好久，而安娜则假装没注意。也许男人全都一个德行。这下好了，他以工作之名成天参加那么多的会议和活动，安娜估计他的外遇也很快就要开始了。也许每一位被留在家里的另一半总免不了要这么想的。不操心——这不是一个她真有能力做出的决定，但她还吃不准该如何预测自己对这个结局的反应，这个在她看来是不可避免的结局。等到她发现的时候，她会怎么做？如果她能发现的话。她想得出来后面的事情——你跟尼克这样的人共同生活，心里面很清楚他只要一不在家，就会蠢蠢欲动，可你并不知道他到底干了什么。然后你该怎么办呢？用空洞的指责和他对峙？还是无视他，把苦水咽进肚里？还是自己也找情人？也许"她会怎么做"不是一件她现在能够预测的事情，她也就只能顺其自然，边走边瞧自己会作何感受了。但这件事一定会发生的，或迟或早。尼克是个调情老手。他跟隔壁的贝弗莉调情调得火热；虽说他俩把这当成玩笑，但安娜觉得他们其实兴奋得小鹿乱撞，又是挑逗，又是恭维，最后还要又亲又抱。总有一天……她脑子里面想这种事情已经想多久了？

　　贝弗莉就是搬家那天被他们看见在自家花园里干活的那个女人；过了几天，安娜在屋外的人行道上追上了她，两人聊了起来。她看上去像是过了三十五岁，一头烫成大波浪的金发；就在那个周六的早晨，她穿着一条紧身牛仔裤和一件松松垮垮的大开口套衫，右肩从开口中溜了出来，这也正是其设计的初衷。她在市政会的城镇规划局里上班，批准家宅的改建、扩建、阁楼、落地窗，诸如此类的事情。贝弗莉忙不迭地告诉了她左右两边还有马路对面其他邻居的情况。托尼和贝蒂——她是个医生，在街角的诊所里上班，他是个老师。肖恩和罗宾——他是个房产中介，她目前在家带孩子。那边那栋房子，他是个画家。等到"艺术周"开幕的时候，你可以进去看一眼，因为那一周，所有的画家都对访客敞开大门。我不知道他爱人是干什么的。那栋房里住着索菲，她是吃福利的。她整天东奔西跑的，好像很忙的样子，但其实她屁都不干，就靠我们这些人来养。那边 26 号住着一位埃德温娜，她九十八岁，耳朵全聋了，可每天都还要满街溜达，在主路上的那些店铺周围晃悠，不管刮风下雨。我家女儿比利有时候把音乐放得震天响，尤其是我不在家的时候。别理她就好。你要是让她把声音调轻点，她肯定要大闹一场，闹得不可开交。你有什么需要，只管来找我，任何时候都行。把这话也转告你家那位大帅哥。那么，你们又是从哪里搬来的呢？贝弗莉问道，提示安娜也透露一点自己的情况，作为她无偿提供那么多讯息的回报。

有时候，他们晚上会听见从她家里传来大嗓门的说话声，通常是贝弗莉在叫嚷咆哮，然后是一个男人更为低沉的声音。安娜不止一次看到一个男人进她家的门。那是一个黑发男人，穿一身气派的西装；她第一次见到他的时候，他把他那辆豪气簇新的萨博双行违停在路边，然后径直穿过马路，瞥都没瞥一眼左右两边。他单手拿着一个画框，背面对着她，从上面华丽的装饰来看，安娜猜那是一件画作。她估计他就是晚上贝弗莉大吼大叫、顶桌子撞椅子的对象。她猜他并不会吼回去，而是会一面等着贝弗莉嚷嚷个够，一面带着一种阴险的笃定发话。

还有一回，她看见他在她门前停留了一小会儿，身着一件黑色小礼服，脖子上系着一条真丝白围巾，就像一个要去赴会的黑帮成员，而她并未收到请束。作为一个接受过文学训练的人，安娜不能不自己动手，把剩下的情节给补充完整——在这个故事中，贝弗莉只是一个任人摆布的情妇，她的情人则是一个财大气粗的画商，跟一些不明不白的人勾勾搭搭。安娜倒是没有太被她家女儿的音乐声吵到，虽然贝弗莉给过她预警，或许也就周日早上有过两三回吧。她听到贝弗莉家动静的时候，一般心情不好，想找人茬，或是深更半夜在打电话，所以她没怎么细听他们说了些什么，只是听到了情人的语调还有响亮、放肆的大笑。就在前不久的一天晚上，贝弗莉的吼叫声达到了一个新高度，然后男人的低音也升格成了咆哮。接着安娜听到女儿也在大喊，打住！打住！

过了一小会儿工夫，只听见前门砰的一声响，然后有人在出声地啜泣。那听上去像是贝弗莉的声音。

她不能十分确定自己为什么对贝弗莉那么警惕，也许是因为她跟尼克调情时的那股疯劲儿，又或者是因为她可以堂而皇之地站在窗前，观察街上的大事小事，然后，一旦时机到来，就会毫不犹豫地对她经过汇编的观察记录做一个归纳总结。她心想，这要是碰上了多事之秋，贝弗莉肯定会是个告密者。

尼克完全不这么看。他觉得她挺有意思的，只是或许有点多管闲事。"她人不错。"他说。

当初他们决定搬来布莱顿的时候，安娜把这看作是一个重大决定，一次承诺，等于是在说，他俩打算在一起长相守了。要个孩子的念头之前就在她的脑海里徘徊过一阵子了，但在做出了那个永不分离的姿态后，这念头变得愈发迫切了。他们在一起快三年了，他们的生活很幸福，尼克的职业生涯也开始步入正轨了。现在是考虑要孩子的好时机。当她告诉尼克这个想法时，他似乎有兴趣，但也有疑虑。干吗那么急呢，他说。这就让她开始多想了。要孩子之前看来似乎是一件顺理成章的事情，也许源自某些她未经推敲便加以内化的期待，以及一种她未经深思的本能。而当她真的开始深思的时候，她开始思考他们的生活幸福在哪里。尼克人帅又聪明，同时让她觉得自己也美丽又可人。他们的性生活很和谐。她热爱性生活，自从她上了大学，发现了其醉人的愉悦和唾手可得之后，她就爱上了这件事。这种体验将她从父母传染给她的那种恐惧之中解放出来，从爸和他的移民焦虑、他一心只想逃避关注的偏执渴望，以及他的讳莫如深之中解放出来。性带给她的愉悦让她觉得自己老练又世故，觉得自己不管怎样都属于这里。尼克也是个好伙伴，很会来事，知道怎么讨人喜欢。他不紧张，不粗暴，也不盛气凌人。一点也不。

就在她思考总结他的优点时，她开始感觉到心中渐渐浮现出一种叛逆的抗拒。她的一部分内心怂恿她掐灭这个想法，但她并没有这么做。这个过程花了一点时间，但最终她心中的想法完全浮出了水面：她不想跟尼克生孩子。前一分钟，她还在考虑要和他生孩子；下一分钟，她就开始对他产生严重怀疑了。她真是个白痴！她可不想就这么跟他绑定一辈子了——要是真跟他生了孩子，想跑可就晚了。她不想要拉尔夫和吉尔成为她生命中永恒的一部分。也不想要劳拉，或是迪格比伯伯。她不想在漫漫余生中忍受他们那种风格的无所不知和胸有成竹。起初这是一个吓人的想法——这是在预测两人关系的终结，但她渐渐习惯了这样去想；而随着尼克越来越心不在焉，他也在帮助她习惯他的缺席。也许他是故意这样做的，在没有向她承认自己所作所为的情况下，让她一点点接受这一结局。不，她认为这不太可能。他太自我了，不可能有那份深思熟虑。所以你瞧，她已经开始让自己如此冷酷地去揣摩他了。

自从他开启学术生涯后，他活得更开心了，也有了一种和以前不一样的轻慢。她能感觉到他的自信心在膨胀。他不再像过去那样解释自己的想法了，她说话的时候他也并不总是在听，要是觉得烦了，还会打断她。他并不经常打断她，可每次他这么干的时候，她心里面都有感觉，因为这种生硬直接在他俩过去的相处模式中是找不到的。他这种不同于以往的不上心，也并非一蹴而就，不然的话她早抑制不住地伤心难过，两人就该吵起来了。他的态度是一点点转变的，她也能够容忍他的简慢，把这看作是他心事太多的一种表现，毕竟他要应对新的工作，应对新流程带来的压力。她也在忙着自己的代课教职，而等到她终于开始意识到这个问题的时候，两人忙忙碌碌的生活又把他那种屈尊俯就的腔调掩盖了大半。她不相信他一点都没有察觉到自己的态度有问题，只能姑且认为两人搬家之后没过多久，就在他们告别伦敦后的那头几个月里，她开始让他厌倦了。她是在夸大其词吗？也许这只是一个暂时性的阶段，但这让她感到抑郁，让她窝了一肚子火；也正是在这个时候，她对于和尼克生孩子这件事的抗拒之情开始冒头。有时，他们整整一两天都没有身体接触，而这种事情是以前从来没有过的，让她不禁寻思，究竟是什么制造了两人之间的隔阂。这也是她造成的吗？

　　他一开始跟她说自己要去伦敦开会的时候，还说他也许晚上能回家。接着，就在他早上出门的时候，他又告诉她说，自己要和几个大学同窗旧友一道过夜，不过计划一旦有变，就会打电话给她。这件事其实没啥大不了的，但她不开心的地方在于，他甚至都不觉得有必要征得她的同意或是向她做解释。这是一个征兆，她十分确定。她讨厌在脑子里面打转的这些无聊的牢骚，讨厌这种眼看自己一点点变得小肚鸡肠、整天疑神疑鬼的感觉，就像一个被丈夫无视的妻子，除了忍耐，别无选择。

　　第二天，贾马尔没有碰他的书桌，而是睡了一个上午，补昨晚的觉。每次他睁开眼睛的时候，都不敢相信莉娜就在他的身边躺着。后来，等到他终于一觉睡醒，发现她已经走了，但他能隐约听见水管里嘶嘶作响，猜她该是在自己的房间里冲澡呢。下午，他们走去塞恩斯伯里超市买东西，准备搞一个庆祝晚餐。就在他们要离开超市的时候，却看见一个男人在人行道上走着走着，膝盖一软，整个人慢慢地倒在了地上。他是脸朝下着地的，在路面上发出一声闷响。莉娜倒吸一口凉气，伸出一只手，像是要阻止贾马尔冲上前去。这个动作转瞬即逝，当她看到他眼中惊讶的神情时，便立刻撤回了伸出的那只手。他冲向那个倒地的男人，也顾不上周围洒落一地的橘子和蔬菜，跪在男人身边的人行道上。他立刻认出了那是谁。男人的眼睛闭着，鲜血从他头颅里面往外渗。

　　"是我们的邻居。快找人帮忙。"他对莉娜说，伸手一指超市。他看到男人的脸在痛苦之中拧成一团；比起之前远远看上去的样子，这副怪相让他脸上愈发沟壑纵横。他问男人："你能听到我说话吗？"男人微微点了点头，动作有点吃力，脖子在地上扭着。过了片刻他睁开了眼睛，贾马尔吃不准是应该动手扶他，还是应该让他保持这个姿态待在原地，等待懂行的人赶来现场。他也许是中风了，这种时候最不应该做的就是扶他。又或许他是喝醉了。一小股深黑色的液体从他的嘴角流了出来，他也分不清那究竟是血还是吐出来的酒。"你能翻身侧过来吗？"他问道，因为他想起来以前在哪里看到过说，如果一个人要呕吐，侧卧是最好的姿势。"我来帮你，你看看能不能侧过来。"男人照做了，翻转身子，侧躺在那里。贾马尔觉得他看起来好像很不舒服的样子，不知道该不该再让他躺回刚才的姿势。就在这时，两个女性员工从超市里面跑了出来，后面跟着莉娜。她们动手让男人仰面躺下，然后把他的头抬离地面，在下面垫了一件卷起来的塞恩斯伯里夹克。鲜血淌下他的脸颊，流出他的嘴角，他的太阳穴上有一道深深的口子。他望着贾马尔，眼睛微微颤动着。救护车赶到的时候，一名急救士凑近老人的嘴巴嗅了嗅，看看他是不是喝醉了，嗅完冲他的同事摇摇头。他们急急忙忙把老人抬上担架，又在车里给他安上一副氧气面罩。

女救护车员瞥了贾马尔一眼，冲着救护车一挥手。你来吗？贾马尔摇摇头，意思是不，他和我没关系。他这么做的时候，感觉自己像是个背信弃义之徒，仿佛是他抛弃了那个老人。救护车开走后，两个塞恩斯伯里员工开始动手捡起散落一地的东西，放回购物袋里。莉娜从地上拾起一顶鸭舌帽，对她们说，她可以替他把这些东西捎回家。他是他俩的隔壁邻居。两个女人对视了一眼，吃不准该怎么办。

"也许最好还是把这袋子菜就先放在这里吧。"一个女人说道，眉头皱着。

莉娜耸耸肩，女人点点头。是的，那样最好了，她说。

直到两人默默地踏上回家的路，莉娜才意识到，自己手里依然拿着老人的鸭舌帽。她把帽子举到贾马尔眼前，微微一笑。"我忘了把这东西还回去了。"她说。

那是一顶旧帽子，年深日久，帽圈都被磨平了。他经常看到老人戴这顶帽子。他爸也有一顶这样的帽子，他散步的时候偶尔会戴，把它当作一件有格调的行头。它是属于什么人的呢，这鸭舌帽？属于劳动者，还是属于地主乡绅？他在照片里见到过这两类人的头上都戴着这种帽子。而它又是怎么落到移民头上的呢？自己刚才跟他划清界限的样子真是刻薄。就在他回想那个男人倒地的情形时，他记起了爸那天回家以后，刚一进门就倒地不起。试想，若是他没能坚持到家，而是脸朝下摔倒在人行道上，离家门口还有好长一段路，这时一位碰巧路过的邻居却因为害怕被牵扯进去，矢口否认与此人相识。而等到他自己碰上这种事情的时候，他的表现却跟那位假想中的可耻邻居一样差劲。他已经在那里住了有几个月了，却一次都没有和老人说过话，甚至连一句简单的招呼都没打。他知道那群年轻人在捉弄老人，却从没有过去看看是不是能向老人至少表达一下同情。

"等他们把他送回来以后，我们给他把帽子拿过去。"贾马尔说。

第二天早上，救护车把他送回了家。莉娜看见车子到了，大声招呼贾马尔，两人透过她的卧室窗户，看着那个男救护车员抓住老人的胳膊肘，抬脚就朝前走。他们的邻居却停下脚步，小心翼翼地把胳膊肘从男人的手中挣脱出来，然后对他说了句什么。他们看到他面露微笑，接着又看到他缓缓地、颤巍巍地迈步向前，那个男人则在他身后跟着，和他保持几英寸的距离。救护车在那里停了几分钟，莉娜说这还挺让人安心的，因为他们没有前脚把他在门口放下，后脚就呼啸而去。贾马尔猜想，这条街上的其他住户大概也都站在自家窗前，看着救护车把他们的一位邻居送回家。没人出来问问情况，也没人自告奋勇要帮忙。就和他俩一样。

贾马尔说："他看上去有点颤巍巍的，不是吗？我们是不是应该过去问问要不要帮忙，万一他需要呢？我们要不要拿点什么？我们有什么可拿的吗？也许可以带点水果，他好像喜欢橘子。还有他的帽子，我们应该把这个还给他，说不定他明天打算散个步或是活动活动呢。"

"让他自己先安顿一下吧，"莉娜说，"我们回头再去看他。"

"我明天得去诺里奇，所以我们今天下午就该过去一趟。"贾马尔说。一听他要走，莉娜做出一张苦脸来。

当天下午晚些时候，他们上门拜访这位邻居了。邻居家的前门装了一个大大的黄铜门环，上面有一个花朵图案，花瓣细细尖尖的，像是蓟花或是雏菊。贾马尔拍了那门环两下。他似乎是看到有人从没开灯的起居室中走过，片刻之后门开了，老人站在了他们面前。他的脸颊和下嘴唇又青又肿，左眼周围的皮肉鼓起来一块，太阳穴上还敷了一大块膏药。他平静地看着他俩，表情一点都不吃惊，贾马尔猜他之前可能就看到他们站在门口了，所以有时间先镇定一下情绪。他穿着一件格子衬衫和一条灯芯绒裤子，和贾马尔第一次看到他在自家花园里时的打扮如出一辙；这下两人终于近距离面对面了，贾马尔也看清了他有多么瘦小。他的眼睛是灰色的，此刻一动不动，尚未表露出友善来。

"我们是住隔壁的。"贾马尔说，伸手一指他们的房子，老人点点头。

"你的帽子掉了。"莉娜说着，上前一步，把帽子交还给他。这下他笑了，也朝她迈出一步，来接帽子。"你昨天摔倒的时候我们就在现场，看到了这顶帽子被你落下……"

"原来是你们呀。"他说道，欣喜之中提高了音调，脸上也绽开了微笑。这一笑，却牵扯到了肿胀的嘴唇，他不由得抽搐了一下，紧紧捂住脸。"不好意思。"他说，一面等待着疼痛消退。过了一会儿，他小心翼翼地再度微笑，嘴里还在道歉。"我刚才稀里糊涂的，但现在我记起你们的长相了。谢谢你们帮助我。"

"你还好吗？"莉娜问，"我们就想过来说一声，你有任何需要，我们都乐意帮忙。我叫莉娜，这位是贾马尔。我们给你带了点橘子。你缺什么吗？吃的？还是药品？"

"你们真是太好了，"他说道，一面还在用他那张受伤的脸勉力微笑，看上去像是全然没有料到这一切，"谢谢你们，莉娜和贾马尔。我很好。我昨天像是暂时昏迷了，不过没啥大不了的，不过是年迈体衰，仅此而已。谢谢你们，不过我什么都不缺，明天护士还会过来给我做检查，所以我有人好好照料呢。改天你俩一定得过来坐坐，一起喝杯茶，我们可以好好聊聊。"

"嗯，那可就太好了。"莉娜说。

"唔，我们这会儿就不打扰你了。遭了那样一场罪，你可得好好休息一下了，"贾马尔说，"不过你要是需要帮助，我们就在隔壁。"

"我不会有事的，贾马尔，不过谢谢你。"老人说。

贾马尔注意到，他没有告诉他们自己叫什么，也没有主动跟他们握手。他这人只是性格内向，还是说不太友好？可他的微笑很友好。他说话的腔调很有教养——"年迈体衰"。回家的路上，贾马尔把这些想法一股脑地全和莉娜讲了。

"他大概还有点哆哆嗦嗦的呢。那些瘀伤看上去挺严重的，"莉娜说，"依我看，他精神貌似还是挺矍铄的，而我俩确实杀了他个出其不意。"

当天晚上，莉娜聊起了弟弟马科，聊起每年夏天，爸妈都要带上他俩去意大利，去维罗纳，和爸爸的家人同住。他们要马科和她说意大利语；两人小时候，他们在家里就只说意大利语。

"你会说了吗？"贾马尔问。

"哈哈，会，这招真的管用。只是我讨厌自己的名字。我不知道他们为什么非要叫我玛格达莉娜。干吗不叫苏珊，或是玛丽，或是类似的名字呢？爸爸的名字叫卡洛，妈妈的名字叫安妮，马科就叫马科。为什么我非得叫玛格达莉娜呢？"

"莉娜这名字可爱。"贾马尔说。

"翠雀花来啦。"周五下午安娜到家的时候，爸这样来了一句，然后就平静地挂上一脸幸福的微笑。听到他又用这个从前的小名叫自己，她不禁哈哈大笑起来。他俩还小的时候，他爱给他们起小名，都是些意想不到的名号，有时候会让她觉得莫名其妙。"翠雀花"这个小名在她身上用得最久，她自己也喜欢，而贾马尔就只能忍受"大明虾"和"庙塔"这种名字了。他竟然还记得这小名，还能微笑，这真让她高兴。

她陪他在花园里坐下，问了几个常规问题，他也简短地作了答。她没有看到他有大叫大嚷的迹象，心里在想，不知道爸妈平时单靠自己，是不是这日子应付得有些吃力。他感觉好没力气，他说。真是可笑。安娜觉得他看上去好些了，虽说有些焦躁不安，也许只是因为他太急于表现得一切都好了。母亲这时端着茶水来到屋外，三人就在这微风习习的八月阳光下坐着，母亲趁机对安娜讲起了父亲的这出医疗剧的最新剧情。玛丽亚姆没有和医生争论该怎么给爸用药，而是自己动手减了剂量，尤其是安眠药的剂量。她能亲眼看出这样的疗法让爸好起来了，他能自理更多事情了，注意力更集中了，还能读书了。他不再像之前那样老是恶心了。当她把这一切都看在眼里时，她就向门德兹大夫坦白了自己的所作所为。大夫倒是没有小题大做，虽说她也并不开心。她说，这是有违医嘱的，不过我们可以按你的办法试一阵子。大夫这话是在开玩笑呢，这可不像她的风格，妈解释道。他已经能好好休息了，大夫说，然后就顺势减了开药剂量，好像这原本就是她的主意似的。爸坐在那里，冲她俩咧嘴一笑，对着妻子摇摇手指，意思是她好大的胆子。她以为她现在成医生了，他说。

透过楼上卧室的窗户，安娜望着他独自一人坐在露台上，两眼入神地盯着夏日阳光下的纷纷落叶。他一声不吭，一动不动，她猜他该是都能听见麻雀在筑巢。她想不出来为什么前几天妈在电话里的声音听上去那么不安，也许不过是因为一场如今已被遗忘的争吵。晚些时候，他们趁着天还没黑，又出去散了会儿步，然后母亲再带父亲上楼锻炼。没有大吼大叫，没有窃窃私语，也没有可疑的眼神。他人没力气，有一点心神不宁，也许还稍微有些烦躁易怒，但他同样也很和蔼，听人说话时面带着微笑。晚餐过后，电视里播起了新闻，全都是些关于突袭、爆炸，还有儿童惨遭折磨的报道。他一言不发地听着，身体仰靠在椅子上，好减弱那种如今困扰着他的烧心感。安娜和玛丽亚姆两个人都时不时地瞥上他一眼，以为他会有所反应，但他只是疲惫地看着，一言不发，眼睛藏匿在一种空洞的凝视后面。这一天对他来说已经很漫长了，尽管他很想熬夜等贾马尔来（贾马尔坐的是晚班火车），但他实在太累了，再也熬不下去了。

他上床之后，安娜和母亲说起了自己的工作，说起那所让她代课的学校给了她一个永久性的职位，以及一些新的职责。她一个字都没有提尼克，没有提她早上出门的时候，依然没有接到他的电话，她也没有打电话给他，看看他有没有回家。她看得出来，母亲并没有认真在听她一片光明的职场故事，但她还是接着往下说。也许是因为贾马尔马上就要到了，她有些分心，也许是因为她脑子里面还在想着前几天的那桩烦心事，想着安娜方才断言她早已遗忘的那场或许发生过的争吵。她得想个法子，问问这件事。母亲的面孔因为心中的思绪而变得严肃。安娜一面说着话，一面两眼望着母亲，这时她才突然意识到，这样的神情完全不像母亲平日里的样子；意识到每次母亲面向她的时候，她都指望母亲给她一张开放的、能让人读懂的面庞：或是关切，或是满足，或是坚决，依具体情形而定，而不是眼下这种恍惚、内敛的目光，让她显出意料之外的悲伤。安娜这才领悟到，为了维持那张关切、关注的面庞，那张她早习以为常的面庞，母亲一定是付出了很大的努力。

安娜正想找个法子，把话题往母亲身上引，就在这时玛丽亚姆直直地看着她的眼睛，和她四目相对。安娜打住了话头，默默等待着——突然间，母亲脸上那种少有的情感强度让她紧张了起来。玛丽亚姆开始说话了，时而看着安娜，时而望向别处。过了一会儿，她便完全沉浸在了自己的故事中，抛开一切，成为此刻似乎将她攫住的那些情感的俘虏。安娜知道自己应该保持沉默，什么也别问。这一定就是他俩这些天在谈论的事情了，安娜心里想，那些肮脏的秘密。这就是他俩的紧张情绪和长久凝视的幕后深意。她真希望贾马尔也在场，因为一想到她接下来不得不听的丑事，她就浑身不自在。可随着母亲故事的继续，安娜意识到，这和她预料的大相径庭。

"离开学校那年，我十六岁，"母亲说，"什么都不知道，或者说几乎什么都不知道。"

她还算有自知之明，知道自己一钱不值。那个时候，学校里面的那些人可喜欢用这个字眼了。这么干值吗？接着读下去？不，对她来说不值。那毫无意义，她落后太多了。那时她跟费鲁兹和维贾伊住在一起。自打她住进费鲁兹家后，她就想当一个精神科护士，和她一样。听到玛丽亚姆这么说，费鲁兹很高兴；她哈哈大笑着说，她要是真想做，那谁也拦不住她呀。费鲁兹对她很好，比她之前碰到的任何人都要好。她不停地跟她说话，又是抱她，又是亲她，鼓励她做功课，要她迎头赶上。在他们收留她之前，她已经换过好几次学校了，可即便是有费鲁兹的帮助，她依然沉不下心来读书。她已经错过良机了。一次又一次地转学对孩子来说可不是什么好事，她落后太多，已经习惯了破罐子破摔，听不懂就算了。这么干不值。她本就不是个聪明小孩——她就是这么看待自己的——而换作是一个更有毅力的孩子，这时候还是能想方设法咬牙克服，取得好成绩的。那样的孩子会在同困难作斗争的过程当中找到乐趣。她的生活中已经有太多焦虑了。她没法儿平心静气地去领悟学校里教的那些东西。

费鲁兹这时就跟她讲故事，说她要是能真正努力去学习，她未来的人生会变得如何如何。费鲁兹是个好女人，但人生对他们所有人而言都太复杂了，没人能例外。这个国家能提供许许多多的机会，费鲁兹以前常说。只要你努力，你就能飞黄腾达，哪怕人生给了你一个无情的开端。瞧瞧维贾伊。出事以后，他们都以为，这下他可算是废了，最多也就只能编编篮子，或是在大街上讨饭了，一辈子都要当别人的负担。可他又是哀求，又是抗争，就是要把书给念下去，后来他又在城里找了脏活儿，晚上再去读夜校，学成了电工的本领。后来，一个回国探亲的朋友告诉他说，英国这边有工作，于是他又是存钱，又是借钱，最后就这么来了这里。瞧瞧他——如果维贾伊这时能听见她们说话，就会搞怪一下，挺直身子，隆起肱二头肌，像个电视里面的冠军——他努力了，如今得到了回报。

那就是维贾伊永恒的忠告：努力，努力，一切皆有可能。他的意志无比坚定，不像个英雄，倒像个固执的小个子男人，知道自己并非一无是处。他永远在忙个不停，不像是迫不得已或是压力很大的样子，而像是他手头确实总有什么事情等着去做。他早上七点出门，晚上七点回家。晚饭过后，他坐在客厅一角的一张小桌子前，开始学习。他报了一门会计学的函授课程，希望能学到足够的东西，好先在会计所里找一份工作，然后边干边积累知识。维贾伊就是那样的人，在几乎每一件事情上都沉默寡言，奋发努力，哪怕是在吃饭的时候。也许板球赛能让他激动一下，如果有印度队的话，但除此之外他就只会静静地忙自己的事，任由世界自行运转。

等到她长到十几岁的时候，她开始觉得这种活法挺奇怪的，拼成那个样子，满心想着成功、发财，自己倒成了这些小小野心的俘虏。这样的人生似乎毫无乐趣，永远都在工作。她还觉得这种生活方式很自私，精神上很自私，眼里完全没有他人。但费鲁兹似乎并不介意。只要她想，她就和他说话，不管他是在学习还是在吃饭。有时他会搭腔，有时他只管接着做自己的事情。对此两人似乎都不介意。她也很努力，做饭、洗衣、肩扛手提，好让维贾伊接着做坚忍的楷模。费鲁兹喜欢这么说他：坚忍的楷模。她是在收音机里听到有人这么说的，说某某女士是儿童权益运动中一位坚忍的楷模。她觉得拿这个词来形容维贾伊真是绝了。

一辆汽车停在了门外，片刻之后安娜听到车门砰的一声关上。她猜那该是贾马尔打车到家了，于是不等他按门铃，就赶忙冲向前门。不知怎的，不能让他按门铃似乎成了此刻的一件大事，免得他在这个时辰惊动了那些逃出地府、藏匿在他们家的恶魔。两人回屋的时候，玛丽亚姆想要起身，但贾马尔一个拥抱，将她裹得严严实实，摁着她坐回椅子里。安娜已经和他说过什么了。他在椅子上坐下：不，他不饿，不累；是的，旅途很顺利；不好意思，他迟到了。是的，他也很高兴能见到她。两人默默地等待着，等母亲准备好了再度开口。

"接着讲呀，妈。"安娜说。

"我刚刚在跟汉娜讲费鲁兹和维贾伊。"玛丽亚姆说；不知何故，她的目光飘到了阿巴斯的相片上——自打他住院起，这都过去好几个月了，可这张相片依然摆在客厅的架子上，没有回归楼上的原位。接着，她和贾马尔说起了他们共同生活的最初那段时日。

她一开始住进他们家的时候，事情变得有些麻烦——至少麻烦了一阵子，费鲁兹只能调整安排自己的上班时间。后来，等到他们习惯她了——她非常努力地要让他俩习惯她——就给了她一把钥匙。费鲁兹要到晚上六点才回家，所以在此之前，玛丽亚姆有一两个钟头的时间看电视。这是她一天中最快乐的时光，那放学后的一两个钟头，一个人静静地坐在那间楼上的公寓里，看着电视里面那些兴高采烈的孩子，感觉很安全，什么都伤不到她。她喜欢住在他们家，有一个自己的房间，有费鲁兹的宠爱和温暖，有维贾伊的一点点人情世故——如果他想得起来的话，还有属于她自己的时间，可以做她想做的事情。这件事听起来似乎有点奇怪：一个孩子，居然会有那样的想法，会在区区九岁的年纪就想要独处，但她此前的人生本就够忙够乱的了，这些午后的时光则是一种令她始料未及的慰藉。她总是在离六点还差好一会儿的时候就关电视。她一开始拿到钥匙的时候，维贾伊问她放学回家以后都在干些什么，她说她在看电视。他对此可不太高兴。他皱着眉，悲伤地摇摇头，告诉她说，她应该抓紧补上功课，而不是把时间浪费在电视上面。打那以后，他每次回到家，都要把手按在电视上面，看看刚才有没有人开过。后来，费鲁兹回家以后，也会如法炮制，所以为了证明自己乖巧听话，在按他俩的要求努力学习，她每天提前好久便关了电视，乖乖坐在那里，捧着一本书，或是彩色铅笔，或是诸如此类的物件。她很想爱上做功课，可她的心就是沉不下来。

后来，随着她渐渐长大，她成了家里的女仆。这是一个缓慢渐进的过程。费鲁兹下班回家以后，玛丽亚姆就去厨房帮忙。费鲁兹给了她一只小凳子，让她站在上面，好够着锅具。她开始教玛丽亚姆怎样下厨房——这件事情是每个女人都得学会的，哪怕你将来幸运地嫁给了一位王子，她告诉玛丽亚姆。让费鲁兹惊讶的是，玛丽亚姆上手得非常快，因为她毕竟才那么小呢。那个时候，她俩谁都不知道，这恰恰就是她未来的命运，那就是和锅碗瓢盆打一辈子的交道。一切就是这么开始的，先是在厨房里面搭把手。接着费鲁兹开始把事情留给玛丽亚姆，等她放学回家来做：给蔬菜削皮，准备锅具，摆桌子开饭。然后是准备做薄煎饼的面团，把木豆架到火上，直到最后她开始独立为一家人做整餐饭。

他们用钱十分小心，吃的东西都很简单。那是一个守财奴之家。他们就是那么过日子的，什么都要省着，以备未来之需。费鲁兹下班回家以后，还会检查一下垃圾桶，看看玛丽亚姆有没有把能吃的蔬菜也丢掉。她刚开始的时候会这么干，因为那时她还不相信玛丽亚姆会和自己一样能不浪费就不浪费。

又过了一两年——玛丽亚姆已经记不清具体多久了，因为一旦你的生活成了那样，时间的流速就变了——她连打扫卫生和洗衣服也一并干了。费鲁兹这时已经不太提她将来要当精神科护士的职业规划了，不过每次她回到家，看到衣服已经洗干净叠好，桌子上也摆好了晚餐，都会亲吻玛丽亚姆。维贾伊也很乐意玛丽亚姆和他们坐在一起，他需要什么就给他拿什么，把她当作一个受过他俩恩惠的人留在身边。因为他俩待她确实有恩，他们就是这么告诉她的；他们还告诉她说，他们将她从怎样的境遇中解救了出来。那时，她并不是总能听懂他们的意思。也许当初他们收留她的时候，脑子里面就一直装着这样的想法：当大善人，将她从堕落的人生中拯救出来。教她同稳重清醒的人一起生活，做正当的工作，从中找到一点尊严。一开始，费鲁兹和她那番关于家庭的说教一度让她一头雾水。

她干的那些家务不算辛苦。她甚至喜欢上了干家务：准备食材，烹制一餐饭，然后把所有东西都清洁一遍，收齐放好，再把厨房上下抹干净。这感觉就像是达成了一项成就。一件她可以带着满足感去做、去完成的事情。就连维贾伊也不再叫她奋发努力了，因为他看得出来她确实努力。她的功课也有长进。这时她已经上了中学——一所吵闹拥挤的学校，老师和学生时时刻刻都在让彼此疲于奔命。她落后太多了，只能和呆瓜们分在一个班级。他们就是这么叫自己的。给他们的功课也很简单。有些老师带漫画书来给他们看，还让他们在班上玩棋盘游戏。平生头一回，她开始取得好分数了。她还交了些新朋友。他们的老师——那位思韦特先生——对她很满意，她也喜欢待在他的班里。他留着一把姜黄色的大胡子。他甚至会叫她玛丽亚姆，而非玛丽——学校里面没有第二个人会这么叫。他会跟他们讲一些完全意想不到的东西，那位思韦特先生，课讲着讲着就跑题了，讲起了一些天方夜谭般的故事，听得他们只希望他能永远讲下去。一天，他和玛丽亚姆说了一个有关她名字的故事。他说，穆斯林在征服了麦加之后，便去了天房，将所有异教崇拜者竖立的偶像和画像统统移除。你知道什么是天房吗？就是穆斯林做礼拜的时候，面向的那块大石头。在穆斯林的心目中，世上只有一位真神，其他神祇的偶像在他们看来是不洁的，因此必须移除。可是，就在那些画像当中，却有一幅小小的圣母圣婴像。穆斯林的先知穆罕默德伸出一只手，遮住那幅圣像，命令道：除此之外，其余一切尽皆抹去。救世主之母的名字为所有的民族所爱戴，思韦特先生说。他不得不将故事的许多段落拆解给她听，直到最后她才领悟。许多年后，她比当初领悟得更多了，心里面想，也不知道那幅圣像后来怎么样了。

反正呢，放学以后，她就回家做那一堆家务。做完家务，她就回自己的房间，用费鲁兹和维贾伊作为生日礼物买给她的磁带录放机听音乐。那个时候，她听起音乐来能听上一整天。

　　她对自己说，她很快乐；但是，当然咯，其实她并不快乐。人在那个年纪就没有真正快乐的，因为你会遇上那么多的事情，你对自己缺乏信心，你还害怕在别人眼里像个傻瓜。所以，她对自己说的是，尽管有那些个事情让她的同龄人一个个全都闷闷不乐，她却是个快乐的少女。她真希望自己能再聪明一些，能有点奔头，能用她的人生成就点什么，但她并非不快乐。她习惯了费鲁兹和维贾伊的那种高度警惕的生活方式，什么东西都要数一遍，连勺子都不放过。她把他们看作是一对好人，让她住在自己家里，还关心照顾她。她感谢他们，所以她不介意替他们做家务；就算介意过，那也只是偶尔为之。她开始理解为什么他们如此奋发努力，警惕一切。他们下定决心不要失败，不要被打垮，尤其是在走过了那么长的路，吃过了那么多的苦之后。她觉得，正是这样的艰苦奋斗有时候让他俩显得阴沉沉的。

　　再后来，维贾伊的侄子就过来和他们一起住了。他来的时候，她十六岁，正好在读最后一年书。维贾伊这时已经在一家合伙商行里当会计了，商行的老板是一对印度兄弟，跟他是同乡。他的主要工作就是给几家当地的小企业做账。他现在穿着西服去上班了；不难看出来，如今他自认为也算是个人生有所成就的男人了。唔，他是，他是，尽管这并没有让他停下学习的步伐，他依然在一如既往地努力攻取下一阶段的职业资质。那位侄子——他们让玛丽亚姆叫他表哥——是维贾伊姐姐的儿子。维贾伊把他喊来身边，安排他进埃克塞特的一所学院学会计。这是维贾伊在向自己的家族伸出和解的橄榄枝，但同时他还有另一个盘算：一旦侄子接受了足够的培训，他就要开办自己的商行，一家真正的家族会计行。就这样，那位侄子住进了他们家。

她以前从来没有说起过他，但他确实和她后来的遭遇有关，也和她离开费鲁兹和维贾伊的来龙去脉有关。孩子们有必要知道这些事情。哎，其实他们也不必知道的，但这有助于他们多少理解事情为何最后是那样的结果。而她也再也不想把这段经历埋在心里了。

那位侄子的年纪比她想的要大一些，约摸二十三岁的样子，维贾伊把他从机场领回家那天，他满脸微笑，忙不迭地行合十礼。他睡在客厅的地铺上，因为家里实在没地方了，可维贾伊说，这不碍事，因为印度人在哪儿都能睡觉，他们习惯了艰苦朴素。起初他一点都不惹麻烦。早上他把铺盖卷好，喝一杯茶，吃一片面包，然后就出门上学去了，直到吃晚饭的时候才回家。他所有的时间都是在课堂和图书馆里度过的，甚至都不会停下来吃个午饭。维贾伊对他的全身心投入十分赞许。她觉得他从来没有独自去过城里的任何地方，回家以后也很少说话，除了对维贾伊。他对自己的英语有点不自信，而他也完全有理由不自信。大多数时候，她都听不懂他在说什么；就算听懂了，他吐出的字词也都颠三倒四的，就好像他是倒着说话的一样。后来，等到他适应了新环境后，有时玛丽亚姆放学回来，发现他也已经回到公寓了。

他自始至终都知道，她不是家中的女儿，甚至都不算养女，只是一个被他家亲戚收留的流浪儿，如今成了全家人的女仆——玛丽亚姆·里格斯。随着时间的流逝，那些女儿云云的说辞都渐渐被淡忘了，除了在被拿来嗔怪她的时候。她花了那么长的时间来理解这件事，不过当她看到维贾伊和侄子在一起的样子时，她对于家族、责任、慈爱和淡淡的骄傲总算有了一点领悟，同时她也明白了费鲁兹和维贾伊从来没有对她有过这样的感情。

渐渐地，那位侄子开始让玛丽亚姆头疼了。她放学回来的时候，他已经捷足先登，然后她走到哪里都会跟着她，嘴里还念念有词——他的话她听不懂，但话中的意思她是明白的，就凭他说话时的那些手势。费鲁兹和维贾伊在的时候，他会用目光追随她，就好像是在伸手触摸她一样。之前她无意间听到了费鲁兹和维贾伊之间的争执，知道他在抱怨自己得睡客厅，而那个女孩却占了房间。迪内希需要学习，需要好好休息，这样他在学校里才能集中注意力，维贾伊说。如果他睡不好，他就没法儿学习。他就叫这个名字，迪内希。她已经很久没有把他的名字大声说出来了。费鲁兹开口同维贾伊争论道，玛丽亚姆就像是我们的女儿。玛丽亚姆听到她这么说的时候，脸上绽开了微笑。维贾伊说，是的，她当然是，这就是为什么她会理解，这么做是为了全家人好。玛丽亚姆知道，迟早她得让出房间，如此一来，等到公寓里面只有他俩的时候，她就无处躲避表哥迪内希了。

她和费鲁兹的关系也出了问题，因为她为了躲避表哥只好迟迟不回家，也就没法儿好好完成她手头的那些家务了。

他们觉得她开始变野了，把时间浪费在街头，见各种男孩子。在这个国家，女孩子迟早要被宠坏，不管你盯她盯得有多紧，维贾伊说。她想过要对费鲁兹说点什么，因为表哥迪内希现在已经威胁到她了，其所作所为常常让她害怕。一天，费鲁兹再次因为她迟迟不回家而动怒，责怪她对自己的分内事不上心，哪怕这么多年来他们一直把她当女儿照料。这一回，玛丽亚姆也不高兴了。她说，表哥迪内希一直在烦她，所以她才不回家的。怎么烦她的？费鲁兹问。你知道怎么烦的，玛丽亚姆说。费鲁兹摆出一张嫌恶的脸孔，挥手扇了她一耳光。她就是那么干的，一巴掌扇在她脸上，而之前的那些年里她一次都没有打过她。接着她又对玛丽亚姆说，她是个脏女孩，以后再也不要说这种话了。玛丽亚姆没法告诉她说，他进到自己的房间来，乱翻自己的东西。她没法说，她走到哪里他都跟着，故意挡住她的去路。她没法说，他把手放在她的腰上和屁股上，她知道终有一天他会对她做出更可怕的事情。可是在费鲁兹扇了她那一耳光之后……被人那样扇脸真的是太打击身心了。在那之后，她也就没法告诉费鲁兹她碰上了什么样的事情，还有她究竟在害怕什么了。

学校组织的考试结束后，他们就叫她搬出自己的房间，好给表哥迪内希一个像样的学习空间。那感觉就像是这位侄子被拔擢进了贵族阶层一样。他使唤玛丽亚姆给他拿杯喝的来，训斥她没有把自己的衣服熨烫好，还抱怨伙食不行。就连他对待费鲁兹的态度也变了，对着她笑的样子就好像她是个傻子似的，有时候她和他说话，他都不理。读完最后一年书之后的那个夏天，玛丽亚姆在一家咖啡馆里找了份工作，心里想，只要她挣的钱够，她就搬到出租房去住。然而，她的钱不够，工作也又苦又无聊，虽然她还挺喜欢那里的工友。后来，她在工厂里面找到一份更好的工作，她遇到阿巴斯的时候，正是在那里上的班。她依然会时不时地去那家咖啡馆，喝上一杯茶，见见她从前的工友们，还总能免费吃到一块奶油蛋糕。她在那里又一次见到了阿巴斯。他瞥了她一眼，认出了她。他犹豫了片刻，随即便走上前来，打了声招呼。她不记得他说过些什么了，但没过多久他就坐了下来，两人随即聊了起来，最后他和她道了声拜拜，咱们回头再聚。

那天晚上，表哥迪内希摸进厨房，一把抓住她，在她身上乱摸，还试图吻她。他嘴里一直说个不停，什么你的味道好美啊，你光彩照人啊。他比她要矮，但体格健壮。他年纪还比她大。她拿手中正用来搅拌木豆的勺子打他，可他只是哈哈笑着，不肯撒手。最后她拼命挣脱了他，他却依然站在她面前，一面笑着，一面对着她摇手指，好像这一切仅仅是为了寻点乐子，在女仆姑娘身上揩一把油，权当闹着玩。事情就是演变到了这种地步：每当他发现她孤身一人的时候，就会故伎重施，每一次都比上一次更恶劣。她拼尽全力去反抗，用勺子和擀面杖敲了他许多下，可她知道总有一天，等到他鼓足了胆子，他就会用强——一想到这个，她就既恶心，又恐惧。她觉得费鲁兹也知道。她觉得费鲁兹看她的眼神就好像是在说，她心里头已经知道了。

接下来，他们就发觉了阿巴斯的事情。她提了他的名字，漫不经心地，把他说成是一个她在厂里面碰见的人，可她的语调一定是泄露了玄机。两人开始审问她，直到最后她别无选择，只能将一切和盘托出。她根本想象不到他们竟会这般小题大做，好像她做了什么下流的事情一样。整整两天，他们不依不饶，威胁要把她锁在公寓里面，免得她出去见他，还警告她说，要是她胆敢不从，就要把她扫地出门。表哥迪内希也加入进来。你一点都不自尊自重，他说，一面撇着嘴，就像他爱读的那些印度电影杂志里面的神怪。到了第三天晚上，她下班一回到家，他就在厨房里面把她的手强摁在墙上，掀起她的套衫，遮住她的脸，让她两眼一抹黑，然后逼着她进了自己的房间。她用尽全力反抗他，可他力气比她大，拖着她上了她的那张旧床。

这太恶心了，安娜心想。你为什么要告诉我们这个？你为什么要现在告诉我们？我再也不想听这个恶心的故事了。

"趁着他费劲地自己褪衣服的当儿，不知怎的，我竟然挣脱了他的铁爪，跑进费鲁兹和维贾伊的房间，闩上房门。"玛丽亚姆说道，用的是一种清醒冷静、在他们听来十分陌生的声音，描述着她所见证的一起不大不小的糟糕经历，故意淡化那一刻的遭遇。"我在里面一直躲到费鲁兹回家。她刚一进门，我就听到表哥迪内希开始向她告状；等到我给她开门的时候，她已经听完了整个故事，听说了我如何在他面前袒露身子，他如何责备我，我又如何跑进他们的房间躲了起来。"

他们冲着她大吼大叫，出言威胁她，她觉得维贾伊这下要把她扫地出门了，或是把她锁进地窖，但凡他有地窖的话。这是渗进她血脉里的，这种堕落，他说。费鲁兹反复警告她说，如果她今后对他们再不放尊重些，他们就别无选择，只能把她赶出门了，尽管他们之前对她那么好。那是一个周五的晚上，她记得很清楚。阿巴斯邀她去看电影，她也答应了，可她当然是去不了。第二天一早，不等别人起床，她就收拾了几件衣物，装进一只购物袋里，跑去找他，找阿巴斯，然后他们就逃离了那个小镇。

　　阿巴斯说，咱们离开这地方吧，她心想，那好吧。她没有告诉他自己遭遇的那起强奸未遂。她很乐意远离这个泥潭，远走高飞，将它抛在身后。她不知道她有没有权利这样做，也不知道费鲁兹和维贾伊能不能让人把她遭返回来，再给他们当女仆。所以一听到阿巴斯说：*得啦，我们离开这里吧*，她就说，好嘞！

　　"我以前没有跟你们说过这个表哥，"玛丽亚姆说，"我也不知道为什么我现在觉得非要告诉你们不可。那不过是一个企图强暴我的男人，而事情都过去这么多年了，我早该忘了它，就像忘记一道渐渐淡去的旧伤疤。但我依然能感觉到个中屈辱、个中不公。起初我甚至都没办法对阿巴斯说这件事，但如今我觉得有必要对你们说。以前我总觉得不该和你们说这个，不该让你们那样看待你们的母亲，觉得她是一个可以被如此威胁的人。你们还小的时候，我总觉得不该和你们说这种事情，不该让你们觉得这个世界如此危险。但是现在，我想要你们知道，免得你们觉得，我心里头藏着一个肮脏的秘密，不敢让你们知道。我想要完全坦诚地向你们解释，为什么我要逃离费鲁兹和维贾伊，为什么这么多年来，设法联系他们这件事，我想都不愿意去想。"

"没事了，妈。"安娜说，想要她就此打住，不想再听她不堪的人生故事了。"没事了。都过去很久了。不要再为了这件事难受了。"

玛丽亚姆用沉稳的目光看着女儿，明白她不想要自己再往下说了。"我说这件事还有一个原因：这些天我一直在听阿巴斯和我说一些我以前不知道的事情。这让我意识到，一个人把这些事情憋在心里，任由它们毒害你的生活——这么做是多么的可悲。"

"哦，天啊，"安娜说，"他都说了些什么？"

玛丽亚姆凝望了他们片刻，脑子里面搜罗着词语，然后开口道："他还有一个妻子。许多年前，他把她和她的孩子抛弃在了桑给巴尔。"

贾马尔叹了一口气，仰靠在椅子上。安娜对着母亲怒目而视。

"我受不了了，"她愤怒地说，"我受不了你们这些糟糕透顶的破烂移民悲剧了。我受不了你们那不堪人生的压迫了。我受够了。我要走。"

"闭嘴，汉娜，"贾马尔说，"让妈说话。"

"我的名字叫安娜，你这白痴。"安娜说，但她并没有走。

接着，用简明扼要且同之前一样毫不避讳的语言，玛丽亚姆告诉了他俩阿巴斯之所以逃跑，是因为他觉得那孩子不是他的；从那天起，他就没有把这件事说给任何人听过。四十年来，他活在自己的耻辱之中，玛丽亚姆说，无法对任何人言语此事。如今他想要开口了，是因为他觉得自己要死了。让他亲口告诉你们吧，她说。

"我不想听，"安娜说，"我不想知道。我要走了。我这就叫辆出租车，搭下一班火车去伦敦。或者随便去哪里都行。"

贾马尔出了房间，上楼去了。上面的楼梯口黑黢黢的，可他无需灯光来帮他引路。他推开父母那间卧室的房门，悄无声息地溜了进去。他稳住呼吸，在黑暗中静立了一小会儿，知道父亲没睡。

"爸。"他说。

"贾马尔。"阿巴斯说。接着他开始低语。贾马尔凑近了些，这才意识到，父亲说的话他一个字都听不懂。一片黑暗之中，他坐在地上，听着父亲东拉西扯。他能听到安娜在楼下提高了嗓门。

"桑给巴尔听上去像个挺不错的故乡。"贾马尔说，但阿巴斯没有留意。

过了似乎很久，父亲停止了低语，贾马尔从他的呼吸声推测，药物终于让他睡着了。楼下的嘈杂声也停歇了。他听到卧室的房门在他身后轻轻地开了，凭着楼梯灯的些许微光，他认出了来者正是母亲。他跟着她来到门外。

"他睡着了。"贾马尔说。

"也许吧，"玛丽亚姆说，"有时候他只是装睡。"

"他刚才低语了很久。"他应道。

"是的，我知道，"她说，"他这副样子看来得持续好几天了。他心思一乱，就会陷入迷惘。然后他就会用他的语言像刚才那样低语，好像他忘了怎么说英语似的。我想，他知道我在跟你们说他逃跑的事情，所以就这样躲起来了。"

"汉娜走了吗？"他问道。

"没有，她在楼下，"玛丽亚姆说，在半明半暗之中微笑着，"她在厨房的一个橱柜里面摸到了一瓶酒。"

第二天，他们的父亲没有起床。贾马尔过去看他的时候，阿巴斯静静地望着儿子，接着开始低语。贾马尔拉来一把椅子，坐在他边上，听着爸用嘶嘶的气流声不间断地说了一个钟头或者更久。最后，贾马尔微微一笑，吻了父亲的手，返身回楼下去了。玛丽亚姆又和他们说了一些阿巴斯告诉她的事情，可眼看着时间一点点过去，最后她说，他俩没必要再待在这里了。他躲进了内心深处的某个地方。等到他从那里出来的时候，我会让他继续对着录音磁带说话的。他现在情愿那样。他可以一个人坐在那里，想说什么就说什么，不用看着任何人的眼睛。她不想再给他施加压力了，她那位害病的重婚犯。这个词吓了贾马尔一跳，但玛丽亚姆告诉他，她之所以这么说，就是为了习惯它，为了让自己不要再像一开始那样被它深深刺痛。

"这种情况下，男人另组家庭也不是什么特别奇怪的事情，"就在他们登上了开往伦敦的火车后，贾马尔说，"想想看。这件事的来龙去脉也并非无法想象。"

"你所说的这种情况指的是移民和难民。"安娜说，依然气鼓鼓的。

贾马尔微微一笑。"最近你真的是把那个词成天挂在嘴边啊，"他说，"糟糕透顶的移民悲剧，听听。"

"我只是希望他们的故事不要那么可怜又可鄙，"安娜说，"我的爸爸是一个重婚犯，我的妈妈是一个弃婴。你只要和别人这么一说，那你在人家眼里活脱脱就是某部滑稽情节剧里走出来的人物嘛。当然，男移民重婚不是什么稀奇事，弃婴在1950年代也到处都是。真是再稀松平常不过了。我们所有人都应该更加宽容，不要小题大做。这就是你想说的话，对吧？你应该把这话跟爸说的，让他不要觉得自己上哪儿都得背负着那个沉默的重担，弄得所有人都不开心。他许多年前就该告诉我们的，不说是他的不对。而她现在又跑来告诉我们说，自己十六岁那年，被一个凶神恶煞的印度男孩强暴——这又是什么意思呢？她就不能把这件事埋在心里吗？"

"并没有真的被强暴，"贾马尔说，"而她之所以告诉我们，是因为她一个人回忆伤痛，只会更痛。也许吧。"

安娜安静了片刻，接着又开始说话，时断时续地说了好一会儿，最后渐渐地陷入沉默，两眼凝望着窗外掠过的乡野。好多次，贾马尔想要开口，想要抗议，想要说：妈想告诉他们的不仅仅是那次强暴；可每一次他都忍住了。她想告诉他们的是，那些人曾经对她很好，后来却又以如此漫不经心的方式苛待她，伤害她，而她想要让他们知道她心中的内疚——为一种她既不理解，也未能回报的善意而内疚。她还想让他们知道心中的屈辱——她一直在努力压抑，但如今再也不想这么做了。然而，贾马尔没有抗议，也没有辩护，只是坐在汉娜面前，让她说个够。汉娜身上有一种冷酷的刻薄，他心里想，而他以前就已经这么想过许多回了。当冷酷不能带来任何结果的时候，她依然冷酷，仅仅是为了炫耀她的伶牙俐齿，而她说起话来又是那样的一肚子怨气，好像这所有的一切都是为了伤害她，惹恼她。这样做符合她的自我认知：她可没耐心听那些胡说八道，她会有话直说，绝不躲藏在客套和温情后面。

他和她说了莉娜的事情，看到她的眼里慢慢点亮了兴致和愉悦的光芒。他把这当成一个娱乐故事来讲，讲他如何暗恋上了她，和她在一起的时候，满心的爱慕让他张口结舌，说不出话来；接着，那场派对过后，那个吻又是如何让他大吃一惊，可他却不知道该何去何从。对于他的笨嘴拙舌，她满怀怜悯地大摇其头。他又和她说了那位男友罗尼，说了那张明信片的事，还有她是怎么在香农河上度完假后，返身归来，接管主动权的。他把事情说得轻松愉快——她喜欢听这样的故事。她最爱的是那张明信片的桥段。

"你真是好傻好天真啊，"她说，"你非得等到她都快在她那位超级强壮的猛男面前甘冒生命危险了，才能认识到她真的想要你。"

"我是个白痴，"他附和道，"可你也用不着那么夸张。她怎么就有生命危险了？"

她对马科的自杀未遂不屑一顾。一场作秀性质的恶作剧，她说。时候一到，他自会跳下汽车的。他只是想把自家爸妈吓个半死。贾马尔告诉她说莉娜的爸妈是意大利人的时候，看得出来她迟疑了一下，面对又一个移民故事微微皱眉，不过这次她没有发表评论，就让这件事过去了。接着，等到他和她讲完了所有他暂时能讲的事情之后，沉默又一次横亘在了两人中间，她的脸色也变得阴郁。列车开进了伦敦远郊，这时她才开始和他讲起了尼克与她之间的事情。我觉得他在跟某人上床，她说，或者是某几个人。又或者他迟早会这么干。贾马尔静静地听着，听她细细讲述尼克带给她的不幸福，还有在她看来，前方等待着她的将是什么。这些细节让他吃了一惊。她以前从来没有在他面前这样子说过尼克。贾马尔原以为，汉娜和尼克是要一直走下去了，因此早就学会了把他自己对于这件事情的看法藏在心里。他一直无法理解汉娜怎么受得了尼克的自我中心，还有他卖弄聪明、显摆学识的模样。此刻，他一面听着姐姐既轻佻又悲苦地谈论她爱情的衰竭，一面遗憾自己已经不习惯于对她开诚布公了。他看着她边说话，边心不在焉地抚弄手机，而他却想不出什么轻巧的安慰话来应景。

就在火车驶入利物浦街站的时候，她对他说，我最好是给我们那位领导打个电话。咱们保持联系，美人。他们在环线上分道扬镳，她去往维多利亚站，他去往国王十字。他搭上了往北的列车，心思飘向了父亲，还有他一度默默忍受，如今强加在他们身上的那个秘密；接着又飘向母亲，还有爸给她平添的不快。他想着妈告诉他们的事情，想着他如何娶了那个女人，却又以为自己被骗了，想着他说起那段岁月、那些事件的时候，如何老泪纵横。不过这一切都已经是徒劳了，她说。那些事情已经无可挽回了。如今再怎么哭也没用了。他应该在好些年前就把这一切都说出来的。

他觉得自己应该陪他俩多待几天的。

4

归来

安娜到家的时候，天已经快黑了。尼克正坐在电视前面看夜场足球赛。之前她从利物浦街给他打过电话，告诉他自己乘的是哪一班火车，叫他不必费心来接她。她自己出站叫出租车。曾几何时，他会说：胡扯，我来接你。她告诉自己不要小心眼，不要为了这些不值一提的牢骚而心烦意乱。他起身过来拥抱她，拥了她好一会儿，一脸关切的神情。

"体验很糟糕吗？一切都还好吧？"他柔声问道，引着她走向沙发。

她对于他这番小题大做的担忧微微一笑，飞快地吻了一下他的唇。"不，并非一切都好，"她说，一面在他示意的位置上坐下，"我在利物浦街见到两个女人，一对母女，我觉得。她们真是胖得不像话，而且完全两眼一抹黑，在那个巨型车站里面晕头转向的。看着她俩，我心里头真是郁闷。黑人女性。两人用一种我听不懂的语言互相说着话，带着惊恐的神情环顾四周。我觉得她们看不懂英文。"

"然后呢？"尼克追问，眼看她半晌不说话。

"然后就没有什么了。我就去赶我的火车了，"她说，"寻求避难者，我猜。也许我应该问问她们要不要帮忙的，可一看到她俩，我就抑郁。她们是那么无助，又是那么丑陋。她们的老家真的有那么糟糕吗？"

"也许吧。"他轻声说。

她微微一笑。"你说起话来真像我那位圣徒弟弟。"

"家里的情况怎么样？"他又问。

她耸耸肩。"他们有消息要告诉我们。我的母亲十六岁那年被人强暴了，我的父亲是个重婚犯。"她告诉他。

"什么！"他说，在椅子上坐直了身子。

"显然，这种事情对于我们这样的人而言也说不上有多稀奇，"她满不在乎地说，"你的会开得怎么样？"

"哦，无聊。同一群老头子，讲着同一些老掉牙的东西。我和马特一起过的夜，堪称此行的最大亮点。"他说道，面露微笑，所以这句话她是不信的。

"你的论文反响还好吧？"她问道。

"应该还可以吧，"他说，谦逊地一皱眉，"这个课题以前似乎都还没有人认真思考过，所以我的贡献产生了些许影响。"

"不好意思，不过你从来都没有告诉过我你那篇论文写的是什么。"她说。要不就是我没来得及问，你走得太匆忙。

"写的是 CMS 在厄立特里亚的传教活动，"他说，"哦，那是教会传教士协会的缩写，一个十九世纪的圣公会福音派运动。你知道吗？《圣经》在公元五世纪被翻译成了吉兹语①。我直到最近才知道还有一种叫吉兹语的语言。更

————————————————

① 即古埃塞俄比亚语，现仅用于埃塞俄比亚正教会的礼拜仪式中。

不知道这种语言有自己的字母表，以及翻译《圣经》的学识能力。"

"是的，你告诉过我。你那位要好的同事朱莉娅不是发了一篇这个主题的论文吗？"她问。

"没错，"他说，"我们合写了一篇论文，朱莉娅和我。她讲的是吉兹语《圣经》，我讲的是 CMS 的传教活动。天知道公元五世纪的时候，我们英国人在干些什么，反正跟基督教还有翻译《圣经》没多少关系。不过，那不妨碍我们在十九世纪的时候拿上我们的改良版基督教，跑去向厄立特里亚人传教，结果被那群可怜虫拒之门外。他们宁可要他们那过气的吉兹版本，也不要这个加入现代社会的契机。"

这么说，你是在上朱莉娅咯？

"你刚才说你爸是个重婚犯，那又是怎么一回事？"他问道，面带微笑，鼓励她把刚才那句话编排成一个笑话。于是她就和他说了这趟诺里奇之行，说了母亲跟他们讲的那些事情真是骇人听闻，听得她火气直冒，难以自已。过了一会儿，她看得出他不再注意听她讲了什么，他的目光慢慢地游移到了她的脸上和身上。她打住话头，他凑近沙发，奔她而来。他一边吻她，嘴里一边呢喃着，哼哼着，与此同时她则紧紧地抓住他不放。她控制不住自己。她也不想控制自己。她沉浸在纯粹彻底的愉悦之中，乃至整个身心都被快乐的海洋所淹没——这一刻便是极乐至福。

事后，就在两人躺在黑暗中时，她开口道："回家的路上，我坐在火车上，渴望着你。我甚至都对自己说出了这几个字：渴望着你。我坐在那里，心里面想，很快我就能到家了，你就会和我做爱了，一如既往。"

他满足地哼了一声，翻过身来面向她。他伸手抚过她的肚子和乳房。片刻之后，她听到他的呼吸声变了，知道他就快睡着了。他通常都会在她之前入睡，她也已经习惯了先等待他的呼吸声起变化，再放飞自己的思绪，以此作为入睡的前奏。这一刻通常都很美好；听着他渐渐睡去，她感到了某种慰藉。她夜里多半会有这种感觉，仿佛是终于摆脱了某个监视着她的存在。接着，黑暗中，她允许一个先前被隐藏的自我悄悄爬了出来，一个怀着秘而不宣的野心和欲望的自我。有时，她只是在脑中回放快乐的时刻，或是沉溺于对自己未来成就的幻想，像是在播一出连续剧，幻想自己将来功成名就。当他的呼吸变得深沉，让他在梦乡中忘却一切时，她便静下心来，选择一个她想要为自己播放的故事，就像是挑选一本书或是一首曲子。如果这时候他睡不安稳，或是在睡梦中动来动去的，她就会焦躁地等待他再度安稳下来，好让她重回她的秘密剧情之中。

她向来入睡很慢，小时候，她会在黑暗中躺上几个钟头都睡不着，因为父母给她规定了一个强制熄灯时间。她想起了父亲曾经是那样地呵护她，每天晚上自己上床睡觉前，都要小心翼翼地推开她的房门，用最轻柔的悄悄话问她睡着了没有。她不答话。他满意地走开了，以为他的小姑娘满足地睡着了。等到她开始要学习备考的时候，父母也就不烦她了，这时她便会一连读上几个钟头的书，直到倦得再也读不动了才罢休。直到后来，这无眠的几个钟头成了她的一个快乐之源，让她得以上演自己的白日梦，抹去自己的缺陷，实现她全部的野心。

　　现在她还是能做那样的白日梦，但她也更清楚自身的局限了，因此如今再要演绎某些幻想剧，就需要她拿出一点意志力来了。也许只有像她这样的一事无成者才会在黑暗中花上几个钟头来体验幻想的人生。也许成功人士无需幻想成功，可以像尼克那样一做完爱便倒头就睡。她想着他们方才做爱的场景，一个动作一个动作地回放，重温每一个美妙的回合。他是不是也跟朱莉娅做爱了？她觉得他有，那是她的猜测。尼克是不愿意禁欲太久的。她真的不想去琢磨这件事及其背后的意味，不想在这个时候去琢磨。她真希望自己能睡着，不用被那种颓丧感所困扰——它总是趁她不备的时候突然袭击——感觉自己的人生一片茫然。

　　为了让自己不要焦虑，她默默地给自己背起了奥登的《摇篮曲》中的第一节：将你沉睡的头颅搁下，我的爱。背完了这首，她又试着如法炮制《夜莺颂》：我的心在痛，困顿和麻木刺进了感官。她花了点功夫，才把第一节弄对，然后她又背了一遍，直到她能在脑海里看到诗句，仿佛那几行文字印在了纸上，就摆在她眼前似的。她又接着背了第二节，然后稍事等待，让两节诗共同浮现在眼前，再开始背第三节。这一节她很熟悉，所以很快就背完了，而她本不想这么快的。她磕磕绊绊地背起了第四节，背到那一句"我看不清脚下是何花朵"的时候，终于睡着了。

　　那一夜，她又梦见了那栋房子。她走在一条铺着鹅卵石的街道上，一段平缓的上坡路。她能看见道路在她的前方右转，拐角处的一家咖啡馆外面，摆了几把椅子和两三张桌子。空气中有一股柴火烟的味道，还有手风琴奏出的乐声和轻柔的细语声。她知道，在她身后，便是大海。她的视野中一个人都没有，但四周肯定有人。那条街道她认得；阔别多年之后，而今故地重游，她不禁啧啧称奇。她从来没想到过会再见到这条她青葱岁月里的街道，或是能够如此自在从容地想待多久待多久。路面在街角处变得狭窄昏暗，右手边她看到一扇硕大的门微微开着。不顾梦中身体里的每一种直觉都在提醒她要小心，她依然推门而入。顷刻间，她发现自己站到了一个露台上，向着大海和海湾湾口的那个小镇。一个男人在边上轻声说着话，她扭头去看，看见一个深肤色的年轻男子坐在凳子上，两手浸在洗衣盆里。他穿着一件松垮垮的衬衣，袖口卷着，头戴一顶白色的旧软帽。他再度用方才那种轻柔的声音说话，但她听不出他在说什么。她微微感到一丝恐慌，突然急着想走。她费劲地抓牢她的手提箱——方才她都没有意识到自己拖了这么一只箱子在身后——努力想找到重回街道的路，却发现自己再次置身旧梦中那栋破败的房子，拖着箱子走上老旧的木头台阶，走过腐朽的地板，一道道蜘蛛网和持续不断的阵阵心慌让她透不过气来。那只手提箱越来越重，在丢满杂物的地板上渐渐无路可走，可她不能将它丢下，哪怕它又老又破。后来，到了后半夜，她又梦见自己骑着马，穿过一片美丽的风景，四周是平缓的小丘和不受风吹雨打的牧场，远处则是群山的影子。

莉娜和贾马尔受邀去邻居家喝茶。原来，这位邻居名叫哈伦。他从投信孔里塞进来的明信片上面写的就是这个名字。两人按他指定的时间，在周六下午四点钟登门。他开门的时候，贾马尔看到他穿着一套西服和一件开领衬衫。那西服和爸以前常穿的那套是差不多年代的款式，只是哈伦身上这套看上去不那么破旧。哈伦脸上的瘀伤和红肿已经消退了，虽说他的面颊和太阳穴上依然有几处硬痂。见到他俩，他似乎非常高兴。

"非常准时，"哈伦说，一面朝莉娜伸出手，然后又握了贾马尔的手，"请进吧。之前我回了趟塞恩斯伯里，感谢他们的员工在我跌倒之后悉心照料我，然后他们的经理提醒我说，我把那天买的菜全都丢下了。所以，为了弥补我丢掉的橘子和沙拉，他派手下的一个小伙子送来了一大篮子的罐头、蔬菜、水果、饼干和蛋糕，仿佛是奖赏我的负伤似的。这是塞恩斯伯里送给我们所有人的一份礼物。"他边说着，边朝着咖啡桌做了个夸张的手势，桌上摆了一盘饼干和一盘小蛋糕，蛋糕上面装点着五颜六色的糖霜。

他走出房间去端茶，莉娜用行家的眼光好好审视了一番饼干和蛋糕，与此同时贾马尔则在东张西望。屋里的椅子和沙发都又大又旧，上面罩着有花卉图案、扶手处加了木头垫片的座套，座套的面料已经褪色。褪色最严重的就是窗台下面的那把椅子，显然就是哈伦本人的，边上摆了一张小桌子，桌上丢着他的一只眼镜盒和一本书。墙纸同样是花卉图案的，同样褪了色，漆面已经开始发暗。一台小电视紧靠房子的内墙摆着，电视边上是收音机和高保真音响。一切都看上去又旧又破。地毯的绒毛纠成一团，有的地方都磨秃了，呈现出一种不可名状的灰色，而那最初也许是某种淡淡的蓝色或绿色。整个房间透露出的是贫穷，或者至少是匮乏。一只衣柜就立在门后面。衣柜上面，还有两面墙上，挂着装框的相片，因为年深日久而早已泛黄；相片总共有三幅。墙上的两幅是合影，一幅是在照相馆拍的，另一幅是在花园里拍的。衣柜上的那幅则是一位女子的头肩像。

贾马尔站起身来，仔细端详那位女子的相片，心想这应该就是老人的亡妻了。她的面容安详镇定，仿佛她是在快门按下前的那一会儿工夫，让自己的全身都沉静了下来。她的嘴角挂着一个小小的、宽容的微笑，耐心又克制，笑容一路传递到了眼角，让她的整张脸看起来像是随时会绽开一个大大的咧嘴笑，要是摄影师不赶紧按下快门的话。贾马尔估计她在照这张相的时候，年纪应该在三十五岁上下。她微侧着身子坐着，倾身向前，头扭向左肩，对着镜头——一个经典的照相馆坐姿。

他听到了茶壶的叮当声，赶忙走回沙发，免得过早让主人家觉得他过分好奇了。就在他回到原位坐下的时候，他又瞥了一眼挂在墙上的那两幅照片。一幅是三人的合影——两个女人坐着，一个男人站在二女中间一张装饰性的小桌子后面。他猜这应该是三兄妹。另一张照片上面是两个男人和一个十几岁的男孩。两个男人都很富态，外面穿着扣好纽扣的正装，里面穿着背心，头上戴着帽子。男孩站在两人中间，只穿着衬衫，一个男人的手按在他的肩头。三人站在一个花园里，男人们在微笑，男孩在咧嘴笑。照片的背景中，湖水波光粼粼，湖边立着一把石头长椅。从服装的款式来看，他估计这两张相片都是在两场世界大战之间的那些年里拍的。

他不知道这些人会不会是那位女子的家人。

贾马尔在莉娜身边坐下，后者用悄悄话问他，那是不是哈伦的妻子。哈伦一边倒茶，一边和两人找话闲聊。他浅啜了两口茶，然后把杯子在身旁的桌子上搁下。"你们一定也在我的卡片上看到了，我的名字叫哈伦。"他用他那不紧不慢的口吻接着说道。他顿了一顿，然后才又添了一句，像是吃不准应不应该提供这条额外信息似的："哈伦·谢里夫。"

"你现在感觉如何，谢里夫先生？"莉娜问道，"希望这些天一直有护士在上门照顾你。"

哈伦不以为然地咂咂嘴。"啧啧，可别叫我什么先生。叫我哈伦就好了。护士只是过来确认一下我挺过了那个晚上，而既然我挺过来了，我也就能够说服她抬脚走人，再也不要回来了。她没有必要在许多别的人用得上她的一身本领之际，在我身上浪费时间。我好得很，莉娜，除了身上还是和平时一样，这里疼那里痛的，当然还有前两天那相当出乎意料的一个跟头。"

"年迈体衰。"莉娜说。

"一点不错，"哈伦应道，一边大笑，一边点头，听出了这是他自己的原话，"希望你们不要介意我打听，不过我猜你俩应该是学生。你们是学什么的？"

远不到半个小时的工夫，哈伦明显就已经在准备送客了。他请他们再喝一杯茶，他们婉拒了；稍事等待之后，仿佛是为了确保他们真的不会再喝了，他收起茶杯和茶碟，放到托盘上面。然后他身子往椅背上一靠，对他俩微微一笑，朝窗外瞥了一眼。"嗯,今天很开心啊,"过了片刻他说道,一边作势要起身,"我们一定要快点再安排一次茶会。我知道你俩学习很忙,不过要是你们能抽出一丁点时间,咱们改日再来闲聊一番,岂不美哉?"

"嗨,我们可算没有浪费他太多的午后时光,是吧?"两人回去后,莉娜对贾马尔说道。丽莎和吉姆这时已经结束了柏林之行,回到公寓了,于是两人也和他们说了同这位邻居喝茶的故事。"我们在那里待了肯定都不到二十分钟。"莉娜说。

贾马尔哈哈大笑。"他让我想起了我爸,"他说,"你的茶,快点喝,喝完就拜拜吧,谢谢你。他最后就差把我们踢出门外了。"

"不过呢,我觉得他还是一个挺和蔼的人,"莉娜应道,加入开玩笑的队列中来,"除了他最后告别的方式。他说话真的是毫不含糊啊,不是吗?很有几分雄辩的力量呢。"

"你们觉得他是做什么的?"丽莎问,"或者不如说,以前是做什么的。我猜他如今该是退休了吧,你们说呢?"

莉娜耸耸肩。"贾马尔一直在像个侦探一样四处打探呢。不知道他有没有发现什么线索。贾马尔,他桌子上面摆的是本什么书?那应该能给我们一点信息。"

"《蒙田随笔》,"贾马尔说,然后面对他们惊诧的沉默哈哈大笑起来,"我怎么知道他桌子上面放的是什么书!我只是想瞧瞧你们会怎么看待他或许在读《蒙田随笔》这样一种可能性。"

"我觉得他是个作家。"莉娜过后说道,这时屋里只剩下了他俩。贾马尔看上去不太相信。"就凭他说话的口吻,还有他对爱尔兰文学的那些了解。"

那天晚上,他们躺在床上的时候,又听到隔壁传来砰砰声和吼叫声。贾马尔从床上爬起,开始穿衣服,可不等他穿好鞋子,嘈杂声就已经消停了;片刻紧张的沉默过后,莉娜唤了声他的名字,他又回床上去了。第二天下午,贾马尔过去敲了哈伦的门。

"昨晚我听到了吼声和打门声,"他说,人就站在哈伦门外的人行道上,"你应该报警。"

"我已经报过警了,可他们对我说,他们爱莫能助,"哈伦疲惫地说,"自从帕特去世以后,这种事情就没消停过。她还在的时候,他们从来不这么干。我见到过这些年轻人。至少我认为就是他们,几个我在这条街上看见过的年轻人。我不知道他们是全住在这一片,还是说他们只是过来捣蛋的,但我见到过他们成群结队地在一起,就在我从旁走过的时候,看到他们咧嘴一笑。我想,晚上跑我这儿来大吼大叫的应该就是他们了。不过你听着,我会挺过来的。干这样的事情,他们自己心里面或许比我还要害怕呢。我这辈子见识过的事情也够多了,才不会被几个破口大骂的孩子给吓住呢。"

贾马尔能想象从爸的嘴里说出同样的话来。我,我才不怕这些孩子呢。我更怕警察。可贾马尔对孩子却没有什么信心,不相信只要没人搭理,他们就会自己消停。他们和成年人一样邪恶。你只需想一想非洲内战中的那些娃娃兵是如何折磨虐待受害者的。他不想再在哈伦面前坚持了，毕竟他是过来表达同情的，于是过了片刻，他又问道："你读过蒙田吗？"

"是的，几年前读过，"哈伦说，显然吃了一惊，"读得颇有几分乐趣，我得说。你为什么要问这个？"

"哦，我只是好奇。前两天，我在收音机里听到有人在谈蒙田，有人在着手出一本新版的《蒙田随笔集》，"贾马尔扯了个谎，"我只是好奇，不知道你有没有读过他。我还没有，但我想我会的。"

"你会喜欢他的，我敢肯定。他非常有趣，也非常睿智。我第一次读他的时候，真是大吃了一惊。他的文风完全出人意料，如此易读易懂、才思敏捷又坦率直白，可谓十分难得，因为这可不是一位本世纪的作家啊，其世界观按理说会跟我们的截然不同。进来吧，我们来聊一聊蒙田。"哈伦边说着，边大开前门，自己让到一边。

"唔，我还是先读一读他的作品，然后我们再聊吧。"贾马尔应道，咧嘴笑着。

"只管进来吧，咱们别像两个互不相识的人一样站在门口了。"

进到屋里，贾马尔的目光又被衣柜上那幅女子的相片所吸引；这一次他没有犹豫，直接问了那是不是哈伦的太太，帕特。哈伦摇摇头，示意贾马尔坐下，自己在靠窗的那把椅子上落座。

"我不知道这位女子是谁，"他说，脸上挂着微笑，似乎并不介意贾马尔的直率，"二十多年前，我们刚搬进这栋房子的时候，在厨房的一只抽屉里面发现了这几幅相片。我们买下房子的时候，里面空荡荡的。所有的家具都被清空了，地板上面光秃秃的，或是零星散落着油地毡的残片。那感觉就像是有人在这屋里度过了生命中的最后几天。然后也许是某位亲戚或者是律师过来清空了房子，将它挂牌出售。唔，不管是谁清空的房子，反正是把抽屉里的相片给落下了。帕特想要把它们扔掉，可我设法留下了它们。然后，就在一两年前，我把它们挂上了墙。"

哈伦打住了，仿佛方才那番话就足以解释一切似的。

"你为什么要把你根本不认识的人的照片挂在自家墙上？他们和你没有任何关系。"贾马尔礼貌地说。

"他们和我有关系，"哈伦答道，同样地礼貌，"一想到这些人曾经是这栋房子生命的一部分，我就感到一阵慰藉。他们看上去器宇轩昂，不像是会住这样的陋室，但或许他们来过这里。或许相片里的那几位士绅是曾经住在这里的那户人家的雇主，或者甚至有可能是他们的亲戚，因为时运不济，乃至落魄于此。我喜欢遐想所有这些可能性，而悬在墙头的他们也慈眉善目地望着此刻由我占据的这个空间。我渐渐喜欢上了他们；少了他们善意的目光，这屋里就会感觉空虚了许多。"

贾马尔听到了他说一两年前，于是推测这三幅取代了之前挂在那里的其他照片，也许就是帕特的照片。他猜想，这些照片只是一个诱饵，一种遮掩现实的方式，给出一种叙事，以避免另一种叙事。可如此遮掩，又是怕谁看见呢？谁会来这里解读他的人生呢？

"这些相片似乎让你陷入了沉思，贾马尔，"哈伦说道，"那只是我的一个轻率之举，不要再为此困扰了。有时候，我会假装有陌生人走进屋里，请我揭晓相片背后的故事，因为他或她会假定这些都是我的相片。我想象着自己说，是的，这些是我的照片，可我已经忘了里面是何许人，又是在何处拍的了。想想看，不管是谁听到这样一个故事，都该觉得有多荒唐。我不禁想，这种事情到底有没有可能，一个人会不会在到达某个阶段之后，发现你人生中所有的留念之物都对你缄默不语了；你环顾四周，发现你已经没有什么故事可讲了。那种感觉就好像你此刻并非同这些既无名亦无回忆的物件在一起，好像你已不再置身你人生的零散碎片中间，好像你并不存在。"

贾马尔问："你是在演绎自己不复存在吗？"

"不，我只是在想象到达那样一种状态后会是怎样的感受，并没有在期盼那一天的到来。"哈伦答道。他的举手投足都好像是在说，他享受这样的对话。"反正现在还没有。我也不认为这个相片游戏是一种死亡愿望。我痛惜每一天的流逝，仿佛那都是我自己的损失。我还不希望自己的时日到头呢。"

"我还是不明白。"贾马尔说。哈伦的微笑鼓舞了他，让他继续刨根问底："这出相片的戏剧究竟是在上演什么？意义何在？"

"我也吃不准它意义何在，只是我自己的一个轻率之举，"哈伦又说了一遍，"当初我的脑海里冒出这个想法的时候，一想到不知别人会从中解读出些什么来，我就忍俊不禁——那就像是乔装打扮一番后走上大街，瞧瞧世界会如何用另一种眼光看你一样。譬如说，中世纪的王公们就觉得这种做法十分有趣。不过，既然我也不指望真有谁会过来观看这出戏，这也就只是——用你的话来讲——一个我自耍自演的游戏。又既然你此刻强迫我如此认真地去思考这个小小的轻率之举——我当时这么做，完全是出于本能——那我也就只能承认，这些相片或许同样也是一种逃避。"

"帕特。"贾马尔说，几乎是无意识地脱口而出。

"是的，帕特。"哈伦答道，然后扭头望向窗外，望了许久——在贾马尔看来。他猜哈伦是在脑海里回放她的音容笑貌，追忆着她。接着他又回头看着贾马尔，点了点头，脸上挂着苦笑，而这副笑容贾马尔已经渐渐开始熟悉了。他觉得这苦笑是一种礼貌的责备，意思是说，我现在不想说这件事，或者是，这不是一件我能跟你说的事情，毕竟我几乎都还不认识你呢。又一个老人在雪藏他的记忆。这让他想到了爸。哈伦身上的许多地方都让他想到爸，想到他也完全可能会是这副样子。

"我最好是不打扰你了，"贾马尔说，"如果我刚才唐突冒昧了，那我道歉，不过谢谢你和我说了照片的事情。"

"哦，没有，你没有唐突冒昧。这也让我有幸和你说说话呢。就像在跟一个我认识很久的人说话一样。"哈伦说。

"你以前是做什么的？"贾马尔问。

"许多年前，我是一名记者。后来，我们搬到这里以后，我成了理工专科学院的一名教师，教授新闻学，"哈伦说，一面挥手拂去往事，"现在我给孩子们写故事了。"

"你是作家。"贾马尔说，兴高采烈地。

看到贾马尔那么高兴，哈伦咧嘴一笑。"嗨，这么说是在恭维我。我只是把一些伟大的作品改写成儿童版；我还会用同样的语言编一两个我自己的故事，虽说这些是不出版的。我已经改写了菲尔多西的《王书》节选，还有荷马的一些选段，最近还改写了原版的《哈姆雷特》。这些都以低价、小开本的童书形式出版，在南亚和非洲发行。是工作给了我乐趣。"

"我很想读一读。"贾马尔说。

"如你所愿，"哈伦说，"这就是你想做的事情，对吗？成为一名作家？"

"我？"贾马尔说——哈伦的这个提议让他颇感吃惊。

这时哈伦站起身来，走向衣柜。他拉开柜门，贾马尔看到他把手伸进一只又沉又破的旧袋子中。他从里面拿出一幅带框相片，递给贾马尔。帕特，他说。照片里面就是他俩，站在一片宽阔的海滩上，背对着大海。他认出了一个比现在年轻许多的哈伦，也许不到四十岁，一头长长的黑发，在他身边的就是帕特。她身穿一条棉质的无袖短连衣裙，上面点缀着淡紫色和白色的斑点，她的脸上挂着小小的、亲密的微笑。贾马尔觉得她看上去很美，很自得，好像一切都在按计划进行。她和哈伦一般高，也许比他略胖一些。那天一定风平浪静，因为她黑色的长发分毫不乱地环绕着她的脸庞。

"这是在康沃尔的森嫩湾照的，"哈伦说，"1976 年那个美好的夏天，我们去那里度的假。"

贾马尔又盯着那张照片看了片刻，然后把它递还哈伦。

"她真漂亮。"他说。

"她去世了，或许你也已经猜到了。她陪着我在这里生活了那么多年，然后她就这么走了，永远走了。以前衣柜上面有一幅她的相片，是她在和你差不多年纪的时候拍的，就放在那里，就在那个女人的照片如今占据的位置。而在你身后挂着的则是那幅我俩在康沃尔度假的相片。那边，电视上方，挂着一幅我学生时代拍的照片，那时我刚到英国。帕特死后，我把它们全都摘下来了，因为它们让我悲伤，强迫我的头脑去思考那些给我制造痛苦的事情。它们还会干扰她在我脑海中鲜活的形象。我宁可她以各种不同的样貌，突如其来地显现在我眼前，也不愿意她用那种一成不变的神情看着我。这一切太突然了：过了那么多年，她说走就走了，没有人陪我说话了。有时候，当我陷入自己究竟是怎么来到这里的思考中时，心中还会惊诧不已。不过呢，我猜很多人对自己的人生也都是这种感觉。也许各种事件总是杀得我们措手不及，又也许我们后来会走上这样的路，其蛛丝马迹早已浮现在了我们的过去之中。我们只需回头看，就能知道我们已然成为了怎样的人，对此实在没有惊诧的必要。"

哈伦又对贾马尔苦笑了一下，带着歉意，两眼闪闪发光。"你是一个很好的聆听者，贾马尔。方才我一直在观察，万一你坐立不安或是露出倦态，我就知道该打住了，可你没有。对于一个有志成为作家的人而言，这是一项很有用的技能。你看你，满足了一个老人的自尊，这下他就紧抓住你的同情心不放，用这些可怜的思绪来烦扰你了。"

"你没有烦扰我。"贾马尔说。望着眼前这个陷入哀思的老人，他深受触动。两人沉默地坐了一会儿，随后贾马尔又说了一遍："你没有烦扰我。"

他走的时候，已经六点多了；走前，他得知了哈伦是在1960年从乌干达来到这里攻读新闻学的。他来自一个有也门什叶派渊源的家庭，信仰虔诚，非常正统。扎伊迪派，贾马尔说。一点不错，哈伦说，对他赞赏有加。当初他遇见帕特的时候，他们一点也不高兴。

"我很想听你讲讲你刚来这里时的那段光景。"贾马尔说。

"你想把我也纳入你的研究范畴吗？"贾马尔问道，故意逗他。

"不，不，我就是爱听这类故事，听别人讲他们是怎么适应的，那是怎样一种经历。"贾马尔说。

"那是件挺激动人心的事情，我是说来到伦敦，"哈伦说，"关于这座城市，之前我读了那么多的文字，看了那么多的照片。那么多伟大的建筑和静谧的广场。有趣的是，每当我回想起初来乍到的那些日子时，我脑子里总是会不由自主地想到一件事，一件当初给我留下极深印象的事，那就是：肉铺里的鸡都好肥啊，鸡蛋都好大个儿啊！我们的头脑有时候偏偏会保留那些最稀奇古怪的事情。唔，我和大学里一位教我的讲师交了朋友。他的课每次排到的时间都挺晚的，下课后我们一起出去喝过几回酒。他只比我大一点，小时候在开普敦小住过一段时间，所以经他这么一说，我俩好像就有了共同点。我们都是非洲人，他说。他的名字叫阿伦，我喜欢他那种波澜不惊、不苟言笑的气度。我觉得有些年纪比较小的学生会觉得他的态度好严肃，让人心里发毛。

"正是通过阿伦，我才认识的帕特。当时她还是他的太太。他邀请我去他家公寓吃晚饭；短短几周之后，我就把她从他身边偷走了。事实上，是她把我偷走了。那时的我在这种事情上面天真得很。我成长的那个家庭，对于这种事情是严防死守的；老实和你说，我在爱情方面是个彻头彻尾的新手。我根本不知道和朋友之妻有染会让你心里头那样不是滋味。那违背了友谊在我心中的全部含义——背叛，辜负信任，撒谎，偷偷摸摸。我希望这场偷情能够终结，可同时我又不想让它终结。帕特是一个美丽热情的女人，我觉得自己配不上这等荣幸，竟能赢得她的爱。同时她也是一个非常坚定、非常执拗的女人，无比地欣赏自我。她让我看清了我的良心不安是多么怯懦，我又是如何自欺欺人地把这些顾虑当成崇高的道德信念供奉在心中。我有义务满足自己的欲望，她告诉我，而这在当时对我而言是一个全新的观念，虽然它在后来的几十年里渐渐变得稀松平常了。

"反正呢，我们就是那样相遇的。而在帕特和我同居之后，我完全明白自己已经失去了对人生的掌控，因为这下我别无选择，只能留下来了。那是一个给我带来磨难的决定。我给父亲去信，告知他我决定留下的原因，他没有回信。倒是我的伯父寄来一封信，说我最好还是回家一趟，当面解释清楚，可我知道，只要我回去，我就别想着还能违抗他们，再离开那里了。他们会用我的职责把我压垮的。你能理解我在说什么，对吧？听一个老人讲这种人生故事，你不觉得太过私密庸俗吧？于是我留在了伦敦，答应我很快就会回去看他们，好好聊聊这件事情，可我再也没有回去过。这些年来，每当有人问起我在这里生活了多久时，我都感觉像是在坦白一桩罪行。"

周日晚上，安娜又给母亲打了电话——这个礼拜，她每天晚上都会打电话过去。这次通话很简短。不，没有变化。他在好好服药，好好吃饭，可他还是不开口。还要再等几天呢。

噢，妈妈呀。她为上周末自己那样子说话感到抱歉，不是因为她说了什么，而是因为她失控了。她也没有好好听母亲说话，而且在母亲理应得到同情的时候，她却没有表示。她不知道该怎么和母亲说这些话。于是她就只能给母亲建议，让母亲不要动摇，不要落下难民中心那边的工作。哎，她不是一个完美无缺的人。

别为我们太过操心啦，小妞儿，母亲说。也别为他操心了。他肯定会走出来的。不过现在我得挂了，免得他太焦虑。

她打完电话后，尼克说："那位逃亡者有什么新消息吗？知道吗，我一直在想这件事。不知道为什么，他干出这种事情来，我一点也不吃惊——逃跑这件事，我是说。"

这倒让她吃了一惊。自打她从诺里奇回来以后，他几乎没有发表过什么关于她父亲的言论，而现在，他一开口就是在取笑他。她自己也这么干过，管他叫重婚犯，可她想叫就叫，他却不行。她爸是她爸，不是他的。他那话是什么意思，说他一点也不吃惊？她坚持要他说说清楚，她的声音让他眉头一皱。她看得出来他开始动怒了，她又把他惹恼了，可她下定了决心，要他解释清楚他话里头是在影射什么。

"拜托不要这样子小题大做。我又不是认真的，不过是一句俏皮话，一种夸张，忘了这事儿吧。"他说，咬牙挤出一句安抚的话来。她讨厌他这副样子，好像他眼看就要控制不住对她的恼火了。

"我要你解释你那句话是什么意思，不管你有多么不认真。你说你一点也不吃惊，究竟是什么意思？"

"那好吧，"他说，"我一点也不吃惊，是因为逃跑正是我料到他会做的那种事情。"

"你为什么料到他会那么做？因为你觉得他是一个软弱的男人。你鄙视他，对吗？"她说。

他又咧开嘴，对她露出他那副无所不知的笑容。"这个世界很冷酷，没有哪个聪明人仅仅因为自己受伤了，就有权指望获得同情。你父亲向来表现得好像他比别人都更有权受伤似的。我没说鄙视，是你说的。是你把这些话塞进我嘴里的。忘了这件事吧。如果我刚才像是在拿他的遭遇寻开心，那我道歉。"

他无助地摊开双臂，那个姿态像是在说：我们暂且就把此事放下吧。我们别争了。

"对了，我刚收到妈发来的一封邮件，"他说道，面带微笑，想要取悦安娜，"安东尼和劳拉分居了。他俩吵了一架，他实打实地把她扔出门外。这不是他第一次这么干了。她从后门溜进去，他就再把她扔出去。他们在房子周围搭了脚手架，用来修葺屋顶，她就爬到那上头去，想要再溜进屋，可他毫不含糊地把每扇窗户都锁上了。她大半个晚上都是在脚手架上面过的，到了早上他就把她的东西装进几只手提箱，搁在车道上，再把她的车钥匙和手提包交给她，叫她从眼前消失。永远消失。"

"真是个畜生！这话是什么意思？什么叫永远？"

"我不知道，"尼克说，"那房子是他的。他还是她上班的那家事务所的合伙人之一。所以我猜他可以叫她既不要回家来，也不要回公司。他真的是个禽兽，她多半会被他吓住的，不敢大吵大闹。"

"他有那么吓人吗？"安娜问。

"你不觉得吗？我觉得劳拉怕他。有时候，当我看到他俩在一起时，我敢肯定她是真的怕他；我是说，实打实地怕他。妈嘴上没说，但我觉得他打她了。"

"她这会儿人在哪里？"

"我不知道，"尼克说，"等妈来了，你可以问她。他们说下周末他们想过来一趟。"

周六下午，他们上门的时候，尼克正站在窗前，搜寻着他们的身影。他们看着那辆沃尔沃从门前缓缓驶过，寻找停车位。两人走到外面的人行道上迎接他们，这时安娜看到隔壁的贝弗莉正站在自家窗前。她朝贝弗莉挥手。贝弗莉也挥手还礼，但没有挪位置，显然是好奇地想知道外面正在上演哪出戏。

尼克伸开胳膊，揽住她的肩膀，把她拉近一些，宣示对她的占有。接着，等到他的父母站上人行道，朝着他们走来，他又撇下她，快步迎上前去。吉尔给他们带来了一只精美的蓝花瓶。和你们的门很相配，亲爱的，她拥抱安娜的时候，对她如此说道。

"你有没有注意到前门的颜色，拉尔夫？没有让你想到什么吗？"吉尔问道，一面朝安娜投去一瞥，脸上挂着心照不宣的微笑。安娜之前告诉过吉尔说，那蓝色让她想起突尼斯街头那一扇扇房门的颜色——她第一次见他俩的时候，听拉尔夫描述过的。拉尔夫面对这问题似乎有一点点惊惶，因为他吃不准吉尔这是在考验他什么。"这颜色没有让你想起突尼斯吗？"吉尔又问，冲他点点头，帮了他一把。

"哦是的，真的是哦。"拉尔夫说，语气不太坚定，显然心不在焉。安娜觉得他看上去很疲惫，披着运动夹克的身形有一点萎靡，少了他平日里那种端庄得体的机敏。吉尔的笑容略微有点失色，拉尔夫经她这一提醒，明显挺直了腰杆。吉尔请安娜带她参观新居，安娜哈哈大笑，说这只需要一分钟。两人来到楼上里屋的时候，吉尔突然停下脚步，好像是要说什么，随即却又摇了摇头，微微一笑。

那天晚上，吉尔和拉尔夫带他俩去一家很贵的餐厅吃晚饭，之前他们就已经做好了调研，订好了位子。拉尔夫按捺不住地告诉他俩这家餐厅的赫赫声名，以及他们仓促之间竟能订到位子，是有多么幸运。当然咯，菜品的价格简直荒唐，但品质显然不同凡响。他随便瞥了一眼酒水单，然后就示意侍酒侍者过来。他压低声音点了一样什么东西，从那侍者微微一鞠躬的姿态来看，安娜猜测那东西一定价格不菲。她听到年份是 1954。近来，拉尔夫那豪门贵胄式的做派渐渐开始让她厌烦了，她心里想，这又该是漫长难熬的一晚了。等到所有人都舒舒服服地坐定，他自己也小酌了两杯，拉尔夫便讲起了劳拉和安东尼的事情。安娜不禁寻思，不知刚才让他心烦意乱的会不会就是这件事情。

"劳拉真是一个充满活力、无所畏惧的孩子，"他说道，"你会不禁好奇：她是从哪儿继承来的这一点呢？当然，她的坚强肯定是部分来自她的母亲。她和她妈都是一个铁匠世家的后裔，所以我们有理由相信，那份坚强如铁的意志力多多少少一定是渗入了家族代代相传的血脉。这东西不可能是她从我的家族那里继承来的。我们都是懒惰的教士，百无一用，只会循规蹈矩，把上帝的话语说得堂皇浮夸。你已经亲眼目睹了我们那位亲爱的迪格比是如何工作的，安娜。

"她的无所畏惧就像是布莱克①笔下那些踏上寻觅之路的孩子，信步走入黑夜之中，与狮子和毒蛇同眠，不知惊恐为何物。她无论学什么，都学得又快又轻松，不知不觉间，各种本领得来全不费功夫。她不但在学业方面如此，就是在身体技能方面也同样游刃有余。她只花了几分钟就学会了游泳，短短几天后便能像只小海豹一样在水里嗖嗖穿梭。她从小爬树就爬得非常稳，然后还能安全地再下来。对于她的老师还有她那些小伙伴的家长而言，这么干一定看似鲁莽，我也能想象他们肯定得睁大眼睛盯牢她，免得她把别的孩子带进坑里去。可是她并不鲁莽。有时候她误判了自己的实力，

① 应指昆汀·布莱克（Quentin Blake，1932— ），英国插画家、卡通画家与儿童绘本作者。

或是误判了她要挑战的对手的实力。我不知道鲁莽和大胆的界线在哪里，但就算是在最坏的情况下，她也不过是骑在那道线上。你也能从她选择志向抱负的方式上看出这一点来。起初她想当一名空中飞人，然后是当飞行员，再然后是造桥师，最后是建筑师。这些都是有望实现的抱负，最终让她一步步地双脚落到实地上来，选择了设计房屋，而非在空中翱翔。

"后来她上了大学，人就变了。我们没有马上看出这一点来，或者说起初只是看到一些无关紧要的小事情，但慢慢地，我们意识到，她正在失去那份胸有成竹。那就好像是看着一位击球手误判了球距，一次次地挥棒，一次次地落空；又像是一位足球运动员连连失误，丢失一连串队友的传球。我的意思不是说她变得笨手笨脚了。我想说的是，她的判断不再那么自然又自信了。她变得喜欢吵架，在商店和餐厅里面咄咄逼人。她发表观点时变得偏激。如今她的确变得鲁莽了，开车超速，不顾危险乱穿马路，走路太过靠近悬崖边，而她以前不是这个样子的。"

拉尔夫飞快地瞥了吉尔一眼，也许是想确认自己没有夸张。她点点头，安娜从她的动作中看出了某种略微不耐烦的情绪，好像她其实觉得拉尔夫是在夸大其词，劳拉根本不像他说的那样；而最重要的是，她似乎是希望拉尔夫的这个故事能讲快点，这样大家才好谈点别的。安娜同样希望他能抓紧，加快步伐，讲完了事，所以她不介意和吉尔在这一点上统一战线。他的声音不知怎的比平时更叫她难受，她吃不准这是因为他威严的语调，还是因为他那种热情洋溢的自我中心。他看看尼克，最后看着安娜，依然板着一张严肃的面孔，可眼睛却在酒精的作用下开始闪闪发亮。他又啜了一口红酒，料想没人胆敢打断他，令安娜不禁佩服他的自信满满，如此笃定他的听众不会造反。他继续往下说道：

"是结交男人改变了她，我认为。这些年来，这种事情吉尔和我已经不知讨论过多少回了。父母之间就是这样子的，没完没了地讨论自己的孩子，而在所有的讨论过后，他们的结论很可能也就成了对之前那些对话的总结。所以，当我说出是结交男人改变了她时，这很可能也就是一句肤浅的总结。反正呢，她选择的总是那些对她构成挑战的男人，那些让她做出冒险行为的男人。我估计她对他们也是一种挑战。我估计她会激怒他们。有些事情是她自己告诉我们的：纵酒狂欢啦，在乡下做危险的人流啦——也许她还对你说了些她没有告诉我们的事情，尼克。那是再自然不过的。"

"她什么都没有对我说。"尼克硬邦邦地来了一句。也许他也有点烦躁了。

"安东尼之前的那些男人，我们真正说得上认识的只有一个，"拉尔夫说，目光从尼克身上别开，无视他方才那毫无帮助的打岔，"他的名字叫贾斯廷，一个瘦瘦笨笨的大高个小伙，胃口大得吓人，她和他在一起很久。希望我用那样的词来形容他，不算过于刻薄。一个笨拙、羞涩的伙计，非常有礼貌。他俩不管去哪儿都黏在一起，一起旅游、骑马、爬山、滑雪。哪怕他们是来家里看我们，才坐了不过几个钟头，两个人就又要去什么地方远足了。也许他们是让把彼此的热情都耗尽了，因为完成学业之后——建筑师的学制很长——两个人便分道扬镳，好像这一直都在他们计划之中似的。

"正是在那之后，她遇见了安东尼，当时她正好进了他的事务所。从一开始，我就怀疑他不是她能搞掂的男人。如果这段关系要有任何结果，那么无论何时，但凡他有需求，她就得对他说'是'，而他看上去正像是那种需求会很频繁的男人。哎，出乎我意料的是，对于这件事她似乎乐此不疲，于是这个无所畏惧的孩子就成了一家前景堪忧的合伙公司中的一个次要合伙人。我说它堪忧，不是因为我认为两人这下算是彻底掰了，所以我也就可以无所顾忌地对他们的关系发表自己的看法了。我也不知道他们算不算是彻底掰了，哪怕刚刚发生过那么可怕的事情。就我所知，一旦这些旧伤痊愈，他们说不定又会复合，好接着给彼此再带来新的创伤。我说堪忧，是因为在我看来，他们的合伙关系从一开始就争吵不断，且不平等。"

吉尔在椅子上挪动了一下身子，安娜希望她能发句话，转换话题，不耐烦地敲敲桌子，可她也知道，一旦拉尔夫这般铁了心，任谁都不可能打断他。他又啜了一口红酒，他们全都等着他接着往下讲。

"为什么安东尼是个如此愤怒、如此乖戾的男人？我时常寻思。也许他本性如此。有些人生来就是这么不讲理，这么难打交道。也许这和他的家教有关。他在罗德西亚一个暴戾的家庭中长大。我相信他的父亲就是一个不安又失意的男人，在愤怒和酗酒中几近失控。也许安东尼不可避免地饮下了几口同样的苦酒，如今也怒气冲冲地谱写自己的人生。反正呢，他俩就是这个样子，安东尼和我们的劳拉，他们已经花了将近十年的时间彼此痛殴，而可怜的劳拉受到的伤害要比对方多得多。安东尼真的是满腔怒火，所以他无所畏惧，也永远都不会懂得该如何停下对她的暴力伤害。这就是这些年来，我们怀着越来越无助的心情在一旁观看的剧情，而最近这段时间，我已经开始担心最坏的结局了。"

拉尔夫沉默了片刻，他语调中的某种东西让安娜觉得他正在平复情绪，准备开启下一篇章。就在这时，菜品上桌了，引得众人一阵忙乱，打破了拉尔夫的咒语。侍者退下后，吉尔趁机说："好啦，拉尔夫，现在你也一吐为快了，就让我们祝他俩好运，随他们去吧。来吧，我们来给尼克和安娜祝酒。"

"尼克和安娜。"拉尔夫说——无论何时，他都勇于挑战祝酒词。拉尔夫一定是锲而不舍地苦心操练了许多年，才终于把全家人规训得如此服帖，安娜心想。狂怒与任性并非取得支配权的唯一途径；拉尔夫就用他那和风细雨又精明狡诈的漫谈闲聊实现了这一目标。她一边听着他说话，一边感到一股无声的怒火在胸中渐渐郁积。别再拿你那好声好气的自命不凡来胁迫我们了。她料想，等到她一走，她自己也会成为他的分析对象之一，任何一个细节都不会被他放过。

夜宴散场之前，他们又干了许多杯酒。等到他们沿着滨水区朝吉尔和拉尔夫的酒店走去时，四人全都喝得微醺了。那是一个清朗冷冽的夜晚，星光明亮。一行人刚一走出餐厅，拉尔夫就一只手挽住安娜的胳膊，另一只手开始轻抚这件战利品。他的触摸让她很是反感，可她强忍住了情绪，没有把胳膊抽回。就在他们走上滨海大道的时候，他开始吟诵《孤独的刈麦女》，把他的声音投向大海，仿佛那里正聚集着一大群听众，聆听他的朗诵似的。一对男女从旁走过，对他咧嘴一笑，他兴高采烈地对他们挥手还礼。

> 她独自割着，割下又捆好，
> 唱的是一支幽怨曲调；
> 你听！这一片清越音波
> 已经把深深山谷浸没。

> 夜莺也没有更美的歌喉
> 来安慰那些困乏的旅客——
> 当他们找到了栖宿的绿洲，
> 在那阿拉伯大漠……①

　　他背完了诗，又拍拍安娜的小肚子，嘴里说："等你给我们生了一只小丛林兔子，我们每晚都送他一首华兹华斯摇篮曲。"安娜微微一哆嗦，拉尔夫挽她挽得更紧了，自顾自地咯咯笑着。他们默默地走了一会儿，然后拉尔夫又说："听说了你父亲的事情，我很遗憾。得知那样一件往事，一定让人很不好受。"

　　他的话和他的触摸让安娜反感得直往后缩，当即就从他的手中挣脱出来。她后退一步，用愤怒又厌恶的神情瞪着拉

---

① 这两节诗歌译文引用的是杨德豫译本。

尔夫。他也惊诧地看着她，而当他想要开口说话时，她举起左手，让他闭嘴。她转身顾自向前走去，大步追赶其他人，他则一言不发地跟在边上。一开始，他说他为她父亲的事情感到遗憾，她还以为他指的是父亲的病情。这是他第一次主动提起任何与他父亲有关的事情。她的家庭从不会出现在与拉尔夫和吉尔的对话中；也许是在她头一回上他们家过了那个复活节周末之后，他们要以此夸张地展示自己体察照顾她的感情吧。但尼克一定是和他们说了她父亲抛弃的那个女人。拉尔夫指的是，她父亲是一个重婚犯。

吉尔回头看看，一定是注意到了他俩没有走在一起，也没有说话，因为她又回头看了两次。趁着他们离其他人还有几步之遥，拉尔夫柔声说道："安娜，我做错了什么？我本意只是想表达同情。我完全没想要伤害你。我为自己的唐突深感抱歉。"

他稍微碰了碰安娜的胳膊，一脸困惑又受伤的表情。她点点头，让这件事就此过去，克制住自己的情绪，没有再多说什么。她也碰碰他，不想再用自己的怒气继续伤害他了——毕竟，他和吉尔大老远地专程来看他俩，而且那么努力地想要表现出热情来。她觉得他们并不喜欢她，她也没法儿让自己喜欢上他们，甚至都没法儿喜欢上吉尔，哪怕她对自己展现出了善意。她觉得，那是一种愧疚之中拿出的善意，为的只是掩饰他们的厌恶之情。

方才他们沿着滨水区散步，拉尔夫朗诵华兹华斯的时候，她想到了她的父亲。那倒不是因为父亲也对她朗诵华兹华斯，她也不记得曾经和他在一个清朗冷冽、星光明亮的夜晚走过海边，更不是因为拉尔夫那笨手笨脚的抚摸让她想起了父爱。是他那朗诵的声音让她想起了父亲。她渴望他的声音。她渴望他就在这里，走在她的身边，和她说说他读过的书，或是再度向她描绘有权有势者那毫无底线的腐败，或是给她讲一个她小时候从他嘴里听到过的故事，里面有那些淘气、聪慧又狡诈的动物。

临别之际，她先吻了吉尔，然后和拉尔夫吻别时，他紧紧地拥抱了她。从他的眼中，她能看出他依然对于刚才发生的那一幕感到困惑，她也为如此伤害了他而感到抱歉。

那天晚上，尼克和安娜一回到家，就开始争吵，一连吵了几个小时，两个人以毫不留情的冰冷逻辑互相指责，又一瓶红酒更是给他们火上浇油。他们那天说的很多话都并不新鲜，但有一些却是以前没说过的，因为他们的敌意又开辟了新战场。随后的几天里，两个人几乎没怎么说话，安娜知道他俩就快到头了。他们这种愠怒沉默的对抗让她感到精疲力竭。那个周末，他又要去牛津参加另一场会议，她打算正好趁这个机会，好好想清楚自己究竟打算怎么办。再过两周就要开学了，她需要为自己的新岗位调整好状态。她真的已经受够了。

很快，一切都结束了，而且并没有她预想的那么复杂。周四下午，她去学校参加一场开学前夕的教职员会议，会后她盘算着往教室的墙上挂几张新画。她以前没有这么干，因为那教室不是她的，不过现在，既然她已经不再是代课老师了，她也就可以把教室布置得更合自己的心意了。那张穿着阿尔巴尼亚服装的拜伦招贴画得给它请下来了，也许还有那张悉尼港的，不是因为她对这两张有什么深仇大恨，而是因为她想要一些不那么宏大的图像。一条穿过树林的闪亮小溪或许就很不错，或是城市中的一条林荫道，甚或是一幅世界地图。

尼克要在同一天坐火车去牛津，赶周五上午的第一场会议。他要等到周日晚上才回来，所以她能独享整个周末。回家的路上，她考虑着晚饭要给自己做什么，最后认定家里没有一样东西对她的胃口。她进门放下手包，开车去了塞恩斯伯里。她有车钥匙，可她很少开，因此在一个周四的傍晚驾着车，赶着晚场出去购物，也就有了某种破规矩或是敢冒险的意味，她也不在乎这么说听上去是不是挺可怜的。路上车很多，她花了点时间才赶到超市，可她感觉心满意足，不慌不忙。她买了鳊鱼和芦笋，又拿了一块牛肉，准备明天吃。她还买了两瓶价格不菲的红酒。回到家后，她把菜放进冰箱，然后去外面的花园里坐下，沐浴在渐渐消逝的暮光之中。她在自己的思绪中沉浸了一会儿——白天的事情、和母亲的最近一次通话、去开会的尼克。朱莉娅也会去，肯定的。一想到这个，她就感到一阵刺痛，直抵心中的某处，让她不禁对人体生理反应的荒唐感到诧异。心跟这个有什么关系呢？情感又不在那里头。可每当她想到尼克和朱莉娅做爱时，她都感觉心里咯噔一下。她回到屋里，开了一瓶酒，然后上楼换衣服。

她反应了一下，才注意到那个声响，接着她就想起了方才在楼下的时候，她其实就听到了，但那时声音太轻，听不分明。这下她意识到，是她的手机在提醒她来信息了。她匆匆下楼，在客厅里找到了她的手包，还放在之前的原位。她摸出手机，却发现它关机了，根本没有短信。这时她又听到了那声响，这次更轻了。一定是尼克的。他肯定是把手机落在楼上什么地方了。她返身上楼，看到它就摆在书房的桌子上。她没有犹豫。她打开手机，读了那条短信：我一睁眼就在想你 等不及今晚要拥你入怀 爱你 朱 xxxx。她合上手机，去房里脱下了一身工作装。然后，她半裸着坐在床上，抿着红酒，让一股热流缓缓地涌遍她的身体。过了片刻，她去了洗手间，坐在马桶上，让身体自我排空。

她以为自己已经准备好了接受这件事，可她没有料到这种瘫痪和恐惧的感觉。她强撑着自己下了楼，却一想到鳊鱼就恶心。也许还是给自己做个简单的吐司比较好吧。她又给自己倒了一杯酒，然后坐下，惊诧于她的身体竟如此始料未及地辜负了她。过了一会儿，她强迫自己去思考接下来该怎么办。之前她已经让自己相信她想要给两人之间的这种状态画上一个句号，而现在那个句号就在眼前了。她回到厨房，给烤箱通电，把干净盘子收到沥水板上，洗了芦笋，把鳊鱼用铝箔纸包好。烤箱的灯咔嗒一声灭了，她把鱼放了进去，又上楼去拉窗帘。她还有一些实际问题要思考，虽说之前她也粗略想过自己以后打算住哪儿以及诸如此类的事情，但此刻她突然面对的却是混乱与无序的危险征兆。她感觉自己在退却，也许她应该等等看，看这件事情有多严重。千万不能停下来。也许她应该去把床单被褥全掀了，换上一套干净的，摆脱他的气息，可眼下这项工程太过艰巨了，而他的气息无处不在。

她吃不下太多鱼肉，不过芦笋倒是吃完了，然后又喝了一点酒。她试着看了会儿电视，但提不起兴致。她上楼搜了一通自己的床头柜，翻了一遍自己的护照，盘点了一下自己的几件首饰，然后决定还是要把被褥换了。干净床单带来的感觉真好，一如既往，她真希望自己睡前能先洗个澡，可她真的不想再下床了。她试着读书，可没法儿集中注意力。酒精让她昏昏欲睡，于是她关了灯，让自己舒舒服服地躺好。

　　时间一个钟头一个钟头地过去，可睡意迟迟不来，唯有她人生的一个个片段在她的脑海中萦绕，无论她怎样努力都挥之不去。她想到了她在老家的日子，想到了童年，想到了尼克，想到了她今后会怎样，而伴随着所有这些思绪的，则是难堪的回忆和一幅幅画面，出现在画面中的是她的无能，是她的行为既做不到果决，又做不到仁慈。她为什么要等那么久？她早该知道事情会是这种结局。她奋力对抗这种情绪的抬头，这在她看来就是她的软弱，她愚蠢的犹疑。到了凌晨时分，她开始控制不住地呜咽起来，深陷自怜自艾的痛苦与绝望之中不可自拔。

　　等他一回来，她就要告诉他，她再也不想要和他在一起的这种令人窒息的生活了。这场外遇就是这种生活的一部分，他的傲慢的一部分，他居然自信满满地以为，他可以对她撒谎，可以对她不忠，而不用担心会被她发现。她觉得她都没法儿跟任何人说这件事情。她希望他别打电话来——她现在最最受不了的就是跟他说。她该跟他说什么呢？

　　是真的吗？哦，当然是真的。那好吧，我走。我要走去哪里？

是真的吗？你觉得呢？那好吧，滚出去。去你妈的，这是我的房子，你滚。这种事情该如何是好？

是真的吗？你把我当什么人了？当然不是真的了。听我解释。

星期天早上，她早早就醒了，躺在床上；房门开着，里屋的窗帘也没拉，光线透过窗户，跨过楼梯口，照进了房间。她的恐慌差不多已烟消云散，取而代之的是另一种东西，感觉就像是忐忑的颤栗——这种感觉她曾经有过，那就是在她即将踏上一段新旅途的时候，旅途的终点是某个她从未去过的地方，一想到要去那里，她就害怕。可事实最终证明，那些旅途统统没有她最初想象的那么可怕，所以这一次的情况或许也不例外。

海鸥在屋顶上闹腾得让人忍无可忍，逼着她从郁郁寡欢中走出来。于是她起了床，沏了茶，开始度过这一日的漫漫挣扎，等待着他的归来。她并没有等得急不可耐，只是集中不了注意力，也想不出有什么别的事情好做。于是她就坐着不动，大腿上摊着一本书，就那么等着。眼看要到五点的时候，尼克回来了。她听到出租车停在路边的声音，片刻之后便听到他的钥匙插进了门锁。他进到屋里，轻轻地吻了她的唇，面带微笑。他穿着一件新夹克，手里还拿着他的小旅行包，看上去潇洒又老练，像是个在外头闯荡过的男人。他放下旅行包，脱掉夹克，在她对面的那把椅子上坐下。

"会开得好吗？"她问他。

他笑得更灿烂了。"非常好，"他说，"很抱歉我没有给你打电话。我把手机落下了，又不方便出去找电话。"

她点点头。"我在楼上看到了你的手机，"她说，"我读了朱莉娅的短信。"

尼克转身上楼，回来的时候，手里拿着手机，屏幕开着。两人沉默地坐了一会儿，都在等着对方先开口。他叹了一口气，然后说道："对不起。真希望我走前把手机关了的，但显然我没有。我不是故意要让你用这种方式发觉这件事的。"

安娜耸耸肩。"哎，没事啦。我就猜到了事情是这样。"她说。

她以为他会发话，会解释，会为自己找理由，可他只是坐在椅子上，身子往前一探，把头埋在手掌里，就像那样坐了一会儿。他抬起头，她看到他的眼里噙着泪。"对不起。我爱她，"他平静地说，"事情就这么发生了。我俩谁都控制不住自己。从一开始就是。"

她一直就在等着听到这句话，或是类似的话语；她本以为当这一刻到来时，她会哆嗦一下，可她没有。一定是因为早在他说出这句话之前，她的血肉就已经感受到那几个字了。她觉得精疲力竭，但同时也松了一口气，因为他们终于走到这一步了，这下没有回头路了，没有了含糊其词的解释，没有了请求理解与复合的言语。

他们就这么在客厅里坐着，直到天色渐暗，一面梳理着两个人这些年来的共同生活，一面说着话，情绪也越来越激动。他说这不仅仅是因为朱莉娅，说他俩的关系本来就遇到了问题，他时常觉得他在乎的很多东西，她并不在乎。她说他变得专横跋扈了，只在乎他自己。他说她变得小心眼、小格局，变得无趣，老是操心那些纯粹鸡毛蒜皮的事情。他说她嫉妒自己开始走上成功的道路，她则哈哈大笑，说她果然没看错他，他就是这么自我中心。他跑去冰箱，看看里面还有没有酒，回来的时候也替她拿了一个杯子。这真是荒唐，他说，不管他说什么不打紧的小事情，她都要跳将起来，皱眉蹙额，好像他是个大恶霸似的。那天他爸妈专程过来看他俩，她却让他们那么下不来台，只因为拉尔夫说了一句跟她爸有关的话，或是类似的屁事。最后，他显然已经对她火冒三丈了，于是撂下这样一句话："我为你这样的人感到难过。"

"你这话是什么意思，什么叫你这样的人？"她问道，以为他指的是种族。

"我是说，我为你这样的人感到难过，因为你们不知道该怎么料理好自己。你的父亲是一个絮絮叨叨、唉声叹气的暴君，用一场接一场的不幸来胁迫所有人，自己则陷入一场精神危机之中，至少看似如此。可他不过是得了糖尿病，一种完全可以治愈的疾病，仅此而已。你的母亲则是一个弃婴，不知道自己究竟是谁。哈，你不用非得是个天才，才能打探清楚这种事情。她为什么不雇一家代理替她去查呢？为什么你，还有你弟，不替她做这件事呢？只消几天，她，还有你们全家人，就能把一切全都搞明白。可是不行，你们非要把这演成又一出幽怨的戏码。这还没完，原来你父亲还是一个逃跑丈夫，一个重婚犯，可他就是没法儿自己开口说这件事，于是你们所有人就又都陷入了一部无望的情节剧中，表现得就像一群移民。"

安娜几乎就要忍不住开口辩白了，可她还是把那些话咽回了肚里。这些事情她自己也全都想到过。她对自己的家庭也有过同样的思考，而他只添加了一味东西，那就是不屑。他说那个词的口吻让她打了个激灵——移民，和她自己的口吻一模一样，鄙薄的色彩也一分不差。

"至于你，"他说——她不由得一哆嗦，眼睛闭了一下，知道自己也多么畏惧这轻蔑的一刻，"你一直在畏缩，时刻准备着和人干上一架，哪怕根本就没有这样做的必要。老爸老妈竭尽全力想要欢迎你，可你就是有本事看出来他们是在屈尊俯就，自鸣得意。你没有让他们放松下来，喜欢上你，而是让他们感到羞愧。他们不理解你之所以为你的悲剧所在。你没有主宰自己的人生，而是一直在等待一件什么事情，而当你什么都没有等到的时候，你就抑郁了。你以为你有未竟的抱负，可是你没有；你有的只是欲望，小小的、美滋滋的白日梦欲望。"他顿了一下，然后说："我最好还是打住吧。"

两人又像这样坐了一会儿，不说话，也不看彼此，安娜用这段时间慢慢地让自己平静下来。她不知道这会儿几点了，不过外面的天已经黑了。今晚她打算睡书房，明天就去租房中介。尼克起身，奔着沙发上的她而来。他挨着她坐了片刻，她则全身紧绷、难以置信地坐在那里。他的手落在她的大腿上，嘴里说："最后一次？看在旧情的分儿上？"他在对她微笑，邀请她再来寻一次狂野的刺激，可是当她开始哈哈大笑时，他的笑容很快消散了。"哦，来嘛，我们也有过幸福的时光。"他说。

她笑得更凶了，把防线垒得更高。"你这个贪婪的、自我中心的混球，"她说，"做梦去吧。"

他又试了一次，伸手来拉她，顶着她的笑声再度施展微笑，不肯把她的拒绝当真。她一掌把他的手打开，站起身来，笑声也停了。他也起身，拿起自己的肩包。"我回头来拿我的东西。你随时都可以打我的手机找我。"

都结束了，他走了。他分手前的调情之举把她气得浑身发抖，好像他就是可以玩弄她，哪怕他做了那样的事情，说了那样的话。好像他可以和她最后再纵情缠绵一回，就当是一件告别礼，然后再留她一个人去面对她自己的悔恨。

她没想到一切会这么快。也许他对朱莉娅的爱早已明明白白，这对他而言只是一个何时的问题，而非是否的问题。也许朱莉娅当晚就在等他了。不过呢，尼克终究是尼克，他是忍不住要在临别前再做最后一次的，只是为了向她证明，只要他想要，他随时都可以要她。她听到他在发动汽车；哪怕到了这种时候，她还是不禁莞尔一笑。这种事情他知道该怎么干，想要什么直接拿走就是。这就是殖民主义的本能，她心想，也并非为真正的英国人所独有。有人就是知道该怎么干这种事情，想要什么就直接拿，至少是拿走他们能拿走的东西。尼克这么干，是打着心不在焉的幌子，就像他刚刚开走汽车一样，好像他是忘了先问一声似的，可她十分肯定他其实知道自己在做什么。哎，她对自己说，她最好是不要再表现得像个移民一样了，而是要去做自己的主宰。她的人生马上就要重新开始了，她才二十八岁，好年华，她应该感觉浑身洋溢着活力与希望才是。她锁上前门，上好门链。

那年9月23日，就在黎明破晓前的几个钟头，阿巴斯的中风又发作了；而在这幸福的第三次中风之后，他悄无声息地走了，一如他四十四年前的那一回。

5

仪式

　　我根本没想到我会活这么久。我不知道是不是所有人也都没想到。如今我还在这里，对此我很惊讶，我不知道这是谁的错。我没想过要在这里赖这么久，我不知道这是幸运，还是固执。也许我其实是想赖着的，只是不肯承认。死亡真是件可恶的事情啊。你以为你知道接下来会是怎样，可是痛苦依然把你打回原形，这种无助和虚弱真是让人难堪。虽说眼下看来，到头的日子也不会太远了。

　　许多年前，我以为那一天不会太过遥远，我不会在这里再赖太久，我很快就会上路，二十多岁就退场谢幕。离开已经是一种死亡了，再死一次似乎也不是什么难以承受的事情。这倒并非是因为人生的悲剧太过沉重，我希望它越短越好，而是因为我似乎找不出什么很好的理由来让它就这样子继续下去。不过那都是很久以前的事情了，而现如今我还在这里，就像我自己的人生中一个让人疲惫的客人。我曾经说过，要是有人事先问我，我是不会来的，不会来到这世上，不会来到这样的人生中，面对它那让人疲惫的人来人往。这话让她很不安。她不安，是因为她以为我是想说我期盼死亡，抑或是她在我的人生中无足轻重。我并不期盼死亡，她则照亮了我的人生，可我依然惊讶于死亡竟然还没有到来。

我在摩加迪沙的时候，有人给我讲过一个故事，是一个我在码头上碰见的黎巴嫩人。那个时候，摩加迪沙依然是个港口，还没有变成屠宰场。那个男人先是看着我，好像认识我似的，接着走上前来，向我问好，一面伸过手来，面带微笑，但最后我们才发现，原来他是把我错当成了别人。这种事情很常见，在遥远偏僻、意想不到的地方，人们会把别人错当成自己以前认识的人。这一定也就意味着，我们的长相其实要比我们想象的更相似，或者说是比我们想要的更相似。面对这个错误，我俩哈哈一笑，又握了一回手，然后那个黎巴嫩人把我拉进仓库边上的阴凉处，躲开午后的骄阳。他和我讲了这么一个故事。

　　一个住在耶路撒冷的男人去海法探亲访友。他到了地方，正在一家一家走亲友的时候，却与一个男人擦肩而过；男人用惊讶的眼神看着他，好像认出了他一样。不过，男人并没有停下脚步，于是这个耶路撒冷人也就接着走自己的路，一面搜肠刮肚地想着这个看上去孔武有力的高个子男人会是谁呢。没过多久，就在他和朋友们坐在附近的一家咖啡馆里喝咖啡的时候，他又看到了那个高个子男人。男人一看到他，便放慢了脚步，像是一直在找他；这回，他走过咖啡馆的时候，久久地、凶狠地好好瞅了耶路撒冷人一眼。就连他的朋友们也对男人那凶狠的眼神感到诧异，可谁都不知道他是何许人。耶路撒冷人开始担心这会不会是某个他曾经侮辱或是得罪的男人，也许当时他自己根本就不知道有这么一回事。这种事情有时候就是无心之举。又过了一阵子，在去亲戚家吃午饭的路上，他又与那个男人擦肩而过，这一回他绝不可能错会男人眼中的愠怒。耶路撒冷人慌了神，担心这个跟踪他的男人是个杀手，于是匆匆跟亲戚们道了别，掉头就回耶路撒冷去了。临近傍晚时分，他坐在耶路撒冷自家屋前的露台上，欣慰地想，自己总算是远离了海法的糟心事；就在这时，他又看到了那个男人。高个子男人这次目标明确地冲他而来，面带微笑，口中说道：你好，我叫亚兹拉尔①。我是来取走你的灵魂的。你之前在海法做什么？我应该在昏礼②开始前半小时来耶路撒冷取走你的灵魂，可你刚刚还在海法游来荡去。真高兴你到底还是及时赶回来了。

希望我这故事讲得还行。那个黎巴嫩人爱死他这个故事了，要是被我讲砸了，那可就太让人难过了。

她想要我开口；她告诉我说，这对我有好处。她说，我应该开口，这样孩子们才能知道那些我没有告诉他们的事情。她说，他们害怕我的秘密。我告诉她说，父母总有秘密是要瞒着孩子的，难道不是吗？他们怎么知道我有让他们害怕的秘密？我的父亲从小在贫穷中长大，可等到我认识他的时候，他就是一个冷酷、可怕、不知疲倦的小个子男人，永远在发号施令。我想我并不在乎他有什么样的人生经历是没有告诉过我的。就算我在乎，我也不知道该怎么开口求他告诉我。就算我在乎，就算我开口了，他也不会仅仅因为我在乎就告诉我。我从没有听到我母亲说起过她的童年或是她的

---

① 伊斯兰教中的死亡天使。
② 伊斯兰教每日五次礼拜中的第四次，规定的时间窗口从日落之后开　始，至晚霞消失为止。

过去。我也不记得我好奇过，虽说这并不是因为我不在乎她，也不是因为她就没有自己的故事。每个人都有故事。我以前从来没有想到过这一点，但我确实不记得她用那样的方式谈论过自己，谈论她一生中做过的或是想做的事情。她是我们的母亲，永远在劳作、抱怨，好像她从来到这世上的第一天起，就一直是这个样子。

可她对我说，我们的孩子在这里，在异国他乡，而关于我们是谁这个问题，我们给他们的却只有让人困惑的故事。她觉得，这会让他们在面对自我时感到心虚害怕。这会让他们丧失自信，她说。好像我们应该每时每刻都自信满满似的。好像我们总能知道我们想知道的一切似的。好像我们所有人到头来就不会掘出我们各自的恐惧似的，不管我们都知道了些什么。甚至于，我告诉她，也许我们知道得越少，我们就越是心宽体胖。我不知道，我觉得我们给他们的可不只是让人困惑的故事。

这么多年了，虽然她根本就没见过别的地方，她却依然把这里称作是异国他乡。我对她说，别像只胆小的母鸡似的。这里是世界上唯一一处她不该觉得自己是个异乡人的地方。她告诉我说，她一直都是这么觉得的，而如今她感觉就像是一个大家庭里的老仆人，终于获准能忙些她自己的事情了，只要她别烦到别人。我已经没力气和她争论这种思维方式的是非了。这一切已经让我承受不起了，这场病，我也让她精疲力竭了，而她一直是我生命中的幸福所在。我才是那个把她变成了女仆的人，让她跟在后面清理我病中的秽物，用我的闷闷不乐来回报她。我太累了，说不动这些事了。为什么她非要逼我说？为什么她就不能让我一个人清静清静？

　　她想要我说说我的家乡——那个小小的、尘封记忆里的温古贾岛。她这话说得很狡猾，好让我感觉不到她是在逼着我开口。就跟他俩说说那里的房子、街道和大海嘛，她说，好像我是个导游似的，在给异乡客们提供信息呢。那里有两个雨季，长雨季和短雨季，而不管是哪季，那个鱼货市场你最好都躲得远远的。

　　我什么都不记得了，我对她说，但这是个谎言。我记得许多事情，每天我都要记起它们，不管我多么努力地想要忘却。我本想着只要我还能再沉默一天，我就要对这一切保持沉默。我本想着只要我开了口，我就停不下来了。就不知道该怎么对他们说，先不要问我那件事。或是我现在还不能告诉你们那件事。我本想着我可以等到合适的时机再来说这些事情，免得让人从中听出怯懦与可耻来，可那个时机一直都没有到来。我不知道我要花那么长的时间才能认识到这一点。

　　如今那一切都已经过去很久了，我的沉默和谎言终于被人揭穿了。他们总是在揭穿我们的谎言，那些高我们一等的人，却很少聆听我们那宽容、欢快、和谐的古老文明的故事。如果我真的要说起那个小地方，那才是我想要对我的孩子们诉说的。说我们全都生活在太平安宁之中，生活在只有穆斯林才知道该如何建立的一个宽容的社会之中，即便我们分属多个种族与宗教信仰。除此之外，我不知道还能怎么和他们说那里。我不会和他们说那潜伏在表层之下、随时等待爆发的怒火，或是奴隶的孩子筹划着用怎样简单粗暴的手段来报复他们的主子以及每一个嘲笑他们、鄙视他们的人。我不会和他们说我们的仇恨，或是女人们如何被当作商品，如何被她们的叔伯、兄弟、姐妹夫交易和继承。我不会和他们说女人们自己如何争先恐后地表演她们的卑贱。我也不会和他们说我们用怎样专制暴虐的手段对待孩子。为什么我们就是这样一群满嘴谎话、欺骗成性的贱民呢？

怎么办到的？她想要我说说我是怎么逃跑的。我变成一只海鸥，振翅高飞。我化作一只海兽，小心翼翼地翻过海底的峭壁与巨石。我把我的怯懦劈成碎木，做成木筏，漂流而去。不然我还能怎样逃离一座岛屿？我偷搭一艘船逃走的，就是这样。或者说是我想要偷搭的，因为我刚一打开舱门，走出船舱，水手们就发现了我。我一定是触响了警报。我在那里面待了三天。所有的幸事都和三有关；到了第三天，我终于摸到了通向舱外的路。他们拿上一只手电筒，又把我带了下去，让我清理干净我自己留下的"烂摊子"。如今，他们再逮到偷搭客，是要扔下船的，我们听说是这样，不过当年我很幸运，因为那艘船正好缺人手，就把我给招了。我就是这么当上的水手。那艘船的名字叫作 SS 爪哇之星。我的第一个海上之家。

在那之后，事情就容易了，因为我喜欢这工作，在一条条船上，以及世界各地，过上了小阿飞式的生活。我从不会失业太久。有时我会在一个地方住上几个星期，然后就能找到下一条船。大千世界，有那么多的东西等着我看，那么多的事情等着我做。我遇见她的时候，那样的生活我已经过了十五年。想想看，十五年里发生了多少的人生故事，然后却要再将这一切搁下，再开始新的人生。我遇见她的时候，已经三十四岁了，年纪是她的两倍大，虽说我一开始告诉她说，我二十八。我不想让她觉得我太老了，配不上她。

你究竟是怎么偷摸上船的？她不愿放过最微不足道的细节。她不想要我对她隐藏我怯懦的逃亡之路上最短暂的瞬间。可我不能再一次重温这一切了，不能像这样子。我已经重温了它几十年，直到如今，我的头脑已经为那一刻的故事所麻木。每次我开口说话，我都憎恶这张嘴里将要吐出的话语。她不肯让我说不。她不依不饶：你非得说清楚你是怎么偷摸上船的不可，不然我们怎么知道呢？

我不知道自己是怎么横下心来的，又是如何出乎意料地坚定了意志，上了一条驳船，船头直奔一艘停泊在港外锚地的大船而去。这个点子是我几天前想到的。那些日子里，所有人都在谈论政治和独立，空气中充斥着那种言语，洋溢着愤慨与不满。那是个激动人心的年代，人们集会游行，发表长篇大论的演讲，痛斥英国人的可恶。大约就是在这个时候，一艘庞大的航空母舰造访了小岛。那就是 HMS 皇家方舟号。英国人就喜欢用这种办法来舒缓我们的情绪。皇家海军派来一艘大舰，再让几架喷气式战机从小岛上空掠过；战机突破了音障，吓得孩子和牲畜四散奔逃。几所可靠的学校收到了发给校长的指示，精心挑选了几组学童和学生——专挑那些规矩听话的——去舰船上面做客参观，再在船上享用一餐茶点。我就是那些被选中的大学生中的一员，虽说这时我已经完成考试，毕业离校了，因为我向来是一个恭谦可靠的学生。

在我们的统治者看来，这一定是一个好主意：用英国人的实力震慑当地人，再用果酱、蛋糕和油酥点心安抚他们的孩子。这些活动的组织者不知道的是，他们请来的每一位小客人心里面都相信，那些茶点含有猪肉成分。有些家长就是这么说的，很快消息传遍了所有人。不清真——他们往所有东西里面都掺了猪油。所以，小客人们有的根本不碰那些吃的，有的（那些比较大胆的）干脆就傲慢地把东西扔下船去。我能看到水兵们沿着船舷默默地站成一排，双臂交叉在背后，两眼瞪视着前方，看着一群小猴子对他们的茶点弃若敝屣。我们全都在为独立战争尽一分绵力。不过茶会开始之前，他们先带我们参观了舰船。他们给我们看了战斗机和直升机，有些停在甲板上，有些停在下面的机库里。他们甚至还让我们中的有些人钻进驾驶舱。如果他们的意图是想用他们的知识和实力吓唬我们，那么这一招在我身上是奏效了。我被他们的知识和实力由内而外地吓住了，慑服了。但也并非我头脑中的每一个角落都笼罩在这样的惶恐之中。就在我们走过船上的角角落落时，一个想法跃入我的脑海：要在这样一艘船上找一个地方藏身，会是一件很容易的事情。

之前的几个礼拜，我一直在琢磨逃跑的办法，但这样的琢磨只是理论性的。如果我想逃跑，那我该怎么做？又该如何实施？参观战舰让我的想法落到了实处。几天后，一艘大货轮停泊在了港外锚地里，我居然想方设法混上了船。那些清晨出海的驳船船员一定十分清楚我在耍什么花招，当我开口说出我有事要上船时，他们一定都在暗自窃笑。我刚一出现在码头上，他们肯定就已经知道了我想干什么。我一看就不是那种成天在码头上晃悠的年轻人——那种人一般衣衫褴褛，身子像海豹一样油光水滑，来回往返于各艘船之间，找活打工。我却是一个学生，马上就要当上老师，细溜得像条虫，穿得嘛——不说你也想象得出来，这种人还能怎么穿呢？当驳船开进大海时，我估计我心里头有多害怕，我的脸色就有多惊惶。

我是因为害怕被人嘲笑奚落，才最终迈出这一步的，最终做了那件如今似乎很难想象当年的我居然做得出来的事情，但驱使我那么做的同样还有愤怒，愤怒于我就这样落入了圈套，就这样毁掉了我的幸福。那件事情我改日再告诉你们，赶在你们听说了之前。要不还是让她告诉你们吧。她全都知道。一想到那个我曾经迎娶，却又弃之而去的女人，她就要被逼疯了。还有那个被我遗弃的孩子。我告诉她说，她是我的妻子，你们是我的孩子。可她说，法律可不是这么认定的。什么法律？她是我的妻子。从法律上讲，那个我弃之而去的女人才是我的妻子。我能从她的眼里看到那东西——她的怒火。我年轻时落入了圈套，做出了那样的事情。他们愚弄了我。他们都准备好了尽情地、好好地嘲笑我一番。他们给我设了套。每当我为自己的所作所为感到惶恐，或是觉得自己像个傻瓜时，那股怒火总能让我再支撑上几个月。那群诡计多端的卑鄙混蛋——为什么他们就不肯放过我？为什么他们非要夺走我聊以自娱的那些简单的乐趣？是怒火帮助我把我的秘密藏在了心里，也帮助我在很长的时间里压制住了悔恨与羞耻感。

因为那艘大船的引擎发动的那一刻，悔恨和羞耻就淹没了我。别人会怎么说我？我的父亲会怎么说？他会冲着我的哥哥卡西姆幸灾乐祸，说这就是你想让他过上的生活。大学里面的那群猪猡就把那孩子变成了这样。他们教会了他逃跑。这下他们该怎么办？可我把怒火也同样发泄在他们身上，学会了压制我的羞耻。

一切都是新的，世界那么大，我沉醉其间。我竭尽全力地让自己沉醉，但最难做到的却是不要害怕。过了一阵子，我也渐渐习惯了，就那么随波逐流地四处漂泊，放任自流地面对各种事情。这种感觉有时候也不算太坏。我像那样生活了很长时间，而我离开的那个地方则在我的身后与我渐行渐远。只要我有机会，我还会推上一把，让它离我越远越好。独立之后那里所上演的暴力与残酷后来又持续了许多年，那一切都让人能更轻易地打消任何回去的念头。想要忘记任何事情都是不可能的，最难的就是忘记她，或是让我自己觉得抛弃她这件事做得对。有时，时常，我心里会想，会不会是我错怪她了，会不会那个宝宝真是我俩的，但也许个头大得吓人，在她的身体里长得飞快。如果是我错怪她了，我想象着我的妻子会怎样因为我的消失而忧心忡忡；当她意识到我是抛弃了她时，又该是多么受伤。有时，我会计算孩子的年纪，好奇他该长成了啥样。然后我就不得不把这一切推倒重来，只为了再一次感受那股把我赶出家乡的怒火。有时我会梦见自己回到了那里，她却认不出我来，被我目不转睛的凝视弄得莫名其妙。我就在那样的状态里生活了好些年，从不会在任何地方待太久，只是在大海上游荡，哪里有工作就往哪里去，全然不知我的生活还能有怎样的改观。然后，我就在埃克塞特遇见了她；突然之间，我看到了眼前出现的某种可能性。

　　她说他们知道埃克塞特的事情。我们已经和他们讲过许多回了。跟他们说说之前的那些年吧，说说你当过小阿飞，满世界游荡的日子。她真是个不依不饶的蠢婆娘。我关掉机器的时候，她过来听了一遍，又叫我多讲几句这个，多说几句那个。没什么可说的了，他们已经知道了最精彩的部分，剩下他们不知道的都是可怜可鄙的事情。现在他们连那个大秘密也都知道了，那个我本想让他们省点力气，不用知道的秘密。我逃出了自己的家，遗弃了一位妻子和一个未出世的孩子——无论用哪种格局来看，这都是一项够可怕的罪行。我或许还可以再说一句，我对自己造的孽也够可怕的了。我不过就是一个小废物，一个被吓坏了的小废物，我用我的所作所为，对我自己的人生剜了心。这一切还有什么可说的呢？

　　我当初离开那里的时候，并不知道我把多少东西都抛在了身后。在那之后，无论我游荡到了哪里，又在哪里生活，没有人对我抱有任何期望。我是一个没有责任、没有目标的男人。没有人对我提任何要求。我很想对你们解释这件事情，解释我如何失去了那里，与此同时也失去了我在这个世界上的位置。那就是这件事情——这番游荡的意味所在。那就是在另一个民族的土地上当一个异乡人的意味所在。我很想和你们谈谈这个，可眼看着时间不多了，我却还没有找到谈论这些事情的法门。你们肯定还会想要知道更多，我却不知道该怎么告诉你们更多了。我没想到会等上这么久才来告诉你们这一切，可事情已然如此了。我下不了开口的决心，以为你们还是不知道的为好。以为我们全都可以给自己创造出新的、更好的东西来。好啦，这件事我说得够多了。

她又按下了开机键，把机器放在我边上。再聊聊桑给巴尔吧，她说。我去给你弄点茶。她是一条寄生虫，她的牙咬进了我的血肉。每日每夜，她都在这里，在我身边，把我折磨得生不如死。她给我喂药，让我别断气，这样她才好接着吸我的血。不知道他们后来全都怎么样了，有没有挺过一场场杀戮与放逐。如果说有一个人能挺过来，那就是我那位诡计多端的姐姐。我是没有那份坚强的。我说得还不够多吗？我对桑给巴尔再没有更多了解了。那里对我而言已不再是一个真实的地方。每次我一听到这个地名，都会拔腿就跑。每次我一看到这个地名，都会别开目光或是立刻翻页。那间老厕所——你还要我多说什么呢？

我在霍利斯路的街角搭乘校车，那里在当时还是一座桥，横跨一个小湾。小湾的一侧正在被人填平。另一侧最终通入大海。海水涌进来的时候——从来不会是在早上——小湾在阳光下波光粼粼，闪闪发亮。海水退去的时候，就会露出黑乎乎的湾底，上面满是污水和人的粪便。那些住在费尔古尼海滨的人家会在水边搭起平台，这样就可以一边坐在家里面，一边正对着小湾拉屎。校车会沿着小湾的海岸线开上大约一英里，然后在古里奥尼接上更多学生。这一站之后，校车很快就会开入乡间，那感觉就好像是我们终于从一个挤满了人的房间里面给放了出来。过了姆托尼，直到校车抵校的一路上，我们就一直都能望见大海了。这就是我每天的上学路，多年来一直让我念念不忘。

逃跑后的那几周，我要么愤怒，要么害怕——这愤怒和害怕都没有什么特别的来由，一定就只是单纯的恐慌吧。就连我身边的人也让我害怕。我以前甚至都没有和英国人说过话，近距离见过的英国人也仅限于战舰上的水兵和大学校长，而校长大人从来没有理由直接和我说话，一次都没有。如今，我发现自己被这些人包围了，陷入了他们的红脸膛、假惺惺的笑和可怕气味的裹挟之中。每当我们看到他们走过来时，我们都会闪到一边，给他们让道，不仅仅是在那艘船上，而是在所有地方。我不知道这个世界是怎样学会如此畏惧他们的，但我知道我自己直到今日，都还没有学会摆脱这种畏惧。我必须让自己横下心来，才能不要闪到一边，不要唯唯诺诺，才能说出一句：我什么都不怕。

不过我在那艘船上倒是没有遇到什么可怕的事情，而随着时间的推移，这一点变得尤为关键，因为这意味着我挺过了我那场鲁莽的叛逃。我开始感到安全了，而我以前从来没有感觉这么安全过，更有许许多多的意外之喜在等着我。这一切对我来说都是全新的：太阳升起时看见陆地就在我们边上；天明之时靠向加尔各答或是香港这样的大港口。想想看：当人世间正在上演着这一切，人来人往，熙熙攘攘之时，我却坐在那棵菠萝蜜树下剥花生。还有大海本身，如此浩瀚，又如此狂暴，闪着十足的凶光——我找不出词语来跟你们诉说，我不知道该怎么跟你们描述。怒涛汹涌时，它很可怕；海色绝美时，它也很可怕。大海，我永远也忘不了它，忘不了它恐怖的魔力。

一切都是新鲜的，而我也没有遇到什么可怕的事情——这两点就渐渐替代了我心中的恐慌。就连他们派给我的活儿起初也很新鲜——打扫厕所，扫地擦地，拿这个搬那个，全是脏活儿，要是让哪个熟人看到我在干这个，我肯定会羞死的。有时候，想到这个，我会不禁莞尔：换作从前，我肯定会觉得做这种事情有辱身份，可现在的我却完全没有受辱的感觉。那些英国长官都很孤高，看到我干脏活儿也一点都不惊讶。在他们眼里我本该如此，而这反过来也让我自己觉得这没什么丢人的。那第一艘船上也不全是英国人，还有几个马来人和菲律宾人，其中两位后来成了我的朋友。拉贾在厨房工作，阿尔文在轮机舱工作。我从来没有忘记过这两位。阿尔文把我带进了轮机舱，里面那些庞大的机械曲柄与传动轴就像是一头巨兽那搏动的心脏；他爱那台轮机，他向我展示它时的姿态，就像是让我得以窥见了一个秘密。每当我们得空在某座港口城市里面逛上几个钟头的时候，这两位就是我的同伴；不过一开始，在我应对其他船员及其冷嘲热讽时，他们并没有过来管我。如果说长官们是孤高又冷漠，那么他们的下属就是饶舌又好斗，满嘴恶言冷语。他们以自己的粗野为豪，永远都在嘲弄彼此，以及身边的每一个人。起初我对此很不理解，默默地生闷气，但后来我也学会了一有机会，就用同样的粗野回敬他们，逼着自己开口，好像我很熟悉那种讲话方式似的。那第一艘船带我去了孟买、加尔各答、新加坡、马尼拉、香港，然后是雅加达，接着又回到新加坡。我的马来朋友拉贾在新加坡下了船，我想方设法，施展手段，得到了他原先在厨房里的工作。

我在新加坡城里走了一圈，这件事直到今天我依然记得。我独自一人，走过市中心的一条林荫道，我还记得我默默地对自己说：我自由了。这倒不是说，之前我就一直觉得自己是被囚禁了——就算有这种时候，那也得等到我逃跑前的那最后几个礼拜，当时我有一种落入圈套的别样感受。我在新加坡体验到的是某种截然不同的东西，某种我此前从不知晓的东西。我感觉好像是我可以自由选择我想要什么、做什么工作、住在哪里。从任何一种现实的意义上讲，这都只是一种幻觉。我没有钱，没有证件，没有技能，但那并不能阻止我自认为是自由之身。我丢掉了我对这个世界的恐惧。我以为没有人能再让我做任何我不想做的事情了。我周围的一切——景色、气息，甚至是焦虑——带给了我莫大的快乐。甚至在有人企图骗我几个钢镚的时候，我竟把那当成了向我伸出的友谊与欢迎之手。就在当天晚上，货船驶离新加坡，去往马德拉斯、孟买、德班、开普敦、弗里敦与利物浦；等到这趟航程结束的时候，我知道我的人生被不可逆转地改变了，再也不可能回到之前的样子了。

我本可以说一半藏一半的。我本可以告诉你们部分实情的，就算不是所有实情。也许我没有折中的智慧。等到我有条件和你们诉说多年前我那场叛逃的时候，我已经习惯了生活在自己的沉默里，习惯了处置我人生的那段空白。我干了一件无情又轻率的事情，沉默就是我应付这段记忆的方法，冷面以对这个心头的负担。我们的生活本来就已经够充实、够复杂的了，无论是你们的母亲、你们的童年，还是这个让人头疼的地方，我少年时代做的事情就留给我自己去处理吧。也许这是因为，我担心你们一旦知道了，就会替我感到害臊，就会失去对我的敬意。也许这就是原因所在，但我想，一言不发、自求多福本就是一个相对轻松的选择。哎，够了，我本意不是想让你们因为我的沉默而害怕。我本想让你们不必知道这件可鄙的事情，好让你们向前看，勇敢起来，不要为这些可耻的记忆所瘫痪。

今天早上，我列了一份清单，上面是我那些年来生活过的所有地方。让人惊讶的是，谈起我人生中的那些时光，竟勾起了我想要回溯那段记忆的欲望；尽管我一心要将其尘封，却还是有那么多东西留存了下来。有时候，干完了一份活儿，我还没有准备好再上下一艘船，便会就地住上一段时间，碰上哪里算哪里。我就是这么在德班住了几个月的。我在那里坠入了爱河，但那不是我留下来的初始原因。我不喜欢之前打工的那艘船；在同一名长官吵了一架之后，我冲动地要求他们解除我的职务，等回过神来，发现自己已经在德班的街头游荡了。我最后来到了城里的印度区，立刻感到浑身自在。那里的咖啡馆和吃食让我似曾相识。那里的房子让我想起了我的家乡，就像孟买、马德拉斯，甚至是科伦坡的房子曾经带给我的感觉。我听到宣礼吏在召唤人们去做礼拜，心动了一下，但最后还是决定留在咖啡馆里，再喝一杯甜茶。

就在我坐在那里的时候，一个与我年纪相仿的高个子男人走进咖啡馆。他朝我这边看过来，然后又看了一眼，像是认出了我一样。我开始微笑，因为我知道接下来会是怎样的剧情。他还以微笑，来到我的桌前。他问我，我俩是不是认识，我说不，可他觉得是。走遍世界各地，我总是会碰到这种事情，除了在英国。我总是会遇见一些自以为认识我的人。我就是这么遇见的易卜拉欣；不一会儿，我俩熟络得就好像真的从前认识一样。他帮我找到了便宜的出租房，过了几天又帮我在他叔叔家的废品站里找到了工作。晚上，我俩一起去逛咖啡馆，偶尔偷偷摸摸地喝上几杯啤酒。他来自一个信仰虔诚的家庭，不敢公然饮酒，免得给家里人丢脸。

他生活在一个大家庭里——两兄弟带着各自的家眷，住在同一个屋檐下。他们是伊朗人。兄弟俩一个是废金属商，我正是在他的废品站里工作；另一个就是易卜拉欣的父亲，他是一位毛拉。他们生活的那个德班城区里面到处都是印度人，只要他们不接纳你，你在那一片就身无立锥之地。印度人就喜欢这样，好把野蛮人从他们中间赶出去，虽说他们并不太反感阿拉伯人——除伊朗人之外的穆斯林都叫阿拉伯人。那是政府给他们定下的官方名号。就连印度穆斯林也是阿拉伯人。千万不要被人叫成土著，因为那样的话你就得受恶法管辖了①；再者说，那个时候也没人愿意被叫成非洲人。

易卜拉欣的祖父以前是一位十二伊玛目派的毛拉，在南

---

① 当时南非实行种族隔离制度，对黑人原住民实施法律上的歧视。

非不远千里，四处奔波，为他散落各地的信众服务，主持婚丧嫁娶，外加别的宗教仪式。等到易卜拉欣长到记事的年纪，老毛拉已经离世了，但在他的整个童年时代，依然时时刻刻都能感受到祖父就在身边。我小时候从来没有过类似的体验。我对我的父亲和母亲都一无所知，也根本不认识他们家里的人或是七姑八姨什么的。但在易卜拉欣的家庭里，他们每天都会呼唤祖父的名字，反复传诵他的某些故事，就像是某种宗教仪式。其中一个故事我直到今天依然记得，讲的是祖父被人匆匆叫去家里，为一个猝然离世的男人诵经。他到了以后，发现男人下葬得太急了。葬礼后的第二天，他家亲属注意到坟上的土堆被人动过了；他们担心有人亵渎死者，便把坟给挖开了。他们发现他的尸身从下面的葬坑里翻滚了出来，而之前他们是依照习俗让他侧卧在里面的；他的嘴里也满是泥土。他们这才明白，昨日他下葬的时候，一定还有一口气，而这就是他最后的挣扎，拼了命地想要呼吸。这个故事给我造成了很大的冲击；有时候，我一想起它来，就会觉得呼吸困难。

易卜拉欣的叔叔发现我能读会写之后，就把我调进了办公室工作，就在他们住的那栋房子的一楼。到了午餐时间，楼上就有人给我把饭送下来，我就是这么认识了易卜拉欣的妹妹，同她坠入爱河。当然啰，这场爱情是不会修出正果的。他们是一个大家族，而我只是一个路过的水手阿飞，况且我已经知道了和一位富商的女儿眉目传情会是什么结果。我俩几乎没有说过一句话，但不知怎的，易卜拉欣还是洞悉了我们那犹抱琵琶半遮面的微笑，还有每天她带饭给我时眼中闪过的一星火花。也许这种事情在所有人眼里都是显而易见的，除了那两个自以为你知我知的人儿。易卜拉欣费了一番口舌，特意和我说了他母亲的事情。我猜这应该是某种警告，所以我听从了警告，立刻辞去了在他们那个家族企业中的职位，当天就搬出了出租房。此后不久，我刚一订到铺位，便离开了德班。以下就是易卜拉欣对我讲述的这个他母亲的故事，在我的心里它永远和德班联系在了一起，个中机理我无法解释。

他的母亲，他说，有时候会变得很反常。她的灵魂像是出了窍，她的眼睛变得茫然空洞，深不见底。她会打碎东西，伤到自己。她嘴里会说个不停，既有明白的字词，也有胡言乱语，让人很难听懂她究竟在说什么。这种情况大概每季会发生一次，突如其来，没有太多预警。她反常的时候，其所作所为会有一定的模式，但依然无法预测。有时候，她会默默地打碎东西，眼睛一眨都不眨地瞪着；另一些时候，她不会打碎东西，嘴里却会说个不停。

每次只要这种反常的征兆刚一露头，她的女儿（就是我喜欢上的那一位）、她的丈夫，或是她的一个仆人就会把她的双手反绑在背后，再捆上她的双脚，堵住她的嘴。她从来不会反抗这样的约束，除非她已经神魂颠倒，不知道自己在干什么了。事实上，当她感觉到这种怪病就要发作时，她自己往往就是那个发出呼喊的人，呼唤身边的人来给她上绑。接着她的眼睛就会变得茫然空洞，她的灵魂就会出窍。她极少出门，也从不会在无人照看的情况下一个人待太久。

她是一个聪明女人，他说，可照她这个样子，她每一次

疯病发作，都有可能让她自己、让她的家庭蒙羞。他们就是
这么说她的，可怜的疯子扎赫拉。没有人需要向她解释为什
么非得给她上绑封口，尽可能地把她关在家里。疯狂是一场
劫难，一种不可抗力，其意义只有它自己才说得清楚，因为
无论是对于人，还是对于神，它都毫无益处。易卜拉欣的父
亲不时会说这句话，抬出他自己的毛拉父亲作为这句箴言的
作者。

　　我明白易卜拉欣是在警告我不要打乱他家中既定的安
排，不要因为我对他妹妹的关注而让他们蒙羞。当天晚上，
我和他道了别，像一个老派的水边游民一样，开始在码头游
荡。种族隔离制度那时已经根深蒂固，不过他们不太爱管我
们这些水手，何况我还有我那受英国保护的证件，就连神怪
和恶魔都不敢来骚扰我，更不用说是布尔人了。我在德班街
头游荡了数日，避开易卜拉欣和我过去时常造访的地方，又
一次感觉自己像是从人类伪善的苦恼中被解放了出来。也
许，我对自己说，我就是偏爱那眼角递出的一瞥和依依不
舍、腼腆羞涩的目光，而只有那些正值花样年华却被锁在深
闺，以免有辱家门的富商女儿才会有这样的神情。我为我不
得不告别我在德班寻得的快乐而痛惜，但我更为我失去了易
卜拉欣的友谊而痛惜。原本我甚至都开始考虑求他想想办
法，帮我在德班长住下来，给我的流浪生涯画上句号了。总
有办法的。但在他对我说了他母亲的故事之后，我知道这件
事情已经不可能了。

　　她对我说，不要停下来，因为说话对我有好处，不过我

应该再多说点桑给巴尔的事情。我在德班的时光很有趣，可他们都想多听我讲讲桑给巴尔，不想听富商的那个小贱货女儿。我对她发火了——这不是难事，因为那婆娘真是唠叨个没完没了。别烦我了，我对她说。我不要再说桑给巴尔的事情了，我什么都不想再说了。我把那机器朝房间对过扔去，希望它会摔坏，她也就能别烦我了，可我没有力气，机器没坏，又回到了我的身边。哦，玛丽亚姆，我不愿再想那个地方了。这些年来，我每天都会想起那里，哪怕是在我不想的时候。我不愿去想那个被我遗弃的女人，想她该是怎么熬过来的；不愿去想那个孩子，想他长大了会做什么，想他对我该会作何感想。我不愿去想我的母亲，想我到头来也没有机会对她说，全是因为我们，她的人生才过得如此悲惨，对此我是多么愧疚。我不愿去想他们后来的遭遇，以及当他们的世界变得丑恶不堪时，他们又该是如何看待我的。你要不要我说说黄昏时分林间的微风，或是清晨静谧的小巷里的喃喃细语？我不愿去想这些给我制造痛苦的事情了。我要把这东西关掉，我再也不想看到它了。

她坚持要我试试。她说我应该试试。她说我还没意识到这件事对我有多大的益处——我的治疗专家如是说。我答应再对着这东西讲一回，然后就到此为止，她愿意怎么想就怎么想。我打算说说她，我这位讨厌的泼妇，说说她是怎么及时找到了我，那一天对我来说是一个多么幸运的日子。但我发现，我不知道从何说起。说我遇见她时，她长得有多美，她的笑声有多扣人心弦吗？我要告诉她这个吗？我不知道我的阿飞生涯是有多么荒唐和孤独，直到我遇见了她。我要不要告诉她，孩子们带给了我多少欢乐，倘若没有他们，没有她，一切又会是多么空虚？我要不要告诉她，我无法想象我的人生少了她的陪伴？这一切她全都知道。

就在刚才，在我想象着我俩初遇那天她的容颜时，我想起了我走过的另一个地方，还有我曾经短暂爱过的另一个女人。也许流浪的人生中就是会遇到这样的事情。当你看到一个你可以去爱的女人，一个你可以为了她而结束游荡的女人时，你仿佛是瞥见了一根救命的稻草；而这，或许便是我在路易港的遭遇。我有好些年没有想起她了，不过我在埃克塞特初遇玛丽亚姆的时候，的确就想到了她。而当玛丽亚姆告诉我说，她的养母来自毛里求斯时，这件事情就显得愈发奇怪了，因为闪入我脑海的那段回忆，围绕的也是我在毛里求斯遇见的一个人。那件事发生在此前几年，当时我们正停靠在路易港接货，把一批发往布里斯托尔的糖装上船。那是我第一次，也是唯一一次到访毛里求斯。

因为货物交付有延迟，我得空进城四处看看，而城里的景象让我着迷。眼前的一切都让我想起了家乡。这里的许多地方都让我想起家乡——房子的外观、集市上的水果、清真寺外的人群。我无法对两者间的相似性视而不见。在路易港的一处海滩上，我看到一个老人坐在太阳暴晒下发臭的鱼鳞中间，于是我就站在那里，观察了他几分钟，看他缝补一面帆布，心中暗暗吃惊，因为他穿针引线时的那份优雅，竟是如此似曾相识。我走了许久，发现自己正朝城外走去，而这并非我的本意。就在我穿过一条乡间小路时，我看到一个人正要从对面穿过来。我停下脚步，后退一步，而那个人的动作也和我如出一辙。场面一度十分滑稽：我俩同一时间都后退了一步，中间隔着一条乡间小路。男人哈哈大笑，挥了挥手，我也挥手还礼。接着我和他又都迈开步子，朝着彼此走去，在小路靠中间的地方碰了头。我想要问他回码头的路该朝哪个方向走，虽说我并不是特别操心此刻我身在何处。当你过着那样的生活时，你早就不在乎迷路了。男人得知我是外国人后，很是高兴；他告诉我说，如果我是想去码头，那我完全走错了方向——到了这时候，我自己也猜到这一点了。他对我说，他正好要回城里，我要是愿意，可以和他一起走。于是我们就一道走回城里，边走边聊，就像两个新认识的朋友。他对我说，我看上去像是毛里求斯人；我对他说，他看上去也像，说完我俩都捧腹大笑起来，最后还意犹未尽地握了握手。

他陪着我一路来到了港口。我们到的时候，天已经黑了，大门紧闭，保安说按计划要到早上才会有船出海。我的新朋友——他的名字叫帕斯卡——说我应该去他那里过一夜，第二天早上再回我船上。我刚才也说了，当你过着那种四处游荡的生活时，你对很多事情都不再操心了。我这位朋友的家是一间小平房，我们是走花园里的后门进去的。我先是闻到了花香，第二天才看到了那个美丽的花园。我的朋友向他的妹妹解释了刚才的事情，她微微一笑，给我们拿来些吃的。她说他们晚饭吃得简单，并为一桌粗茶淡饭表示歉意。我记住了这句话，因为无论是此前还是此后，这种表达方式我都没有听到过第二回——一桌粗茶淡饭。

　　她的名字叫克莱尔，长得很美，虽说还是比不上这个唠叨婆娘初遇我时的模样。我们三个一道吃了这餐饭，然后又聊了几个钟头。他们和我说了他们的父亲——他们管他叫"先生"，好像他就叫这个似的；接着又说了他们的母亲，她最近刚刚去世。"先生"是路易港一家大商行里的高级职员，可他同时还是一位知名的业余植物学家。花园里的鲜花正是他种的，第二天早上我就可以一面观赏，一面赞叹了。我真想当场就去一饱眼福。他们把那花园说得是那么神乎其神，向我描述生长其间的各种花朵及其芬芳，可他们还是对我说：不行，得等到早上。早上才是花园最美的时候。

　　那天夜里，我久久无法入眠，心里面想着许多事情，但主要还是在想克莱尔；第二天早上，在被领着参观了花园之后，我不情不愿地告别了那里，和我的朋友帕斯卡一道去往港口，无缘再见到她。可货物依然没有送到，所以我拨了帕斯卡留给我的电话号码，又返回我新朋友的家里吃午饭。下午晚些时候，我辞别而去，同克莱尔握了手，心中一阵悲伤。我觉得她看上去也很悲伤。我答应会给他俩写信，以后要再来路易港。那个时候，我以为我是绝对不忍心从此再也不见她的。但我从来没有写过信，也再没有回过路易港。

　　我在那家工厂里第三次见到玛丽亚姆的时候，不由得想到了克莱尔，还有多年来我如何怀着怅惘之情，每每想起她来。天知道这个老唠叨婆听到这一段的时候，又会作何感想。我很久没有想起过克莱尔了。她俩的长相或是其他方面也并不相似。勾起我回忆的是那种感觉，一种幸福的机遇，而这一回，我可不能再犯傻或是犯懒，让机会白白流失了。

安娜用高保真音响放了磁带，扬声器中传出父亲的声音，像是在做公开演讲，像是电台里的节目。可她还是把音量调得很轻，像是害怕被人偷听似的。她怀着一种奇怪的自豪和意想不到的欣喜之情听了磁带。她没想到他的头脑会这么清楚。她本以为他会大叫大嚷或是窃窃私语，叽里咕噜地自说自话，发着牢骚，一如他生命中最后几个月的惯常表现。她本以为会听到一个支离破碎、带着哭腔、颠三倒四的声音，因此害怕听这磁带。再重温一遍那样的痛苦又有什么好处呢？因此，当他的声音和他要说的那些话语完全打消了她的疑虑时，她大吃了一惊。大多数时候，他的声音清晰又镇定，即使是在说到那些难以言表的段落时，也依然平静又雄辩。某些时刻，他说话的语调是她以前从来没有从他口中听到过的，谦逊又深省，以一种她能够理解的方式。她自己的思绪有时候也会采用那样的语调，但她从来没有听到过他这样说话。她认识到这是一种毫不留情的坦诚，一种她很少指望会在别人的声音中听到的东西，更不用说是父亲的了。他是他们的父亲：他教导他们，劝诱他们，鼓励、命令他们——在必要的情况下。他可不会坐在那里，出声地思忖自己的错误和悔恨，还有救命稻草出现的那一刻，那放慢脚步的时间。

她很想再听他多讲讲他在新加坡的那次孤独的行走，或是在路易港的那场大胆的漫游。她很想再多听听他的故事，因此当磁带放到头的时候，她很是伤感。尼克的离去让她忧郁，爸的死更是雪上加霜，带给她的是一场突如其来的巨大打击。她以为她已经准备好接受爸的死讯了，可是当玛丽亚姆打电话告诉她这件事情时，她还是对着话筒失声悲号，就像你在电视新闻里面看到过的那些个疯女人。听着磁带里面父亲的声音，她想要爸爸；她潸然泪下，哀悼了他片刻，心中悲伤：这么多年来，他一直生活在这样一种过错感之中，觉得自己随时都会颜面扫地。她把磁带拿上楼去，插进自己的收放两用机，戴上耳机又听了一遍。这一回她的神经不再像刚才那样紧绷，她听到了他字句间长长的停顿，还有他声音中的几处哽咽。她闭上眼睛，眼前浮现出他坐在椅子上娓娓道来的形象，脑中想象着他把录音机扔向房间对过，也不知他是真这么干了，还是仅仅说说而已，故意扮出一副任性老头的模样来。她想象着母亲是如何不顾他的抱怨，坚持要他说下去的。

　　她伸手抓起话筒，要给母亲打电话，告诉她自己听过磁带了。她已经有好几天没跟母亲通过话了，之前就想好了要这么干的：先听磁带，听完再给母亲打电话。可是她拨了号码，那头却没有人应答。她往椅背上一靠，脑子里面又回放了一遍父亲讲述的这个故事；故事是以一连串图片的形式呈现出来的，飞快地一张接一张从她眼前闪过，许多都不清不楚，模糊失焦，因为她知道的还不够多，不足以让画面切实具体地定格下来。她的母亲玛丽亚姆之前和他们说过他的大学生涯，还有他曾经躲在储藏室里偷望的那个女人。她一次又一次地回放那幅图景：一个孤独的年轻人，透过墙上的一道窄缝朝外张望，目光越过树冠，看向一片闪着微光的大海。她说那是他的一段快乐时光，也许的确如此吧，但在她为他所绘的这幅图画中，她感受到的却是他的孤独。她看不到那个露台上的女人，这超出了她的想象。也许那不过是一个刚刚告别童年、瘦得皮包骨头的少女。她得读一些文字，看一些照片，才能对此多少有点概念，看看她可能会穿怎样的衣服，那又会是哪种类型的露台。她早就打算要做这件事情的，自打母亲和他们说了他来自桑给巴尔，说了被他遗弃的那个女人之后——那个可怜可悲、身怀六甲的贱人。那就发生在他去世前的短短几周，那段时间她还有别的事情要料理，没有太多工夫去查阅有关露台上的桑给巴尔女人的资料。紧接着，他的死和母亲的悲恸让她得以用正确的眼光来看待这场尼克引发的危机。她不得不从他带给她的惆怅之中走出来，重新认识到之前她所反感的那一切：关于他，关于她和他的关系。一场大火扑灭了另一场火灾，虽然过程缓慢。

她上网浏览了一番，读了所有那些荒诞可笑的介绍——假日与酒店、旅游与节日，心里想，她情愿换个地区做调研，这个她没兴趣。她估计，贾马尔以他那有条不紊的风格，应该已经查阅了一半相关文献了，他手头可有一所大学图书馆听候他差遣呢，而且他有时间。反正呢，这就是她给自己找的借口。

她又回头去重温他的故事所唤起的那一幅幅画面，意识到了自己有多享受以这种方式回想他所说的一切。她想象着他坐上校车去往学校的场景，那段他后来每每追忆的车程，心里寻思着为什么这趟旅途如此令人难忘。也许是因为这样一幅画面——清晨的校车之旅——是如此清晰吧；或者是因为校车载着他们出城，微风透过半敞的车身徐徐吹拂的那一路上，黑乎乎、臭烘烘的小湾和大海的远景之间那种强烈的反差吧。也许令人难忘的是个中感觉，而非景象。她自己的记忆里也有那样的画面，会毫无缘由地浮现在她眼前：诺里奇大教堂边上的一个街角，或是傍晚时分伦敦城里的一个火车站台，但她并不会怀揣着他所描述的那种热望来回想这些时刻，所以或许她从来不曾有过这样的渴念。接着，她看到他又一次走过新加坡的那条林荫道，为自己所获的自由欢呼雀跃，然后靠在货轮的扶栏上，让大船载着他们驶入开普敦港。全都是幻觉，当然咯，但她想象得出像那样自我膨胀的时刻会如何冲昏你的头脑。她看到他在大学里的样子：一个瘦瘦的年轻人，穿着衬衫，和其他年轻人一道信步穿过校区。她以前从来没有想象过他当大学生的样子，在她的脑海中他从来都只是水手，后来等到她能认他的时候，他又在一家电子器件公司里当技师。她曾经以为，他的阅读量和他的知识都是他业余习得的，纯粹是出于兴趣，而他年轻的时候是无暇顾及这些的。她以为他俩能上大学——她和贾马尔——乃是创下了家族运势的新高点。

亲爱的贾马尔：你的胡子怎么样啦？长得快吗？据说下巴下面的胡子至少得长到四英寸长，你才能管自己叫真信徒。你知道这件事吧？你怕是没太大指望了，要我看。我今天听了爸的录音磁带，听了两遍。我本以为他会哑声哑气、嘟嘟囔囔，因为他最近一直是那副好吓人的怪样子。结果，他说话一清二楚，条理也完全清晰，他的故事真的打动了我。他谈了他的青春时代，他那些满世界游荡的经历。他在新加坡终获自由的感觉。你说他以前老是那副怪相，会不会是想吓唬我们？让我们保持距离？离我远点，小崽子。我在开始听磁带之前，就已经知道了那个秘密究竟是什么，这一点肯定对我也有帮助，让我不必一边听，一边提心吊胆的，生怕他随时都会从灌木丛里跳将出来，搬出那个吓煞人的故事来。我知道这件事情已经够吓人的了：他抛弃了那个可怜的女人，其实只是个女孩，然后为了解释自己的作为，又编出那个疯疯癫癫、风声鹤唳的故事，说什么有人策划了那种阴谋来害他，把别人的孩子硬栽到他头上。但比这更吓人的事情还多得是呢。你说他到底为什么要跑？也许呢，他只是想逃离。也许这里头根本就没有什么悲剧或是深长的意味。我不知道妈是怎么做到让他坚持说下去的，又是怎么让他不要嘟嘟囔囔、恶言恶语的，因为这肯定不是一件容易事。你怎么看待路易港的那对梦幻兄妹？你觉得这件事是真的吗？帕斯卡和克莱尔，一段意外的友谊，一场刚刚萌芽就遭弃绝的爱情。然后又是许多年的老水手①故事，直到他在埃克塞特遇见了妈。不过他这故事讲得很好，你说呢？这个构思我喜欢：他靠着两条腿走遍了全岛，就算迷了路也全不在意。我想，这该是我迄今为止最长的一封邮件了吧。真是不应该啊。刚才我听完了磁带，是想给妈打电话的，可她

---

① 原文为 ancient mariner，出自英国诗人柯尔律治的名篇《老水手行》（*The Rime of the Ancient Mariner*），又译作《古舟子咏》。

不在家，也许是在逛玛塔兰①吧 xxx。

贾马尔写道： 你说过要帮妈搞定她的文书工作，不如这样，下回你再跟她说上话的时候，问她会计维贾伊姓啥。或许我们值得花点力气查查看他到底有没有开出那家会计行来，再顺藤摸瓜地查出他的公司地址，应该就是轻而易举了。这件事可以交给我，我时不时地也需要暂时放一放手头这些累死个人的强脑力劳动。我暂时要躲妈一阵子。她威胁要来利兹看我，我怕她看到了我的生存环境又脏又乱之后，就要迫不得已地对我实施改造了。有人似乎跟她说了莉娜的事情，我想不出会是谁，但我感觉她很好奇。显然，那家异教徒开的慈善机构给她的活儿还不够多，不足以让她忙个不停，哪怕那完全都是白忙活 xx。

安娜写道： 她威胁要来，只是为了吓你。我看她现在是不太可能有任何外出计划的。难民中心的妇女团体要上演一出戏剧，她要在里面出演角色，这会儿正忙着排练呢。剧本是她们自己写的，她要演一个女医生，也许是一个固执的西班牙女医生，名叫门德兹。故事和政治避难有关，她说那里面什么都有——降生、死亡和婚姻，还有几首歌。她和我说了戏里所有的角色，哪个人演哪个角，但你得先一集不落地追完了前面的剧情，才能知道哈利马是谁，莉迪又是谁，所以我就不跟你多说啦。我问了她维贾伊姓啥，她说他姓戈

---

① 英国一家时尚与家居连锁店。

帕尔。一开始她对这个问题有点紧张，可我跟她讲，葬礼过后我们正好说起了这个事情，想着怎么能想办法找到她的寄养家庭，如果她有兴趣的话。她说，她或许已经找到了他的公司地址。V.K.戈帕尔会计行。中心的某个人给她示范了怎么用公司注册处的官网，她上去搜了他的公司，相信自己找到他了。他一定已经很老了，可她说他也就七十五岁上下，而且她相信维贾伊的工作热情是不会被年龄吓倒的。她还没有继续跟进，因为她真的很忙（瞧见没），所以我想，不如就周末开个小会吧。也许我们可以去诺里奇一趟，看看她们的表演，再研究一下后续的跟进计划？也许她就是不太敢一个人去做这件事情 xxx。

安娜后来又写道：剧情正在展开。第一——这不是在按重要性排序——演出定在这周五，如果你能赏光到场，妈会不胜荣幸，这一点你心里肯定有数。这是本学期的最后一个周五，所以我不得不经历了一场艰苦的谈判，才获准缺席圣诞节前最后一个教学日里的所有那些欢乐的活动。第二，我刚刚和妈说上话了，那个可怕的表哥迪内希给她回复了，就是许多年前时常威胁她的那个人。他在回复中说，他已经转达了她的请求，费鲁兹·戈帕尔太太同意接她的电话，但是不想见她。维贾伊·克里希纳·戈帕尔先生现在已经退休了，身体很不好，她不会允许任何事情来搅扰他的心情。戈帕尔太太指定了一个妈可以去电的时间：周六下午两点整。妈——天啊，这还是我认识的那个妈吗——当即拨通了号码，和费鲁兹说上了话。你敢信吗？这就是过去那个像是生怕会被电话夹了手的女人？长话短说，通过某种古老的法术，也许是低声下气的道歉和泪水，两人设法达成了一定的和解，费鲁兹终究还是同意见她了。我猜孩子们——也就是你和我——也是这法术的一部分。所以，周六早上，天一破晓，移民阿巴斯一家就要启程前往埃克塞特啦。我刚刚查过列车班次了。我想妈也不需要我们提供后援支持什么的。我们的作用就是扮演诱饵，吸引敌人的火力。好啦，我们会搞清楚这里头有没有什么值得搞清楚的事情，也算是不枉此行吧。这一个学期我过得挺舒爽。我应该是让我最喜欢的一个班级爱上了济慈。还有，我很高兴地说，我个人生活的情节剧成分正与日递减。很快，要不了多久，我连想都不会再想那个傻叉了。向莉娜问好 xx。

贾马尔立刻就回信了：太棒啦！对情节剧说不！这是你两天来的头一封邮件。你不知道吗？我们这种整天坐在电脑前面的人，就要靠邮件来保持理智呢。得啦，我们这就去埃克塞特。

难民中心看起来曾经是一家小企业的经营场所。楼下有两个大房间，楼上是几间办公室。演出一会儿就要在靠里面的那个大房间中进行，靠正门的那个房间里面可以买到小食饮料，平时那里是中心的接待区。不演出的时候，这个临时剧院还充当日托所、各类志愿团体的活动场地、会议室，必要的时候甚至还能做音乐会场。

演出在下午三点钟开始，四点左右结束。椅子被大致排成一个半圆形，给最靠近大门的房间那一头留出一片空来。进门的位置摆了一组架子鼓。房间里挤满了妇女儿童，许多都已经就座，几个男人懒洋洋地靠着墙，看起来像是不打算在这里久待。从相貌判断，观众主要由非裔和亚裔构成，外加一两个中欧家庭。许多人似乎彼此认识。贾马尔出于职业好奇心，已经查清了他们大多是索马里人、厄立特里亚人、阿富汗人以及罗马尼亚罗姆人。房间里不停地有人进进出出，孩子们四处溜达，谈笑声嗡嗡一片。

终于，灯暗了，高高架在后面一根椽子上的聚光灯亮了。聚光灯下，他们看到一个小伙子溜了进来，坐到架子鼓跟前。观众立刻报以掌声，小伙子开心地咧嘴一笑，在半空中挥舞着他的鼓槌，感谢大家的热情。更多的灯光点亮了，把那一块空地变成了一个舞台。所有的演员都是女人和孩子。戏剧以一段段叙述的形式展开，女人们讲述着各自生活被打乱的故事。有些故事夸张，有些故事滑稽，还间杂有歌唱段落，由观众席后面的某个长笛手伴奏。鼓手在必要的时候制造紧张氛围，并示意场景的转换。观众依然在进进出出，虽说不像刚才那么频繁了，孩子们则随时都有可能溜达进舞台区。

随着剧情的推进，观众们慢慢地消停下来，房间里的男人也多了起来。妈扮演那位医生，老是给女人们一些严厉的嘱咐，有关乎她们自身的，也有关乎孩子的，还会告诉她们一些事情，让她们对自己所投奔的这个现代世界的性质多少有一点了解。有些数字和统计数据在安娜听来很是耳熟，因为她时不时地从贾马尔嘴里听到过这些。她瞥了他一眼，他冲她微微一笑，承认了自己所做的贡献。你在喂她吃政治宣传啊，她小声嘀咕。每当一位女演员自认为说出了一句有力的台词时，她都会转向观众，以求回应，而观众们也都慷慨地报以掌声，与此同时鼓手还敲出隆隆的、渐强的鼓点，以表达自己的欣赏之情。全剧的高潮是一场婚礼。扮演新郎的是一个少年，最多也就十三岁，可他只是个幌子。房间里的所有女人——非洲人、亚洲人和欧洲人——突然之间全都用索马里语唱起了一首喧闹欢快的歌谣，她们可是为此排练了好几个星期呢。她们的声音是如此清澈，根本就无需伴奏。她们的面庞——还有其他所有人的面庞——都闪烁着微笑，房间里充满了歌声和笑声。

第二天早上他们起了个大早，赶七点十分发往利物浦街的火车，接着又穿越伦敦城，去帕丁顿赶那趟去埃克塞特的火车。他们在十二点刚过的时候抵达了埃克塞特，从东到西横穿了整个英国。坐火车的一路上，玛丽亚姆没怎么说话，大部分时间都望着窗外，或是面带平和的微笑，听她的两个孩子说话。他俩并不去搅扰她的思绪，安娜估计那会是纷乱不安的思绪，尽管她表面看似平静。她努力想象着费鲁兹的模样——一个喜欢微笑的瘦削女人，母亲曾经说过；也不知道她一会儿迎接他们的时候，是会满腹怨愤，还是会彬彬有礼。不管她会怎样，这件事非做不可：搞清楚那些可以搞清楚的事情。

坐上出租车驶离火车站后，玛丽亚姆环顾四周，眼里闪烁着回忆。自打她三十年前不辞而别之后，这是她头一回重返埃克塞特，一切都变了样。比起她刚才坐火车时的样子，尤其是乘地铁横穿伦敦城之前的那一路上，现在她似乎远没有那么紧张了。费鲁兹给她的地址和从前不一样了，不再是她和他们曾经一起生活过的那个地方了，而是在一个她所不熟悉的繁华城区；随着三人渐渐接近此行的终点，玛丽亚姆变得沉默了。那是一栋又大又新的宅子，门前的私家车道宽得足以让一辆大轿车掉头。车库前面停着一辆灰色的梅赛德斯奔驰。门上挂着一个圣诞花环。一个年轻的印度女人为他们开的门，给了他们一个愉快且会意的微笑，自我介绍说她叫阿莎。她把三人引进了门。门厅十分宽敞，里面摆满了各种圣诞节饰物。一道四英尺宽的楼梯通向楼上。显然，这是一栋富人的宅子。

年轻女子领着他们来到起居室，先进了屋，然后站到一边，把他们让进来，先是玛丽亚姆，接着是缩在后面的安娜和贾马尔。房间从宅子前墙一直通到后墙，前后开着窗。站在后窗前面的是一个高挑瘦削的女人，身穿一条印花裙，双臂僵硬地垂在体侧，体态紧张，有种说不出来的责备意味，满是沟壑的脸庞紧绷着。贾马尔没想到费鲁兹会看上去这么虚弱、这么不安。他意识到，在他的脑海里，他把她想象成了一个对手，因而把她描绘得比眼前这副模样要更结实。接着，几乎是不由自主地，费鲁兹的脸上绽开了微笑；她赶忙强压下笑意，上下嘴唇紧紧地包住两排大牙，好像是在非难，但与此同时她的体态改变了，人也向前走去，握住了玛丽亚姆的手。她把那只手举到唇边，送上一吻，极尽温柔之能事。玛丽亚姆也投桃报李，躬身向前，吻了费鲁兹的右手，然后是她的左脸，接着是右脸。看着这番彬彬有礼又充满温情的交流，贾马尔感受到了一种痛苦的愉悦，仿佛是在见证一个未完成的仪式终告圆满。

"玛丽亚姆，"费鲁兹说，这下可以无所顾忌地尽情微笑了，"玛丽亚姆，玛丽亚姆。你能来看我们真是太好了。可之前你居然躲了我们这么久！"

"是我不好，"玛丽亚姆说，眼中闪着光，"你看上去一点没变。"

"哦，怎么会，你这大骗子。我老了，瘦得皮包骨，"费鲁兹说，对玛丽亚姆的恭维付之一笑，"这两个就是你的孩子了。长这么大了，这么可爱。谁能想得到呢。汉娜和贾马尔，请吧，随意些。快来坐，阿莎会给我们拿些小吃过来的。"

直到交流进行到这个时候，他们才注意到，一个男人正一声不吭地坐在后窗的另一侧，一道半拉的厚重窗帘在为他遮光。他又老又黑，脸上有一个大疣。维贾伊。妈从来没提起过他脸上有疣。他们几个围坐在这里的时候，他也是这个圈子的一分子，虽说他在他那个阴暗的角落里显得孤僻离群。

"维贾伊也很高兴你们能来，"费鲁兹说，指了指那个沉默的男人，"你们要是非常了解他，就能看出来他是在微笑了。可怜的维贾伊之前不得已做了髋关节置换术，结果术后中风了。他恢复了一些，但没有完全恢复，所以现在他全天都得服用大剂量的止痛药。他不能动了，也说不了话，但他听得见。他知道你们来了，他也欢迎你们。嘿，维贾伊——你瞧，他在微笑。你们看得出他在微笑吗？"

贾马尔看不出他在微笑，可他还是微笑回礼。阿莎端来一盘小吃和软饮，他们小口吃喝起来，听费鲁兹和他们讲维贾伊的不幸遭遇及其生活受到的影响。"维贾伊热爱工作，"费鲁兹说，"你还记得吗，玛丽亚姆？他今年七十七了，辛勤工作了一辈子。而如今他只能终日坐在这里，操心他那几个合伙人又在打什么主意——试想一下，对这个可怜人来说，那该是怎样的折磨呀。生意现在都是由迪内希打理了，他打理得非常好。那是一家大商行，非常成功，然而可怜的维贾伊还是忍不住要操心。我知道他是什么德行。不过没关系，他也在利用这个机会补上以前他一直没机会完成的阅读课。这会儿他就在听一本介绍古吉拉特邦历史的音频书呢。我们曾经回印度探过亲，在他病倒以前；能再度见到自己的家人，这种感觉对他来说真是美好。那场面就像是过节，他像个王公一样四处分发礼物。他为自己的国家所发生的变化倍感自豪，如今他想要了解有关古吉拉特邦的一切。

"可现在轮到你来跟我说说你躲着我们的这些年来，都在做些什么了。"费鲁兹说道，面带微笑，目光和蔼地在他们三人之间闪转腾挪，好打消这句话中的责备意味。

玛丽亚姆和她说了诺里奇的事情，说了爸的病逝；接着，过了一会儿，她说出了此行来看他们所为何事。费鲁兹点点头，说她会告诉玛丽亚姆自己所知道的一切。当初她被寄养到他们家的时候，他们拿到了她的出生证，也得知了她的身世。就在她说话的当儿，她递给玛丽亚姆一纸证件，之前她就已经放在身旁的小桌子上备好了的。玛丽亚姆接过出生证，扫了一眼，然后搁在大腿上。就凭刚刚那一眼，她已经看清了自己在上面的名字只有"玛丽亚姆"四个字，没有后面的姓。

"你刚来我们家的时候，大部分情况我就已经告诉过你了，那年你只有九岁，"费鲁兹说，脸上挂着微笑，"也许有一些事情是我当年没跟你讲，因为我那时觉得，那不是孩子理解得了的，但我尽力把它们记在心里，好日后再告诉你。有什么是你特别想知道的吗？"

"我想弄清楚我母亲是谁——如果还有可能打探出她的任何情况的话。"玛丽亚姆边说边拿起那张出生证，在半空中举了几秒钟。

"官方说法是，你被人放在了医院门口，而他们最终也没能找到你的母亲。"费鲁兹说到这儿，看了安娜和贾马尔一眼，也许是为了缓冲她刚刚透露的这条令人不快的信息，抑或是她一看到玛丽亚姆的孩子们，就会不禁莞尔，"和我们打交道的那个社工向我们透露了更多内情。她告诉我们说，警方的调查没有得出任何结论，因为那个最有可能是你母亲的女人后来消失了。他们从她的一个女邻居那里听说了她的情况，那人是在警方公开征询信息后主动站出来的。她告诉警方，她那条街上以前住了一户人家，家里有一个女儿怀孕了，未婚。那家人是战后难民，波兰人。他们回不去，在英国待了几年。她知道他们打算移民海外，可她不确定他们是要去澳大利亚还是南非。二者必居其一，这是肯定的。她刚听说他们的打算时，他们还没有决定好选哪一个，可她觉得，他们最终还是选定了澳大利亚。她后来看到了那家人动身启程，但走得十分匆忙，所以她也没时间和他们说话。

她说她不想多管闲事，但她确实注意到了那个女孩的身孕消失了，却不见宝宝的踪影。那时候的人对这种事情是很警觉的。等到她听说了警方在征询信息的时候，事情才过去了两个礼拜，所以她不由得想，这两者之间会不会有关联。

"警方经过调查，找到了那个年轻女子工作过的地方，询问了她的几个同事。他们说她几个月前就走了，至于她去了哪里，他们一无所知。她曾经和一个军人约会，一个肤色较浅的'黑皮'。那个时候的人，说起这种话来都不害臊的。这些都是那个社工告诉我的；她还说，她引用的都是档案里的原话。一个肤色较浅的'黑皮'——这样的描述未免太宽泛了，而那时候我们也并不真的急于追查这家人的下落，所以也就没问名字。我本该想到你总有一天会想知道的，可当时我们并没有往那处想。反正呢，这也只是个传言，因为那个女人已经消失了，警方也一直没能确定她的身份。"

讲完了这段语焉不详的历史，费鲁兹转向维贾伊，仿佛是要看看他还有没有什么要补充的，但其实呢，贾马尔心想，她是在躲避妈两眼圆睁的灼热目光。

"你们为什么要收留我？"玛丽亚姆问，"收留一个族裔不详的私生女，难道你们不担心吗？更何况我还给别的父母惹了那么多麻烦。这一切你们都不担心吗？是什么让你们决定收留我？"

费鲁兹没有立刻回答这个问题。她又看看维贾伊，贾马尔觉得她是在让自己镇定下来，选择是要给出哪种回答，简单的还是复杂的。最终，他估计，她还是决定选择那个简单的。

"我们想要帮助别人，"费鲁兹说，声音中透着恳求的语调，"这一开始是他的主意。他说我们的人生一路走得顺风顺水。我们健康，我们幸福，我们富足，所以我们应该帮助一个命途多舛的孩子，既然我们自己生不出小孩。于是我们就要了一个小孩来抚养，他们就把你给了我们。我们想着要给你关爱，给你庇护，视你若己出，直到你能够找到自己的人生道路。在我眼里，你就像是我亲生的一样。"

玛丽亚姆起身走向费鲁兹，拥抱了她，亲吻了她，接着又走向维贾伊，重复了刚才的动作。他们搭临近傍晚时分的那班火车，踏上了返回诺里奇的路。告别的时候，费鲁兹泪流满面，拥抱了玛丽亚姆，还有安娜和贾马尔俩。他们全都握了维贾伊那软绵绵的手，而费鲁兹则在一旁指着他那无形的微笑。火车上，他们不去搅扰玛丽亚姆的思绪，等着她自己想好了再开口。

"很有可能我是波兰人。"她说，面对人生中的这又一复杂变数而忍俊不禁。

"半个波兰人，"贾马尔说，"别忘了那个'黑皮'。"

"可什么样的波兰人会管自己的女儿叫玛丽亚姆？"他们的母亲问道。

"波兰犹太人。"贾马尔说。玛丽亚姆摇摇头，可贾马尔不依不饶："果真如此的话，既然犹太人身份随母不随父，那就意味着我们全都是犹太人了；只要我们愿意，我们就有权成为以色列公民。"

"玛丽亚姆不是个犹太名字。"玛丽亚姆说。

"另一方面，"贾马尔接着说道，"那个肤色较浅的'黑皮'也许是个阿拉伯人，当时正在附近的一所军事院校里接受某种特别训练。玛丽亚姆是他亲爱的母亲的名字，而当你的母亲生下你的时候，她就用他母亲的名字给你命名。"

"玛丽亚姆不是个犹太名字，"玛丽亚姆又说了一遍，语气坚定，"我查过了。之前我就想到了这会不会是个犹太名字，所以就查了一下。这名字的希伯来语写法是米里亚姆。"

"那样的话，这件事情就确凿无疑了。我们的波兰外婆当年是在跟一个阿拉伯人约会，她不是犹太人。"贾马尔说。

安娜写道：想想那个关键元音①！她已经在跟进了，又是大谈信息自由，又是要求调取警方卷宗，追查疑似她母亲之人的姓名。她甚至就在用这样的词汇："调取卷宗""疑似她母亲之人"——听上去满口的司法腔。她在难民中心工作的时候，一定是学到了一点东西。等到她拿到了名字，她计划要对照她出生之后的那段时间里飞往澳大利亚和南非的旅客名单，继续追踪那个女人的下落，不找到她不罢休。我担心她在调取警方卷宗这一步上会碰壁。她的母亲当年遗弃她的行为是犯罪，这个案子依然没有结。如果一项调查仍在进行中，警方是不会放出相关卷宗的。

---

① 可能指的是上文提到的玛丽亚姆（Maryam）中的 a 与米里亚姆（Miryam）中的 i 之别。

贾马尔写道： 我隔壁那位作家朋友喜欢这个关键元音。他跟莉娜真是一见如故，莉娜开始宣称他是她的一大发现了。如果我是妈，我想我是不会非要把这件事情追个水落石出的。就像我并不真想找到爸当年遗弃的那个女人，还有她的孩子。我们的哥哥或是姐姐，我应该这么叫他/她。不是特别想。你呢？是我人品不好吗？可我想去桑给巴尔，绝对的。

安娜写道： 我们真的要去桑给巴尔吗？还是说，这永远都只是一个美丽的故事，一个令人心怡的可能性，一个快乐的神话？有时候，我一想到这件事情，就会感到不安，好像是在走近新的失望和碰壁遭拒的可能性。这倒不是说我觉得自己属于那里，或是说我理应受到欢迎，而是说，在知道了这一切之后，我感觉自己被悬空在了两个地方中间——一个是真实的、我所生活的地方，另一个是想象中的地方；后者也是真实的，但有一种令人不安的意味。也许悬空这词太戏剧化了，那就换成拉扯吧——我被朝着一个有时我发现自己试图抗拒的方向拉扯。我这会儿正在看一张照片，上面是一个怀中抱着女儿的厄立特里亚女人，孩子可能只有两三岁，两人身后是一个用铁皮和旧垃圾搭成的窝棚。母女俩都穿着破衣烂衫，可女人的头发精心盘卷过，好像她为了拍这张照还把自己打理了一番。她差一点点就能为摄影师挤出一个微笑了。照片是尼克的一本杂志里面的，之前落到了桌子后面。女人在皱眉，看上去精疲力竭——一个美丽的女人，可饥饿和陋习却在她的身体上面刀劈斧斫。几乎可以肯定的是，她的生殖器和她女儿的生殖器都被摧残过①，两人都饥肠辘辘。当我们的世界充斥着那么多无以言表的痛苦时，我的头脑里却塞满了我自己的小心思。有时候，知道了这种事情，我会羞于过上安康的生活。xxx。

贾马尔写道：她让我想起了妈在难民中心见到的那些女人。事情还没到全无希望的地步。说到妈，给你个最新消息：她在考虑买一台健身器。现在是关键时刻。你觉得她在跟人约会吗？我们当然要去桑给巴尔。我想看看那棵大树——当大千世界在视线之外红尘滚滚时，爸当年就在那棵树下剥着花生。我在写一个短篇。又一个父亲的故事。如此缺乏惊喜的移民主题。我打算叫它：《非洲来的猴子！》

（完）

---

① 指的是非洲女性的割阴礼。

译后记

　　这是一个有关移民家庭的两代人，在英国遭遇心理危机与精神困顿的故事。至于这种困顿的缘由，我相信很多读者的脑海中一定盘桓着一个词——歧视，前面或许还应加上"种族"二字。然而，这个词在全书中一次都没有出现。在我看来，这并不是因为作者要刻意回避，而是因为他的笔锋更加深刻地触及了这个问题的实质。

　　就在翻译本书的过程当中，我个人一些尘封的回忆——一些不愉快的回忆——也不止一次被故事中不同人物的遭遇所唤醒。我想，我不如就从个人经历着手，谈谈我对这个故事的感同身受。

　　那是 2005 年到 2007 年间，我本科毕业后，去往澳大利亚攻读硕士学位。十五年前国内的社会氛围与民众心态，与今天当然有很多微妙的差异。而对于留学生而言，最重要的一点在于，那时的我们大多相信，自己是从一个相对欠发达的国度，去往一个更加富庶、更加"文明"的社会学习观摩。此为背景。只是，那个社会展现"文明"的方式，与我最初预想的大相径庭。

　　第一件事情发生的时候，我正在悉尼城区的站台上排队等公交车。我排在队列的第一位。等了好一会儿，车终于来了。车门刚一开，我就急着上车，公交车司机却皱着眉头对我摆摆手，指指我身后。我回头一看，这才发现身后是一个坐着轮椅的老人。应该让这位老人先上车。接着，司机又严肃地对我补了一句："**下次要多体贴他人。**"听到这句"训诫"，原本正忙不迭要道歉的我，把到了嘴边的"Sorry"咽了回去，只是耸耸肩，默默地让到一旁，看着司机体贴地为老人放下专用坡道，把轮椅推上车。

第二件事情也是发生在悉尼街头。我正准备走斑马线过马路的时候，看到对面站着一个体格魁梧的中年男人，两眼紧盯着我，似乎就在等着我走到他跟前。男人的站姿很"威严"，气场很足。我的第一反应是，他大概是警察。果然，我过完斑马线，刚一"上岸"，守在道口的男人立刻迎上前来，半伸开手臂，像是要拦我。我停下脚步，不知道"警察先生"打算问我什么话。男人开口了，声音很浑厚，吐字很清晰，语速很慢：他的教会要在圣诞节当晚举办一场慈善晚会。我也可以来。我哈哈笑了，笑得有点过于开怀，不是因为我想嘲笑男人的"乐善好施"，而是因为这个反转实在是大大出乎我的意料。笑过之后，我摇摇头，谢过男人，径直走开了。就在这时，牧师声如洪钟地在我身后又补了一句："晚餐是**免费的!**"

第三件事情发生在大学附近的郊区。我出了门，赶着去学校上下午的课程。穿过一个街区公园的时候，一个小男孩拦住我，问我有没有看见他的妈妈。我当然没有。可这正中小男孩的下怀。他抬起头，盯着我的眼睛，一字一顿地对我说："不，你看见了。"我诧异地瞪大眼睛，上下打量起这个小男孩来。男孩年纪在七八岁左右，看上去很"老道"；我们所在的公园宁静祥和，不时有附近的居民路过，男孩怎么看也不像是在求助的样子。看到我脸上的诧异，男孩的气势更足了，提高嗓门又重复了一遍："你看见了。**你们这些人，从来都只会说没看见！**"

这三件事的共同点，除了都让我感到很不愉快之外，就在于对方都对我做出了错误的假定，完全无视我真实的想法与意愿。这种错误的假定，与其说是歧视，不如说是傲慢。而这也是古尔纳在本书中给出的一个题眼。那位公交车司机在告诫我要体贴他人的时候，当然是在假定我不懂体贴。他不了解——或者说是没兴趣了解——我仅仅是没有看到身后有一位坐轮椅的老人；就算我看到了，初来乍到的我也不一定知道当地这条关于礼让的不成文规则。第二件事中的牧师先生多半没有听说过"不食嗟来之食"的典故。但就算没有，他也应该能本能地察觉到，他那种姿态与语调，多半是会让人感到不适的。可他依然这样做了，因为他错误地假定，对于有些人来说，一顿免费的圣诞节晚餐比自尊更重要，而我就是这样的人。对此他十分笃定。第三件事情中的小男孩是最有意思的。他用一个孩子的把戏做铺垫，诚实地说出了很多成年人从来不会说出口的心里话。我有没有看见他的妈妈，我怎么说不重要，他的认定才重要。而他的认定是不会错的，因为——"我们这些人"就是这样的。

如果要我给傲慢下个定义的话，那我会说，傲慢就是错误地高估自己，看低他人。更确切地说，是把他人与自己因为处境不同而产生的落差，误当成是人与人之间的高下之别，当成是自己高人一等的明证。我在这里并不是想说，这种傲慢是欧洲裔的外国人（借用古尔纳的话）所特有的。不，这原本就是人性中固有的一部分，是不分国别、肤色与种群的。在任何人类社会中，落差都无处不在，傲慢也就无处不在。我们其实根本无需走出国门，就能体会到这一点。我想，任何有生活经历的读者，都会明白我的所指，也就无需我再举例赘述了。只是，一个"异乡人"，对于这种傲慢的刺痛或许格外敏感吧。

本书主人公阿巴斯的人生悲剧，始于他人的傲慢所带来的创伤，这甚至要先于他的"移民""难民"身份。此后的一生中，他都活在这种傲慢的阴影之下，小心翼翼，如临大敌，守口如瓶，时刻提防着羞辱，提防着轻蔑，直到一切为时已晚。他的女儿汉娜（安娜），虽然一心要摆脱父母的桎梏，却一度与父亲殊途同归。"我不怕任何人，任何事。"他们在心中对自己说，把自己的人生变成了一场战斗，反击着一个看不见的敌人；而在此过程中，他们也失去了自己的人生，无论这场战斗是输是赢。通常，人们会把这种不幸的心理状态称作自卑情结，但我想换个角度来看待这个问题。阿巴斯们之所以如此，根源恰恰在于他们过分在意那些毫不在意他们的人，一心想要向那些人证明，自己值得尊重。可这种证明既无必要，也无意义，因为傲慢者所关注的只有自我，他们并没有兴趣去真正了解那些为他们所轻蔑的人。我想，阿巴斯们应该对自己说的，不是"我不怕任何人"，而是我不欠任何人任何解释。我要将我的全部人生，投入到追寻我个人的幸福与价值之中，一分钟都不能浪费在那些无意平视我的人身上。

宋佥

2022 年 5 月

2021 年诺贝尔文学奖得主
阿卜杜勒拉扎克·古尔纳获奖演说

写 作

写作向来是一种乐趣。当年我还是个小男生的时候，课程表上的所有科目当中，我最期盼的就是上写作课，写一个故事，或是写我们的老师认为能激发我们兴趣的任何东西。这时所有人都会安静下来，伏在课桌上面，努力从记忆中或是想象中提取一些值得讲述的东西来。在这些青涩的作品中，我们并不渴望诉说什么特别的事情，或是回忆某段难忘的经历，或是表达个人坚信的观点，或是一诉心中的愤懑苦情。这些作品也不需要任何别的读者，只是写给催生它们的那位老师一个人看的，作为一种提高我们漫谈技巧的练习。我写作，因为老师让我写作，因为我在这样的练习中找到了如此多的乐趣。

多年以后，等到我自己也成了一名教师，我又重演了这段经历，只是角色颠倒了过来：我会坐在一间安静的教室里面，学生们则在伏案奋笔。这让我想起了 D. H. 劳伦斯的一首诗，我现在就想引用其中的几句：

引自《最好的校园时光》

我坐在课堂的岸边，独自一人，
看着身穿夏日短衫的男孩们
在写作，他们的圆脑袋忙碌地低垂着：
然后一个接着一个他们抬起
脸来看向我，
十分安静地沉思着，
视，而不见。

接着那一张张脸便又扭开，带着小小的、喜悦的
创作兴奋从我身上扭开，
找到了想要的，得到了应得的。

我所描述的以及这首诗所回忆的写作课，并非日后写作
将会呈现在我眼前的模样。它不像后者那样被驱动，被指
引，被回炉，被不断地重组。在这些青涩的作品中，我的写
作是一条直线，可以这么说吧，没有太多犹豫和修改，有的
只是纯真。写作之外我还如饥似渴地阅读，同样没有任何方
向指引，当时我还不知道这两者之间有着怎样密切的联系。
有时候，如果第二天不需要早起上学，我就会读书读到深
夜，我的父亲——他自己也算是个失眠症患者了——都不得
不来我的房间，命令我熄灯。哪怕你有这胆子，你也不能对
他说，既然他也没睡，凭什么你不行呢，因为你不能这样子
和父亲说话。再者说，他是在黑暗中失眠的，灯也关了，为

的是不打扰母亲，所以熄灯令依然有效。

与我年轻时那种随性的体验相比，日后我所从事的阅读与写作可谓有条不紊，但其中的快乐从来没有消失过，我也很少感到过吃力。不过，渐渐地，快乐的性质发生了改变。直到我移居英格兰以后，我才充分认识到了这一点。正是在那里，饱受思乡之苦与他乡生活之痛，我才开始深思此前我从未考虑过的许多事情。也正是在这一时期，在长期的贫穷与格格不入之中，我开始进行一种截然不同的写作。我渐渐认清了有一些东西是我需要说的，有一个任务是我需要完成的，有一些悔恨和愤懑是我需要挖掘和推敲的。

起初，我思考的是，在不顾一切地逃离家园的过程中，有什么东西是被我丢下的。1960 年代中期，我们的生活突然遭遇了一场巨大的混乱，其是非对错早已被伴随着 1964 年革命巨变的种种暴行所遮蔽了：监禁，处决，驱逐，无休无止，大大小小的侮辱与压迫。在这些事件的漩涡当中，一个少年的头脑是不可能想清楚眼下之事的历史与未来影响的。

直到我移居英格兰后的最初那几年，我才能够深思这些问题，琢磨我们竟能对彼此施加何等丑恶的伤害，回首我们聊以自慰的种种谎言与幻想。我们的历史是偏颇的，对于许多的残酷行径保持沉默。我们的政治是种族化的，直接导致了紧随革命而来的种种迫害：父亲在自己的孩子面前被屠杀，女儿在自己的母亲面前被侵犯。身居英格兰的我，远离所有这些事件，同时却又在精神上深深地为它们所困扰——这样的处境，比起继续同那些依然承受着事件后果的人一起生活，或许反倒使得我更加无力抵抗这种记忆的威力。但我同时还被另一些与这类事件无关的记忆所困扰：父母对子女犯下的残酷行径，人们因为社会与性别教条而被剥夺充分表达的权利，以及种种容忍贫困与依附关系的不平等。这些问题普遍存在于所有人类的生活中，并不为我们所特有，但它们并不会时时挂在你的心头，除非个人境遇迫使你认识到它们的存在。我猜这就是逃亡者所不得不背负的重担之一——他们逃离了创伤，自己找到了安全的生活，远离那些被他们抛在身后的人。最终我开始将一部分这样的反思付诸笔端，不是以一种有序的或是系统的方式，当时还没有，只是为了能够稍稍澄清一点心头的困惑与迷茫，并从中获得慰藉。

不过，假以时日，我渐渐认清了还有一件令人深感不安的事情正在发生。一种新的、简化的历史正在构建中，改变甚至抹除实际发生的事件，将其重组，以适应当下的真理。这种新的、简化的历史不仅是胜利者的一项必不可少的工程（他们总是可以随心所欲地构建一种他们所选择的叙事），它也同样适合某些评论家、学者，甚至是作家——这些人并不真正关注我们，或者只是通过某种与他们的世界观相符的框架观察我们，需要的是他们所熟悉的一种解放与进步的叙事。

如此，拒绝这样一种历史就很有必要了，这种历史不尊重上一个时代的实物见证，不尊重那些建筑、那些成就，还有那些使得生活成为可能的温情。许多年后，我走过我成长的那座小镇的街道，目睹了镇上物、所、人之衰颓，而那些两鬓斑白、牙齿掉光的人依然继续着生活，唯恐失去对于过去的记忆。我有必要努力保存那种记忆，书写那里有过什么，找回人们赖以生活，并借此认知自我的那些时刻与故事。同样必要的还有写下那种种迫害与残酷行径——那些正是我们的统治者试图用自吹自擂从我们的记忆中抹去的。

另一种对于历史的认识同样需要面对——这种认识是我在移居英格兰，接近其源头之后才渐渐看清的，比我在桑给巴尔接受殖民教育的时候看得更清。我们这一辈人，都是殖民主义的孩子，而在这一点上我们的父辈和我们的晚辈则并非如此，至少和我们不一样。我这话的意思并不是说我们对于父辈所珍视的那些东西感到生疏，也不是说我们的晚辈就摆脱了殖民主义的影响。我想说的是，我们是在帝国主义高度自信的那段时间里长大成人并接受的教育，至少在我们所处的世界区域是那样，当时的殖民统治使用委婉的话术伪装自我，而我们也认可了那套说辞。我指的那段时间，是在整个区域的去殖民化运动开始步入正轨并让我们睁眼看到殖民统治所造成的掠夺破坏之前。我们的晚辈有他们的后殖民失望要面对，也有他们自己的自我欺骗来聊以自慰，所以有一件事他们也许并不能看得很清，或是达不到足够的深度，那就是：殖民史彻底改变了我们的生活，我们的腐败和暴政从某种程度上讲也是殖民遗产的一部分。

这些问题中的一些我在来到英国后看得愈发清楚了，不是因为我遇到了什么人能在对话中或是课堂上帮助我澄清，而是因为我得以更好地认识到，在他们的某些自我叙事中——既有文字，也有闲侃——在电视上还有别的地方的种族主义笑话所收获的哄堂大笑中，在我每天进商店、上办公室、乘公交车时所遭遇的那种自然流露的敌意中，像我这样的人扮演着怎样的角色。我对于这样的待遇无能为力，但就在我学会如何读懂更多的同时，一种写作的渴望也在我心中生长：我要驳斥那些鄙视我们、轻蔑我们的人做出的那些个自信满满的总结归纳。

但写作不可能仅仅着眼于战斗与论争，无论那样做是多么的振奋人心，给人慰藉。写作不是只着眼于一件事情，不是为了这个问题或那个问题，这个关切点或那个关切点；写作关心的是人类生活的方方面面，因此或迟或早，残酷、爱与软弱就会成为其主题。我相信写作还必须揭示什么是可以改变的，什么是冷酷专横的眼睛所看不见的，什么让看似无足轻重的人能够不顾他人的鄙夷而保持自信。我认为这些同样也有书写的必要，而且要忠实地书写，那样丑陋与美德才能显露真容，人类才能冲破简化与刻板印象，现出真身。做到了这一点，从中便会生出某种美来。

而那样的视角给脆弱与软弱、残酷中的温柔，还有从意想不到的源泉中涌现善良的能力全都留出了空间。正是出于这些原因，写作对我而言才是我人生中一个很有价值且十分有趣的组成部分。当然，我的人生还有其他部分，但那些不是我们此刻所要关注的。经历了这几十年的人生岁月，我演讲开头所提到的那种青涩的写作乐趣如今依然没有消失，堪称一个小小的奇迹。

最后，让我向瑞典文学院表达我最深切的谢意，感谢他们将这一莫大的荣誉授予我和我的作品。我感激不尽。

（宋金　译）

Abdulrazak Gurnah
THE LAST GIFT
Copyright © Abdulrazak Gurnah, 2011
This edition arranged with ROGERS, COLERIDGE & WHITE LTD（RCW）
Through Big Apple Agency, Inc., Labuan, Malaysia.
Simplified Chinese edition copyright：
2022 Shanghai Translation Publishing House（STPH）
All rights reserved.

古尔纳获奖演说已获 The Nobel Foundation 授权使用
Nobel Lecture
Writing
By Abdulrazak Gurnah
Copyright © The Nobel Foundation 2021

图字：09－2022－186 号

图书在版编目（CIP）数据

最后的礼物／（英）阿卜杜勒拉扎克·古尔纳
（Abdulrazak Gurnah）著；宋金译. —上海：上海译文
出版社，2022.8
（古尔纳作品）
书名原文：The Last Gift
ISBN 978－7－5327－9088－3

Ⅰ. ①最… Ⅱ. ①阿… ②宋… Ⅲ. ①长篇小说—英
国—现代 Ⅳ. ①I561.45

中国版本图书馆 CIP 数据核字（2022）第 104212 号

最后的礼物
[英] 阿卜杜勒拉扎克·古尔纳 著 宋金 译
策划/冯　涛 责任编辑/吴洁静 装帧设计/张志全工作室

上海译文出版社有限公司出版、发行
网址：www.yiwen.com.cn
201101 上海市闵行区号景路 159 弄 B 座
苏州市越洋印刷有限公司印刷

开本 889×1194 1/32 印张 9.5 插页 6 字数 175,000
2022 年 9 月第 1 版 2022 年 9 月第 1 次印刷
印数：00,001—50,000 册

ISBN 978－7－5327－9088－3/I·5643
定价：78.00 元